회귀 경찰의 리셋 라이프

The Reset Life

회귀 경찰의 리셋 라이프 41

초판 1쇄 발행 2024년 12월 17일

지은이 ㅣ 한길
발행인 ㅣ 최원영
편집장 ㅣ 이호준
편집디자인 ㅣ 박민솔
영업 ㅣ 김민원 조은걸

펴낸곳 ㅣ ㈜ 디앤씨미디어
등록 ㅣ 2002년 4월 25일 제20-260호
주소 ㅣ 서울시 구로구 디지털로32길 30 코오롱디지털타워빌란트 1301-1308호
전화 ㅣ 02-333-2513(대표)
팩시밀리 ㅣ 02-333-2514
E-mail ㅣ papy_dnc@dncmedia.co.kr
블로그 ㅣ blog.naver.com/gnpdl7

ISBN 979-11-364-5840-7 04810
ISBN 979-11-364-2581-2 (SET)

※ 저자와 협의하여 인지는 붙이지 않습니다.
※ 이 책은 ㈜ 디앤씨미디어(파피루스)가 저작권자와의 계약에 따라 발행한 것으로 본사와 저자의 허락 없이는 어떠한 형태나 수단으로도 내용을 이용할 수 없습니다.

한길 현대 판타지 장편소설
Papyrus Modern Fantasy

회귀 경찰의 리셋 라이프

41

PAPYRUS
파피루스

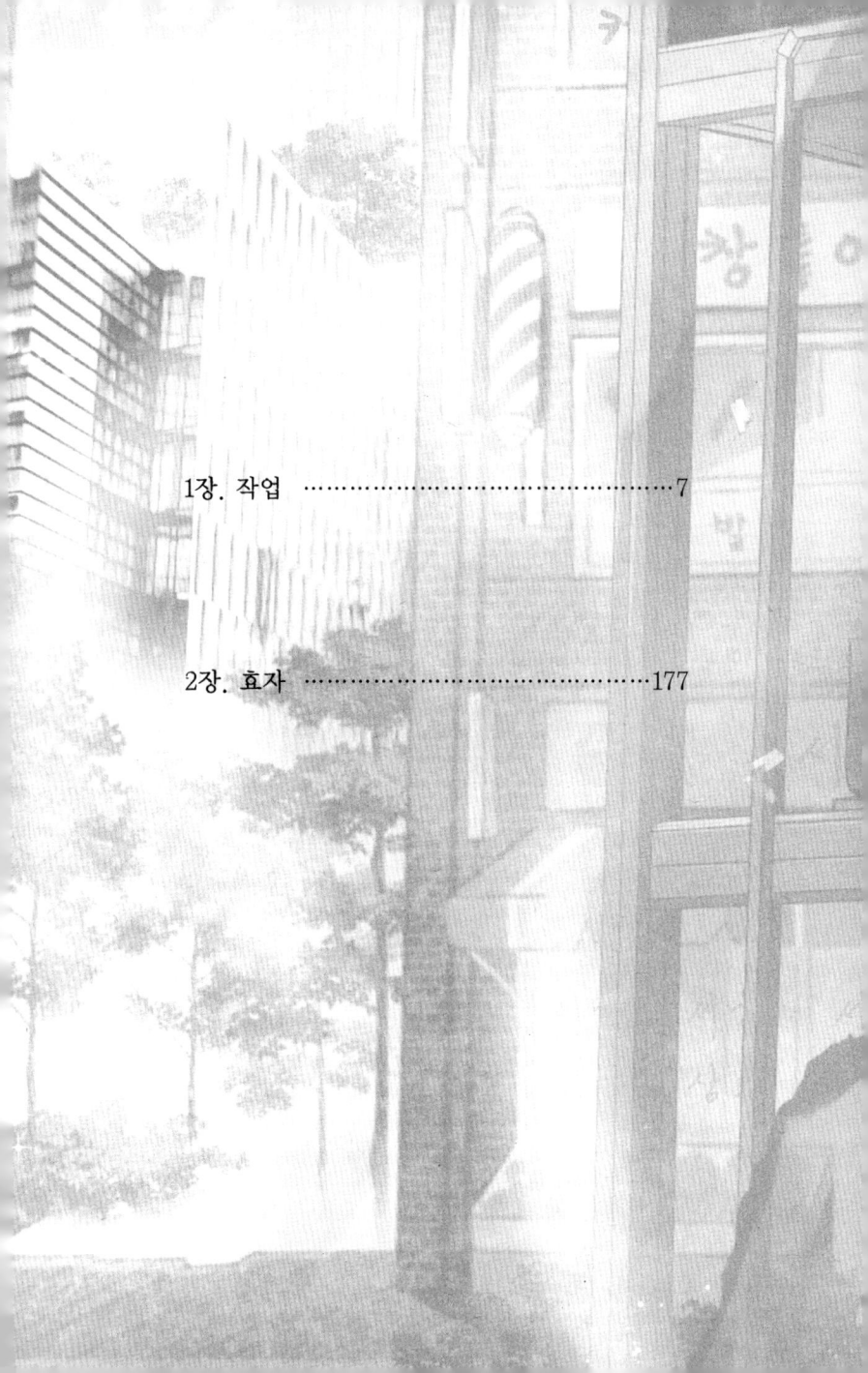

1장. 작업 ·································· 7

2장. 효자 ·································· 177

1장. 작업

작업

사람에겐 살면서 그런 날이 있다.
아침에 눈을 뜨니 평소와 달리 너무 개운한 날.
그랬다. 이대론 지각이었다.
"아악!"
다급히 교복을 갈아입은 오이가 화장도 하지 못한 채 기차역을 향해 달려간다.
방콕의 여기저기를 가로지르는 지상철. 그 계단을 뛰어 올라간다.
─어디야! 곧 강의 시작이야!
"나 지금 기차역이야! 출석 좀 대신해 줘!"
─오토바이를 사라니까!
"부탁해! 음료수 살게!"
─……비싼 걸로 얻어먹을 거야.

"응! 응!"

통화를 종료한 오이가 울상을 지으며 막 역사 안으로 들어오는 열차에 서둘러 플랫폼을 향해 발을 내딛는 순간이었다.

"거기 서-!"

"비켜!"

"꺅!"

갑자기 앞을 지나가는 사람이 그녀의 팔을 잡아 뒤로 밀쳐 버리고, 눈이 동그랗게 떠진 그녀는 그대로 누군가와 부딪친다.

"으악!"

비명과 함께 팔뚝에 닿았던 탄탄한 가슴과 콧속으로 빨려드는 시원한 향기.

"빌어먹을!"

사라져 버린 누군가를 찾으며 이를 악문 피부가 하얀 남자. 곧 그의 커다란 눈이 걱정을 가득 품고 그녀를 바라본다.

"괜찮아요?"

그것이 우승민과의 첫 만남이었다.

"강의 다 끝나고 오면…… 꺄악! 너 손 왜 그래!"

손목에 붕대를 감고 있는 오이는 오늘 늦을 수밖에 없었던 이유를 설명했고, 눈을 동그랗게 뜬 그녀의 친구는 이내 볼을 붉혔다.

"꺅! 꺅! 그래서? 잘생겼어?"

"……그냥 뭐 남자답게 생겼어."

태국 남자들과 달리 피부가 하얬던 남자는 한국에서 태국으로 파견된 경찰이었다.

"한구욱?! 너 한국 문화 좋아하잖아! 이거 운명 아니야? 그래서? 연락처는? 연락처는 받았어?"

자신보다 더 흥분한 친구의 모습에 오이는 볼을 긁적였다.

"받긴 했는데……."

병원까지 데려가 치료를 받게 해 준, 한국 드라마처럼 자상했던 그 남자.

후유증이 생기면 언제든 연락해 달라며 연락처를 주긴 했다.

하지만 만날 일이 있을까. 학교 공부와 아르바이트를 하기도 바빴다.

"게다가 나이도 많아 보였고."

자신보다 열 살은 많아 보였다.

"나이가 무슨 상관이야! 운명인데!"

"아니야."

코웃음을 친 오이는 이내 우승민을 잊으며 다음 강의를 준비했다.

그렇게 모든 강의를 들은 그녀는 아쉬워하는 친구와 헤어져 아르바이트를 하는 카페로 향했다.

딸랑!

"안녕하세요…….."

"진짜 미치겠다니까요! 사장님, 이거 경찰에 신고는 못 하는 거예요?"

"아이고. 진짜 고약한 사람한테 걸렸네. 경찰서에 아는 사람이 없으면 접수조차 안 해 줄 건데…….."

"왜요?! 외국인이라서요?"

"아무래도 그렇죠. 그리고 이쪽 경찰 애들이 좀 꽉 막혀서 태국어로 말하지 않으면…… 아니면 돈이라도 많아야 하는데……. 으음. 대사관엔 연락해 봤어요?"

"당연히 연락해 봤죠! 그런데 그냥 경찰에 신고하래요! 자기들은 도와줄 수 있는 게 없다고!"

심각한 이야기를 나누는 사장님과 한국인의 모습에 의아해하는 그녀.

"하아. 나도 도와주고 싶은데, 지금 당장 가게를 비우기가……. 아, 오이 왔어?"

"네. 얼른 옷 갈아입고 나올게요."

"어, 그래. 아! 오이, 너 한국어 할 줄 알지?"

안다. 한국 노래와 드라마를 좋아해서 독학을 했다.

그래서 한국 노래를 많이 틀어 주는 이 카페, 사장님이 한국인인 카페에서 아르바이트를 하는 거다.

"그러면 아르바이트 하나 해 보지 않을래?"

"아르바이트요?"

"이분 데리고 경찰서에 좀 다녀와 줘. 이분이 태국인에게 사기를 당하셨는데, 태국어를 못해서 신고조차 못하고 있거든."

"아."

자국민에게 외국인이 사기를 당했다는 말에, 그녀는 자신의 잘못이 아님에도 얼굴이 빨개질 수밖에 없었다.

"다녀와도 알바비는 안 깎을게. 그리고 이분이 수고비도 줄 거고."

"네. 그렇다면야……."

오이는 태국인에게 사기를 당한 또래의 남성을 데리고 근처의 경찰서로 향했다.

"무슨 일입니까? 한국인 피해자라뇨?"

"어?"

"응? 어어?"

잠시만 기다려 보라며 누군가에게 전화를 건 태국 경찰.

약간의 시간이 흐른 후 다가온 사람을 본 오이는 깜짝 놀랐다.

그건 우승민도 마찬가지였다.

오이는 이날 운명을 느꼈다.

* * *

"아니, 갑자기 월세를 두 배나 올린다니요! 뭐라고요? 아니, 제가 가게를 인수할 돈이 어디 있습니까! 사장님! 사장님! 미치겠네, 진짜!"

"수, 수고하셨습니다……."
"어, 그래. ……하아. 내일 보자."
뭔가를 말하려다 마는 사장.
오이는 그게 무슨 말인지 알 것 같았다.
'아르바이트를 관둬야겠구나.'
그녀가 우울해진다. 학비에 생활비까지 달려 있는 아르바이트. 공부를 열심히 해 반액 장학금을 받고 다니지만, 그래도 아르바이트를 하지 않으면 컵라면조차 먹기 힘들어진다.
'하우스 키퍼가 돈을 좀 벌긴 한다던데…….'
특히 한국이나 일본 사람들이 그렇게 돈을 많이 준다고 했다.
"그러는 이유가 있긴 하지만……. 가정교사나 해 볼까?"
학과는 썩 좋지 않지만 쭐랑롱꼰 대학교라는 간판은 분명 먹힐 거다.
한숨을 내쉰 그녀는 지상철이 있는 곳으로 향하다 잠시 멈춰 서서 경찰서를 바라봤다.
"흐응."
운명이라 느꼈지만, 혹시나 헤픈 여자라고 생각할까 봐 그 외 별다른 말은 하지 못했던 그날.
그런데 집으로 돌아온 이후 계속 우승민의 얼굴이 떠올랐다.
'그냥 말이라도 걸어 볼걸…….'

손목은 괜찮냐, 후유증은 없냐, 여긴 어떻게 왔냐는 물음에 단답으로밖에 답하지 못했던 그때의 자신이 너무 한심스럽다.

매일 우승민의 명함만 만지작거리는 자신의 모습도.

입술을 삐죽 내민 그녀는 아는 사람들에게 연락을 돌리기 시작했다. 아르바이트를 관두기 전에 새로운 아르바이트를 구해야 했다.

-그럼 아르바이트를 관두는 거야?

"관둘 수밖에 없는 거죠."

-음. 오이, 혹시 너 한국 음식 할 줄 알아?

"네? 어느 정도는?"

한국 드라마에 나오는 음식들을 따라서 만들어 보고 있다.

-그러면 아르바이트 하나 소개시켜 줄까?

"응? 정말요?!"

-원래 우리 엄마가 하던 일인데, 요즘 관절이 안 좋아지셔서 관둬야 하게 됐거든. 한국에서 온 공무원 숙소를 청소하고 밥을 해 주는 건데, 해 볼래?

"밥이랑 청소만 해 주면 되는 거예요?"

-응. 그 사람 집에 잘 안 들어온대. 엄마도 지난 몇 달 동안 2번밖에 못 봤대. 하, 진짜 취직하는 것만 아니면 내가 하는 건데…….

"고마워요, 언니! 이 은혜 꼭 갚을게요! 지갑 괜찮죠?"

-굿! 지금 바로 연락처 보내 줄게!

"히힛!"

지이잉!

"응? 으으응?!"

같은 학과 선배가 보내온 연락처를 본 오이는 눈을 동그랗게 떴다.

그리고……

"어, 뭐지?"

자신을 보자마자 눈을 껌뻑이는 우승민.

쿵!

그 귀여운 모습을 보자 심장이 터질 듯 크게 뛰었다.

그의 어깨 너머의 방을 본 오이는 입을 벌렸다.

"우와."

저게 사람이 사는 방일까, 아니면 돼지우리일까.

'이 사람, 일하는 거 외에는 아무것도 못하는구나?'

너무도 세심하고, 진지하게 피해자의 말을 들어 주었던 우승민.

누가 그랬다. 일에 열중하는 남자는 멋지다고.

그 말이 정말이었다.

그래서 더 반해 버렸던 그녀.

'내가 챙겨 주고 싶어.'

"어. 하우스 키퍼로 일하러 오신 분 맞죠? 오, 오이라고 했던가요?"

"아핀야 사꾼짜룬쑥, 예명은 오이. 당신 이름은 민이라고 했죠?"

"아, 예. 우승민 경사입니다. 우가 성이……."
"나랑 사귀어요."
"……예?"
"좋아해요."
"예에에?!"

* * *

"흑!"
오이가 눈물을 흘리며 함께 찍은 사진을 쓰다듬는다.
처음 커플링을 맞췄을 때 서로 손을 맞잡으며 찍은 사진.
함께 수상버스를 탔을 때 서로 얼굴을 맞대며 찍은 사진.
왕궁으로 데이트 갔을 때 몰래 찍은 사진.
나이 차이가 많이 나서 주위 사람들이 이상한 눈초리로 쳐다봤지만 행복했다.
결혼하면 한국에서 살 각오로 한국어도 더 열심히 공부했다.
"그런데 왜……."
자신의 남자친구가 죽은 걸까. 왜 살해를 당해야 했던 걸까.
"그냥 모른 척하면 됐잖아, 이 바보야……."
대체 누가 죽인 걸까.

어디다 신고를 해야 하는 걸까.

어떻게 해야 남자친구의 한을 풀어 줄 수 있을까.

그녀는 앨범을 쥔 채 하염없이 눈물을 흘렸다.

그때였다.

쿵쿵쿵!

깜짝 놀란 그녀가 몸을 움츠린다.

이틀 전 갑자기 누군가 자신을 미행하는 것 같다고, 위험할 수 있다며 만나지 말자고 한 남자친구.

'미, 민의 집에 가, 가는 게 아니었어!'

하지만 3시간마다 주기적으로 연락을 해 주었던 우승민이 갑자기 연락을 하질 않자 너무 걱정되어 찾아갔었다.

그러지 말아야 했다.

그녀는 다급히 핸드폰을 들었다.

'태, 태국 경찰도 미, 믿지 말라고 했는데!'

그녀의 전신에 절망이 찾아든다.

쿵쿵쿵!

"오이 씨! 어제 봤던 한국 경찰입니다! 아니, 우승민 경사의 상사입니다! 문 좀 열어 주실 수 있겠습니까?"

"잠깐만 나와 보십시오. 오이 씨! 승민이가 제 이야기 안 하던가요? 저 승민이랑 같은 부서에서 일하는 김승민입니다! 동료 중에 이름이 똑같은 사람이 있다고 말 안 하던가요?!"

움찔!

'김…… 승민?'

들어 본 적 있다. 이름은 똑같은데 성격이 너무 달라서 친해질 수 없었던 동료 경찰이 있다고.

'하, 하지만…….'

남자친구인 우승민은 한국 사람도 믿지 말라고 했다.

그럴 일은 없을 테지만, 혹시나 자신이 잘못되더라도 대사관은 절대 찾아가지 말라고 했다.

"오이 씨, 아니 제수씨! 이 개새끼들이 승민이를 처참하게 죽였습니다! 승민이를 죽인 놈들을 찾아야 할 거 아닙니까! 부탁드리겠습니다, 제발-!"

슬픔으로 젖은 그녀의 가슴을 찢는 절규.

그 순간 그녀의 머릿속에 언젠가 우승민과 나눴던 대화가 떠오른다.

헬멧을 쓰지 않은 채 렌트를 한 오토바이를 탔다가 교통경찰에게 걸렸던 그날. 약간의 뇌물을 써야 해서 짜증이 나고 돈을 밝히는 태국 경찰이 부끄러웠던 그날.

-한국 경찰도 이래요?

-예전에는 그랬다고 하는데, 지금은 글쎄……. 아마 저런 사람은 없을 거야. 어느 대단한 친구가, 아니 어떤 상사분이 경찰 조직을 아예 엎어 버렸거든.

똑똑똑!

"오이 씨, 우승민 경사의 상사인 최종혁입니다."
흠칫!
'최…… 종혁?'
들어 봤다. 들어 본 이름이었다. 경찰을 뒤바꾼 상사.
그녀는 홀린 듯 몸을 일으켰다.
"이 갑작스럽고 슬픈 상황에 정신이 없을 거라고 생각됩니다. 하지만 부디 저희의 입장을 헤아려 주십……."
달칵!
종혁은 문이 열리며 드러난 초췌한 모습의 그녀를 보곤 숨이 멎는 것 같았다.
"……우승민 경사가 말한 게 있군요."
눈앞의 오이는 알고 있었다. 우승민 경사가 단순 강도가 아니라 살해당한 걸 말이다.
그리고 한국에서 찾아올 자신들을 위해 남겨 놓은 것도 있다는 걸.
"당신 정말 최종혁 맞아요? 한국 경찰을 바꾼 사람?"
그녀의 간절한 눈에 종혁이 고개를 끄덕인다.
"예. 아무래도 우승민 경사가 말한 사람이 저인 것 같군요. 우승민 경사가 오이씨에게 이번 일에 대해 뭔가 말한 게 있습니까?"
"……네. 있어요."
그리고 남긴 것도 있었다.
"들어오세요."
"……최재수와 두 분은 경계 서고, 현석이는 차에 시동

걸어 놔."

"예!"

그들은 다급히 안으로 들어갔고, 오이는 자신의 핸드폰을 켜서 한 장의 사진을 보여 주었다.

"이거예요. 사흘 전 민이 저에게 보낸 게."

'다잉메시지?!'

사흘 전 저녁, 그것도 8시 30분이다. 우승민의 사망 추정 시각과 거의 흡사하다.

종혁과 사람들은 다급히 사진을 봤다.

어두운 밤, 수첩에 쓴 어떤 기록을 다급히 찍은 듯한 사진.

그 내용이 종혁의 뒤통수를 때린다.

PHAYA THAI 노가다꾼. 이틀 후 은행. 회사원?
DIN DAENG, BAR 여종업원들. 인터넷 쇼핑몰 사장?
대사관 현지 아르바이트생. 취직? 어떻게?
나왓 씨. 고급 자동차 생김. 도둑맞음?

"이건…… 뭔 말이야?"

"글쎄요? 이, 일단 어떤 암호가 아닐까요?"

사망한 날 여자친구에게 보낸 사진. 분명 다잉메시지다. 그렇다면 자신들이 알아보지 못하는 어떤 암호가 있을지 모른다.

"은행, 은행이라……. 아, 뭔데 이거?"

"이거…… 정보국에 보내야겠지?"

"아니면 프로파일링 수사과로 보내야죠. 거기 과장님이 우리나라 이거잖아요."

"어? 그건……."

혼란해하던 외사국 형사들이 종혁을 본다.

국내 최고의 프로파일러이자 범죄학의 권위자. 그것이 바로 자신들의 상관인 외사국 부국장 최종혁이기 때문이다.

하지만 종혁은 그들의 시선이 느껴지지 않는 건지 우승민 경사가 보낸 사진만 뚫어지게 쳐다본다.

어떻게 들여다봐도 이해할 수 없는 글자의 나열.

하지만 단서가 있다.

'노가다꾼, 여종업원들, 현지 아르바이트생.'

모두 돈이 부족한 서민들이다.

여기에 또 다른 단서도 있었다. 결정적이라고 말할 수 있는 단서가.

"은행……."

"은행이요?"

"은행이 뭐하는 곳이죠?"

"당연히 예금을 하고, 돈을 출금하고…… 어?"

뭔가를 깨달은 형사들의 눈이 부릅떠지고, 종혁도 담배를 문다.

찰칵! 치이익!

"후우. 그래요. 대출도 받는 곳이죠. 만약…… 만약에

이 사이에 대출이 들어간다면 어떻겠습니까?"

쿵!

종혁이 완전히 깨닫고 얼어붙는 그들을 보며 말을 이었다.

"또한 우승민 경사는 한국인뿐만 아니라 태국인들과 외국인들까지 많은 수의 피해자가 있다고 했죠."

"자, 잠깐. 그럼 이거?"

"예. 아무래도 작업대출 사기 같습니다."

그것도 조직적으로 행해지는 대출 사기.

쾅!

종혁의 낯빛은 딱딱하게 굳어 있었다.

* * *

"한국에서 온 경찰들이 코리안 데스크의 여자친구를 만났다라……."

높은 빌딩, 실크로 된 목욕 가운을 입은 오십대 여성이 와인이 든 잔을 들며 창가에 선다.

그런 그녀의 귀에 꽂힌 이어폰 안에서 말이 들려온다.

-어떡할까요? 저 까울리들도 죽여 버릴까요?

"……아니. 놔둬."

더 이상 한국 경찰을 죽였다가는 골치 아픈 일이 벌어질 거다. 그땐 뇌물을 먹여 놓은 태국 경찰들도 힘을 쓰지 못할 터.

'그리고 어차피······.'
"그놈들이 날 찾을 순 없을 테니까."
핸드폰과 수첩, 지갑, 컴퓨터 등 그 속에 남아 있던 방대한 자료들을 모두 없애 버렸으니 말이다.
'역시 없애길 잘했지.'
그녀는 입술을 비틀었다.
"너희도 이만 철수해."
-예, 알겠습니다.
통화를 종료한 그녀는 창밖, 방콕의 화려한 야경을 보며 와인을 입으로 가져갔다.
"엄마!"
아까 낮에 나간 딸의 목소리. 고개를 돌린 그녀의 얼굴이 찌푸려진다. 딸이 양손 가득 쇼핑백을 들고 있었기 때문이다.
"너 또 쇼핑했니?!"
"뭐 어때. 돈은 많은데!"
"어휴. 진짜 널 누가 데려가니."
입술을 삐죽 내미는 딸을 보며 그녀는 고개를 저었다.

* * *

"와. 이거 어디서부터 시작해야 하지?"
"일단 우 경사님 평소 동선부터 따야죠."
"그것도 그거지만, 이 노가다꾼이랑 여종업원들은 어

떻게 찾냐고."

"잠깐만!"

웅성거리며 의견을 나누던 한국 경찰들의 시선이 일제히 라차논에게로 쏠린다.

그제야 자신들끼리 한국어로 떠들었단 걸 깨달은 종혁이 아차 하며 라차논에게 자신들이 도달한 결론을 설명했다.

"작업…… 대출?"

"……경찰사관학교에서 안 배웠어?"

"글쎄……?"

배운 것 같기도 하지만, 아무래도 잊어버린 것 같다.

종혁은 아리송해하는 그녀의 모습에 한숨을 내뱉었다.

'하긴.'

라차논은 태국 국가정보부 소속의 요원이다.

어지간히 큰 사건으로 불거진 게 아니고서야 이런 사기 사건을 접할 일이 없었을 것이다.

"쉽게 말해 대출을 받기 어려운 사람에게 대출을 받을 수 있게 해 준다고 접근해서 수수료 등을 갈취하는 사기야."

가장 대표적으로는 금융사를 사칭하여 대출을 해 준다고 접근한 뒤, 신용등급을 상향시키기 위해 보증금이 필요하다며 대출금의 일정 퍼센트를 받아 낸 뒤에 잠적하는 사기가 있다.

여기까지는 단순히 보이스피싱에 가까운 사기로, 속는

사람이 많지는 않다.

악질적인 사기는 여기서 더 나아갔을 때 벌어진다.

종혁은 '노가다꾼. 이틀 후 은행. 회사원?'이라는 글귀를 가리키며 이것이 태국어로 무엇을 뜻하는지 번역해 줬다.

"아마 무직인 사람들을 마치 어떤 회사에 재직 중인 것처럼 서류를 조작해 실제로 대출을 받게 만드는 방법을 쓴 걸 거야."

재직증명서나 소득증명서 등을 전부 위조하여 만들어 내는 것이다.

"……돌겠네. 은행에서 회사로 실사를 나가진 않을 테니, 그 방심의 허점을 노리는 거구나?"

"혹여 실사를 나간다고 해도 들킬 일은 없지. 이놈들은 그럴 때를 대비해 회사도 만들 테니까."

"뭣?!"

"방금 말했잖아. 조직적으로 움직이고 있다고."

조직의 규모가 어느 정도인지는 모르겠지만, 자신들의 실체 드러나려 하자 경찰을 죽인 놈들이다.

상당한 규모일 것이 분명하고, 그렇다면 유령 회사를 하나 세우는 수고 정도야 얼마든지 들일 수 있을 것이다.

"……피해자가 많다는 말은 무슨 말이야? 그 말대로면 은행만 피해자인 거 아니야?"

종혁의 말대로라면 사기 조직에게 협력하여 함께 은행을 속인 놈들만 있을 뿐, 돈을 잃은 건 은행뿐인 셈이었다.

그에 종혁은 '나왓 씨. 고급 자동차 생김. 도둑맞음?'을 가리키며 설명했다.

"자동차 담보 대출."

고급 자동차를 할부로 구입하게 뒤, 그 자동차를 담보로 대출을 받도록 하는 거다.

엄청난 수입 관세가 부과되는 탓에 수입 자동차가 유독 비싼 태국이기에, 엄청난 액수의 대출을 받을 수 있을 터였다.

"여기서 끝난다면 아무 문제없겠지."

그 뒤에 자동차 할부금을 갚지 못해 문제가 생기건 말건 그건 그 사람 책임이었다.

"그런데 할부로 구매한, 담보로 잡은 자동차가 사라진다면?"

정확히는 사라진 게 아니라, 놈들이 훔쳐 가는 거다.

차량은 사라졌는데, 남은 차량 할부금은 피해자가 모두 갚아야 하는 어이없는 상황이 펼쳐지게 되는 것.

심지어 판매 차량을 소개해 준 딜러부터 대출을 담당한 캐피탈 직원까지 모두 한패로, 차값이 부풀려지는 경우도 허다하다.

"미친……. 그런 식이면 피해액이 상당하겠는데……."
"아마도."

종혁의 예상으로는 최소 1억 바트 이상, 한화로 30억 이상은 해 먹지 않았을까 싶었다.

그 정도 규모는 되어야 경찰을, 그것도 타국의 경찰을

죽이는 일까지 벌일 각오를 했을 거다.

"그리고 거기서 멈출 생각도 없겠지. 어차피 피해자들은 경찰에 신고도 할 수 없으니까."

무직자에 신용도 불량하여 정상적인 방법으로는 대출을 받을 수 없던 이들이, 그들과 작당하여 편법과 불법을 사용해 대출을 받은 것이다.

경찰에 신고를 하면 자신들의 범죄 사실까지도 드러날 수밖에 없으니, 손쓸 방법이 없는 것이다.

까득!

"이거……."

라차논은 얼굴을 구겼다.

"아무래도 나 혼자만으로는 안 되겠네."

"……괜찮겠어?"

"내 나라에서 벌어지고 있는 일이야."

더욱이 그 공범 및 피해 대상 중에 외국인이, 그것도 한국에서 파견된 경찰이 사망을 했다. 자칫 외교 문제 혹은 나라의 위신이 떨어질 수도 있는 일이었다.

그녀는 핸드폰을 들며 밖으로 나갔고, 종혁은 이쪽의 대화를 주목하고 있는 외사국 형사들을 봤다.

"김승민 경위."

"예."

"김 경위와 2명은 PHAYA THAI의 모든 건설 현장과 직업 알선소를 뒤집니다."

그래서 지난 7개월 사이, 우승민 경사가 갑자기 퇴근을 일찍 하게 된 시기 두 달 전부터 갑자기 일을 나오지 않은 노동자들이 누군지 알아보는 거다.

"충성."

"김동철 경위와 한 명은 나왓이라는 인물을 찾습니다. 분명 우승민 경사의 평소 생활 패턴의 동선 안에 이 사람이 있을 겁니다."

관사 근처, 대사관 근처, 경찰서와 경찰청 근처, 심지어 길거리에서 음식을 파는 좌판 상인까지 모두 뒤져야 한다.

"충성."

"그리고 재수랑 현석이는 대사관에 가서 최근에 그만둔 현지 아르바이트생의 신원 확보해. 그리고 한국에 연락해서 CCTV 감식 의뢰 결과가 어떻게 됐는지 재촉…… 아니, 그냥 한 번 더 물어만 봐."

인식 프로그램을 썼는데도 놈들을, 우승민 경사를 살해한 뒤 시체를 유기하고 관사를 뒤집어 놓았던 놈들이 타고 온 흰색 승합차를 놓쳤다.

방콕이 서울처럼 CCTV가 빼곡하게 설치되지 않은 까닭도 있지만, 그마저도 고장 등의 이유로 작동 불능이 된 것들이 많았기 때문이다.

그렇다 보니 예상 동선 내의 CCTV를 모두 확보하지 못했고, 결국 놈들을 놓쳐 버린 것이다.

'원래부터 고장이 난 건지, 아니면 고장을 낸 건지…… 에휴.'

작업 〈29〉

막대한 수익을 냈을 거라고 생각되는 놈들. 어쩌면 경찰에도 끈이 있을지 몰랐다.

공범이자 피해자들의 신원부터 확보하면 놈들을 잡아내는 것도 시간문제기에 종혁은 더 이상의 기대를 바라지 않기로 했다.

"예!"

"그러면 부국장님은……."

"나?"

종혁은 DIN DAENG을 가리켰다.

"난 이 구역에 있는 모든 BAR, 아니 술집을 뒤져 봐야지. 여긴 돈을 쓸 줄 아는 놈이 가야 하니까."

"그, 그 많은 곳을 말입니꺼?"

어디 술집이 한두 개일까. 라차논과 함께 움직인다고 해도 무리다.

"괜찮아. 곧 도우미가 생길 거거든."

"예?"

종혁은 의아해하는 현석과 형사들을 일견하며 DIN DAENG이라는 글자를 가만히 바라봤다.

* * *

"반갑습니다."

라차논이 불러온 사람은 태국인답지 않게 신장이 굉장히 큰 중년인이었다. 종혁보단 작지만, 180대 후반의 키.

"태국 경찰청 특별범죄 진압과의 경찰 대령 암 위라웃입니다. 편하게 마이크라고 불러 주십시오. 여기 이놈의 사촌이죠."

태국에서 살인이나 마피아 범죄 등의 강력 범죄를 수사하는 특별범죄 진압과. 경찰 대령이면, 그곳의 과장이라고 봐야 했다.

종혁은 그가 내민 손을 꽉 잡았다.

"아직 시집도 못 간 노처녀를 데리고 계시느라 수고가 많으십니다."

턱!

순간 종혁의 뒷덜미를 잡은 라차논이 발목을 걸어찬다. 그에 마이크의 손을 푼 종혁은 다리를 들어 그녀의 다리걸기를 피한 후, 그대로 역으로 그녀의 뒷덜미를 잡아 발을 걸어찼다.

"윽?!"

쿵!

땅바닥에 엉덩방아를 찧은 라차논.

"……하하하하핫!"

종혁은 호탕하게 웃음을 터트리는 그와 툴툴거리며 몸을 일으키는 라차논을 바라봤다.

'라차논의 집안이 경찰 집안이었나?'

그러고 보면 집안에 관한 이야기를 안 해 본 것 같다.

물론 딱히 궁금하진 않았다. 그건 앞으로도 마찬가지일 것 같았다.

"이야기는 여기 말괄량이 아줌마에게 들으셨을 거라고 생각됩니다."

"……예. 그 빌어먹을 짓거리를 조직적으로 하는 놈들이 있다고요."

현재 태국 경찰들도 골머리를 썩고 있는 범죄 중 하나인 대출 사기.

"공은 모두 넘겨 드리겠습니다."

"복수를 원하시는군요."

"예. 저흰……."

빠드득!

종혁과 외사국 형사들의 입안에서 살벌한 소리가 울려 퍼진다.

"내 직원의 몸뚱이에 칼질을 한 그 개새끼들만, 대가리까지만 씹어 먹을 수만 있다면 만족합니다."

종혁과 형사들의 몸에서 뿜어져 나오는 끔찍한 살의에 마이크와 특별범죄 진압과의 형사들이 눈을 빛낸다.

종혁은 그런 그들의 앞에 커다란 캐리어 두 개를 내려놓았다.

달칵!

"맙소사……."

뚜껑이 열리며 그들의 눈을 현혹시키는 천 바트 뭉치의 향연.

캐리어 하나만 해도 족히 천만 바트는 넘을 것 같다.

"활동비로 쓰십시오."

소스라치게 놀라며 종혁을 봤던 마이크의 표정이 진지해진다.

"보안은 무조건 지켜질 겁니다. 제가 고르고 고른 팀원들만 데리고 왔으니까요."

"부탁드리겠습니다."

종혁과 마이크는 다시 손을 잡았다.

* * *

"에휴."

대나무 싸리로 엮어 만든 낮은 담벼락과 야외에 늘어선 테이블들, 딘 댕(Din Daeng)의 어느 술집의 오십대 여주인이 대각선 맞은편의 건물을 보며 한숨을 내쉰다.

쿵쿵쿵!

경쾌하고 큰 EDM의 음악 소리가 울려 나오는 저 술집이 생긴 이후로 매출이 급격하게 떨어졌다.

분명 자신들도 최신 노래를 틀고 있지만, 아무래도 시원한 에어컨 바람은 이기지 못하는 것 같다.

"저런 건 라차다 철도 마켓에서 열어야지! 왜 하필 이곳에 열어서!"

방콕의 유명 관광지이자 딘 댕의 명물인 라차다 철도 마켓. 관광객들이 나이트 트레인 마켓이라고 부르는 그곳.

저런 술집은 저녁마다 경쾌하고 커다란 음악이 흘러나

오는 술집들이 즐비한 그곳에나 어울리는 곳이었다.

'이렇게 야외 술집들만 있는 골목이 아니라!'

역시 처음 저 건물이 세워질 때 반대를 했어야 했다.

"쯧."

찰칵! 치이익!

담배를 문 여사장은 가게 문밖을 향해 목을 잡아 뺐다.

"그 사람들은 우리 가게에 안 오려나……."

지난 사흘 동안 딘 댕에 재신이 강림했다.

키가 큰 남녀 커플이라고 들었는데, 술집에 입장을 하자마자 백만 바트를 내려놓고 골든벨을 울렸다고 한다.

그런 돈의 은총을 얻은 술집만 무려 여덟 곳.

그들은 재신이자 술의 신이었다.

"불교에서 그런 사람들을 뭐라고 부르더라……."

"내일 사원에 가시게요?"

"……청소는 다 하고 쉬는 거야?"

삐죽 입술을 내민 여종업원은 행주를 들고 빈 테이블들을 다시 닦기 시작했고, 여주인은 그런 그녀를 못마땅한 눈으로 쳐다봤다.

그때였다.

"어?"

거인 두 명이 가게 안으로 들어온다.

한 명은 몸에 착 달라붙는 새빨간 원피스를 입은 여자고, 다른 한 명은 슈트가 정말 잘 어울리는 남자다.

거기다 그들의 목과 손목, 손가락 등을 장식한 화려한

장신구들까지.

여주인의 눈이 번쩍 떠진다.

'그 커플이다!'

"어서 오세요! 이쪽으로 오세요, 이쪽으로!"

다급히 자리로 안내하고 의자까지 빼 주는 여주인.

서로를 보며 피식 웃은 종혁과 라차논이 십만 바트 열 뭉치를 턱턱턱 내려놓는다.

"우린 웃으며 노는 거 좋아하니까 골든벨 울리고, 음식이랑 술 다 가져와요. 자기는?"

"난 위스키면 아무거나 좋아."

"들었죠?"

"네! 잠시만 기다려 주세요! 야닌! 어서 이분들 맥주와 술잔부터 가져다 드려!"

"네, 네!"

여주인은 근처 편의점에서 위스키를 쓸어 오기 위해 달려 나갔고, 그런 그 모습을 보며 피식 웃은 라차논이 종혁을 보며 인상을 찌푸린다.

"언제까지 이렇게 무식한 방법으로 움직일 거야?"

지난 사흘 동안 마신 술만 해도 족히 2개월은 마실 양이었다. 이젠 술 냄새만 맡아도 속이 뒤집어졌다.

"차라리 이 돈으로 흥신소에 의뢰를 하는 게…… 너 뭐 노리는 거 있구나?"

종혁은 대답 대신 입술을 비틀었고, 라차논은 눈을 빛냈다.

그러고 보면 이 술집 투어 동안 아가씨들의 행방뿐만 아니라 이상한 것도 함께 물었던 종혁.

'이번엔 또 뭘 하려는 걸까?'

푸켓에서 기상천외한 방법을 써서 인신매매 조직을 잡아낸 종혁이다. 그녀의 마음속에서 기대의 불꽃이 타오르기 시작했다.

"그냥 지켜보면 다 알아. 이 짓도 오늘 내일이면 끝날 테니까."

"안 끝나면?"

"그땐 흥신소를 찾아가야지, 뭐."

종혁은 종업원이 맥주를 따라 주고 간 잔을 들었고, 라차논은 혀를 차며 컵을 들었다.

챙! 꿀꺽, 꿀꺽!

"헉헉. 술은 어떻게 해 드릴까요? 온 더 락으로 따라 드릴까요, 아님 콕으로 만들어 드릴까요?"

위스키뿐만 아니라 소다수에 콜라까지 사 온 여주인.

얼마나 뛰어갔다 온 것인지 빨갛게 얼굴에 땀이 한가득이다.

"일단 스트레이트로 한 잔씩 주세요."

"네!"

또 잠시만 기다려 달라고 말한 여사장은 종업원을 불러 세팅을 마쳤고, 그때가 되자 음식이 나오기 시작했다.

처음으로 나온 안주는 태국의 대표 요리 중 하나인 돼지고기 튀김, 무텃. 미리 만들어 놓은 튀김을 데우기만 하면 되는 거라 가장 먼저 나온 것 같다.

종혁과 라차논은 안주가 나오자 다시 술잔을 부딪쳤고, 그 옆에 선 여주인은 그들의 술잔이 비자마자 바로 술을 따라 주곤 한 걸음 뒤로 물러났다.

술이 빌 때마다 바로바로 따라 주겠다는 듯 대기하는 그녀.

종혁은 미소를 지으며 고개를 저었다.

"저희 둘만 마시면 좀 그러니 같이 마시시죠?"

"예?"

여사장의 낯빛이 살짝 굳는다.

'이 사람들, 뭔가 물어볼 것이 있구나?'

"휴우. 이 근처에 술집을 열려는 거면 관두는 게 좋을 거예요. 이 동네는 장사 잘 안 돼요."

어쩐지 돈을 물 쓰듯 쓰고 다닌다 싶었다. 아무래도 커다란 술집을 열려는 것 같다.

"차린다면 대로변에 차리는 게 최고예요."

종혁은 그런 그녀의 넘겨짚기에, 다른 술집들에서도 반복됐던 물음에 미소를 지었다.

"술집은 생각 없고 클럽을 열까 고민 중이긴 한데, 그거 때문이 아니라 여기 제 여자친구는 인터넷 쇼핑몰을 차릴 생각이라서 말입니다. 이 거리에 오는 젊은 사람들은 주로 어떤 옷을 입고 다닙니까?"

"쇼, 쇼핑몰이요?"

"예. 젊은 사람들이 어떤 옷을 선호하나 알아보려고 방

작업 〈37〉

콕 여기저기를 돌아다니고 있거든요."

 쇼핑몰이란 말에 여사장의 표정이 살짝 풀린다.

 "인터넷 쇼핑몰이라…… 글쎄요. 제가 아는 건 나이 든 사람들 옷뿐이라서……."

 "그렇습니까……."

 '여기도 아닌가.'

 확실히 서울에서 김 서방 찾기다. 하루 이틀만 더 해 보고 정말 흥신소를 찾아가 봐야 할 듯싶다.

 이렇게 돈을 물 쓰듯 쓰고 다니며 불러내려고 했던 그들도 흥신소를 통해 만나 봐야 할 것 같았다.

 "야닌!"

 "네!"

 "너 패션에 관심 많지 않아?"

 "제가요? 아뇨? 패션은 제가 아니라 전에 관둔 애플이 관심 있어 했죠. 이번에 돈이 생겨서 인터넷 쇼핑몰을 차린다고 했었고요."

 움찔!

 종혁과 라차논이 여종업원을 바라본다.

 '찾았다?'

 종혁과 라차논이 다급히 입을 열려던 그 순간이었다.

 자박, 자박.

 "어, 어서 오세요……."

 갑자기 공포에 질리는 여주인의 얼굴.

 고개를 돌리니 세 명의 남자들이 술집 안으로 들어온

다.

썩 좋은 놈들은 아닌 듯 몸 여기저기에 문신을 한 그들.

종혁에게 용무가 있는 듯 다른 곳은 쳐다도 보지 않고 다가온 그들이 종혁과 라차논을 향해 합장을 한다.

"안녕하십니까. 저흰……."

'쯧.'

"안내해."

"예?"

"날 찾아온 거잖아. 너희 보스에게 안내하라고."

종혁이 찾던 도우미들.

'느낌이 좋았는데 말이야.'

여종업원을 힐끔 본 종혁은 좀 늦게 나타난 도우미들에 위스키를 들이켜며 몸을 일으켰다.

* * *

종혁과 라차논이 안내된 곳은 어느 건물 지하의 클럽이었다.

쿵쿵쿵!

한 손에 맥주병이나 칵테일 등 술을 든 채 격렬한 비트에 맞춰 몸을 흔드는 남녀들.

"이 동네도 데이트 강간 약물이 문젠가 보네."

몰래 술에 타서 이성에게 먹인 후 강간을 할 때 쓰인

탓에 일명 데이트 강간 약물이라고 불리는 마약류를 비롯해 신경 안정제나 마취제, 수면제 등의 약물들.

"다른 생각을 가지는 놈들도 있고."

강도, 인신 매매, 장기 적출 등 태국에서 자신이 마시는 술을 계속 들고 다니는 건 자신을 지키기 위한 수단이었다.

'마약을 쉽게 구할 수 있는 나라는 이게 문제지.'

스트레스를 풀러 온 술집에서조차 남을 믿을 수가 없다.

이런 이유도 있기에 한국에서 마약을 뿌리 뽑으려는 것이었다.

"이곳에서 그런 간 큰 행동을 할 바보들은 없습니다."

"너희들이 하는 건 아니고?"

"말이 꽤 험하시군요."

라차논은 코웃음을 쳤다.

"닥치고 안내나 해."

어이없다는 듯 라차논을 본 사내는 이내 반사적으로 쥐었던 주먹을 풀며 그들을 클럽 안의 사무실로 안내했다.

쿵쿵!

"들어가겠습니다."

끼이익!

여기저기가 벗겨진 허름한 문이 열리자 얼굴을 빼고 전신을 문신으로 채운 장년인 남성이 양팔을 벌리며 다가온다.

"하하. 어서 오십시오!"

열 손가락 전체에 반지를 끼고, 목에는 체인 금목걸이를 낀 장년인.

"자자, 여기로."

그들이 오기를 기다렸다는 듯 얼음까지 세팅이 된 위스키.

종혁과 라차논은 귀엽게 노는 그의 모습에 피식 웃으며 소파에 앉는다. 그리고 종혁이 다리를 테이블 위에 올린다.

터억!

"우린 왜 불렀어?"

"……하하."

순간 치솟는 화를 억지로 참는 건지 어색하게 웃은 장년인, 딘 댕을 지배하는 마피아 차로의 보스가 손을 비빈다.

'싸가지 없는 새끼.'

돈 많은 새끼들은 이렇게 싸가지가 없어서 문제다.

"커다란 클럽을 차리려 하신다고요? 그런 거라면 제가 도움을 드릴 수 있을 것 같아서 이렇게 결례를 무릅쓰고 모시게 됐습니다."

"네가?"

사무실을 둘러본 종혁이 다시 실소를 터트린다.

고작 이딴 곳에 사는 마피아 따위가 얼마나 도움을 줄 수 있겠느냐는 듯한 비웃음에 차로의 보스의 입술이 떨린다.

하지만 이번에도 겨우 참아 낸다.

자신의 구역인 딘 댕에 얼마를 투자할지 가늠조차 되지 않는 봉이다.

하룻밤에 그냥 일반 BAR에서 백만, 2백만 바트씩 턱턱 쓰는 놈들의 배포가 보통일까. 아마 딘 댕 최고, 최대의 클럽을 지을지도 모른다.

건물이나 부지 소개에 건설 회사 소개, 주류 유통, 식자재 유통 등에서 떨어질 커미션들과 어쩌면 확보할 지분까지 생각하면 설령 자신의 뺨을 두드려도 얼마든지 참을 수 있었다.

"하하. 사무실은 이래 보여도……."

"됐고."

말을 끊은 종혁이 품에서 태국 최대 상업은행에서 발행한 백지수표를 꺼내어 숫자를 적어 내려놓는다.

쿵!

'1억 바트?!'

"……이거 애초부터 저를 부르신 거였군요."

그동안 종혁이 딘 댕을 돌아다니며 돈을 뿌린 건 모두 자신을 만나기 위해서였다.

보스의 얼굴에서 간사한 표정이 사라지고, 그 자리에 무심함이 깃들기 시작했다.

종혁의 얼굴에서도 감정이 사라졌다.

"그래. 사람을 찾고 있어."

'역시.'

보스의 눈빛이 더 깊게 가라앉았고, 라차논은 이들이 종혁이 말한 도우미라는 것을 다시 한번 확인할 수 있었다.

"어쩌면 조직일 수도 있지."

"……어떤 개새끼들이 귀인의 심기를 거슬렀을까요?"

"6일 전 딸링찬에서 여기 태국으로 파견된 코리안 데스크, 한국 경찰이 살해를 당하고 유기된 일이 있어."

"두 분이 경찰인 줄 몰랐습니다만……."

"내 의동생이지."

"아."

테이블 밑으로 손을 가져가던 보스가 눈을 가늘게 뜬다.

"태국인뿐만 아니라 외국인들을 대상으로 대출 사기를 치는 새끼들로 추정되고 있어."

"찾아 달라는 겁니까? 흠. 여긴 그런 곳이 아닙니다만……."

종혁은 대답 대신 백지수표에 숫자를 다시 써서 차로의 보스를 향해 내밀었다.

'2억?!'

"찾아."

오싹!

"그럼 최대 20억짜리 클럽을 이 동네에 짓는다."

20억 바트면 한화로 약 600억. 그 돈이면 클럽뿐만 아니라 고급 호텔까지 짓고도 남는다.

보스가 떨리는 심장을 누르며 라차논을 본다.

그의 눈이 진지하게 일렁이기 시작했다.

"혹시…… 저희가 그놈들을 찾을 단서에 인터넷 쇼핑몰도 있는 겁니까?"

"놈들을 통해 인터넷 쇼핑몰 창업을 이유로 은행 대출을 받은 여자 둘. 방금 내가 들렀던 술집에 일했던 여자가 인터넷 쇼핑몰을 창업했다고 하더군."

"헛돈을 쓰셨군요. 바로 절 찾아오셨다면 시간까지 아끼실 수 있었을 겁니다."

"그랬다면 날 호구로 봤겠지."

"……그럴 리가요."

피식 웃은 종혁은 볼일이 끝났다는 듯 몸을 일으켰다.

"참고로 난 옆 동네에 가서도 똑같은 제의를 할 거야."

똑같이 돈을 뿌릴 것이고, 똑같이 옆 동네를 지배하는 마피아가 접근하길 기다릴 거다.

그리고 지금과 똑같은 제의를 할 거다.

"먼저 찾는 놈이 운영권을 가진다."

쿵!

"……제게 사흘만 주십시오."

"명심해. 사흘이야. 가자."

종혁은 라차논과 함께 사무실을 빠져나갔고, 닫힌 문을 본 보스는 그 짧은 사이 바싹 마른 입술을 핥으며 술을 들이켰다.

"보스."

"……하. 운영권이라니!"

지분 일부에 따른 배당금이 아니라 감히 생각조차 하지 못한 운영권.

1억, 2억 바트를 그냥 사람 찾는 데 뿌리는 놈이다.

외국인이긴 하지만, 분명 이 태국의 상류층인 하이 소사이어티, 하이쏘와 긴밀한 관계에 있는 인물임이 틀림없었다.

그들이 움직이면 자신의 조직 정도는 하루아침에 사라질 수 있으니, 사실 지분을 받는 것조차 자비를 베풀어야만 허락되는 것이라 할 수 있었다.

그런데 운영권을 약속했다.

'즉, 하이쏘도 그 클럽과 호텔을 찾게 된단 말이지!'

자신 같은 로우 소사이어티, 로쏘는 감히 욕심조차 내지 못하는 하이쏘와의 인맥.

거기다 자신들 조직에서 최대 수익을 내는 사업이 바뀔지도 모른다. 이건 마르지 않는 황금 샘물이었다.

찌리릿!

자신이 보스의 자리를 차지했을 때처럼 일생일대의 기회였다.

"찾아. 우리 소중한 파트너님들께서 원하신다."

소중한 파트너의 의동생을 살해한 개자식들이 알아차리지 못하도록 은밀하게. 그러면서도 과감하게.

"예."

그의 왼팔이 고개를 숙였다.

한편 클럽을 나선 라차논이 눈을 가늘게 뜨며 종혁을 보자 종혁이 담배를 문다.
찰칵! 치이익!
"선물이야."
"……응?"
"너희 NIA도 자국 내 마피아가 골칫거리지?"
저놈들부터 시작하면 될 거다.
"저놈들을 굴복시켜 바지사장 겸 돌격대로 내세우건, 아니면 저놈들을 집어삼켜 마피아로 위장해 다른 마피아들과 전쟁을 벌이건."
클럽은 그를 위한 거점이자 자금줄이었다.
라차논은 입을 떡 벌렸다.
"아직 우린 네게 진 빚도 갚지도 못했어!"
태국을 발칵 뒤집었던 인신매매 사건.
종혁이 아니었다면 해결조차 하지 못했을 사건이고, 놈들의 범행이 계속됐다면 태국은 그때보다 더 망신을 당했을 거다.
태국의 위신을 지켜 준 종혁.
아무리 생각해도 이건 아니었다.
"최대한 빨리 찾아 줘. 난 그거면 돼."
"최, 너……."
"최대한 빨리……."

빠드드드득!

그렇지 않으면 비명에 죽어 간 우승민 경사의 넋을 위로하기 위해 무슨 짓을 저지를지 모른다.

단 한 번 보지 못한 직원이지만, 그래도 몸과 영혼을 바쳐 국가와 국민을 지키다 순직한 경찰이다.

그런 위대한 경찰을, 감히 찢어 죽여 사료로 갈아 버려도 시원치 않을 놈들이 죽인 거다.

시간이 지체된다면 경찰로서 지켜야 할 선을 넘을지도 몰랐다.

"……알았어."

"고마워."

싱긋 웃어 준 종혁은 걸음을 옮겼고, 라차논은 그런 그를 흔들리는 눈으로 바라봤다.

* * *

"부국장님! 찾았…… 억?! 죄, 죄송합니더!"

쾅!

이른 아침, 잠을 깨우는 경상도 사투리에 눈을 뜬 종혁이 옆구리에 올려져 있는 웬 낯선 손에 고개를 돌렸다가 한숨을 내쉰다.

그리고 그 손의 주인을 걷어찬다.

"억?!"

쿠당탕.

작업 〈47〉

"……뭐야, 여긴 어디야."

"남자 목소리다."

멍한 눈으로 당황하다 종혁을 보고 더욱 당황하는 라차논.

"그렇게 고팠어? 나야 땡큐지만……."

"여기 내 방이다. 네가 기어 들어온 거야."

자신만만해하는 마피아들 덕분에 다른 형사들을 지원하다 호텔로 돌아와 술을 마신 둘.

분명 술을 마시다 취하는 것 같아서 혼자 방에 들어온 게 기억나니, 아무래도 라차논이 나중에 화장실을 가려다 잠결이나 술김에 방을 착각해 들어온 것 같다.

"너무하네. 이렇게 나이스한 여자가 옆에서 자 줬는데 말이야."

"나 여자친구 있다니까. 그리고 얼른 옷이나 입어."

"괜찮아. 태국은 그런 거 잘 안 따져."

"웃기시네."

심하면 요일마다 애인이 달라질 만큼 성에 관대한 태국 사람들. 그러나 진짜다 싶은 사람에겐 누구보다 집착하는 걸 종혁은 알고 있었다.

고개를 저은 종혁이 옆으로 손을 뻗어 담배를 집는 순간이었다.

지이잉! 지이잉!

"예, 여보……."

-찾았습니다!

"어디야."

종혁은 몸을 일으켰다.

"가자. 찾았단다."

"잠깐만. 마이크한테도 연락 왔어. 음. 마이크도 찾았다네."

"그래?"

종혁의 눈이 서늘하게 가라앉았다.

* * *

덜덜덜!

방콕 어느 5성급 호텔의 카페.

강제로 의자에 앉혀진 이십대 중반의 여성 두 명이 등 뒤에 서 있는 마피아들을 보며 덜덜 떤다.

혹시 대출 사기를 통해 돈을 벌었냐고 묻더니, 이쪽의 대답도 듣지도 않은 채 납치하듯 데려온 마피아들.

납치될 당시 옆구리에 겨누어졌던 총구를 떠올린 그녀들은 그 어떤 반항도 하지 못하고 그저 공포에 떨 뿐이었다.

그런 그녀들을 일견한 마피아 보스가 카페 안을 둘러본다.

"보스, 아무래도 느낌이 이상합니다."

"나도 봤어."

맞은편 먼 곳에 느낌이 아주 요상한, 그들 마피아로서

는 끔찍이 싫어하는 존재들의 냄새를 풀풀 풍기는 남자들이 앉아 있다.

그것도 모자라 이쪽을 의심스러운 눈으로 보고 있다.

'비, 빌어먹을. 함정인가?'

아니, 함정이라고 생각하기엔 뭔가 느낌이 이상하다.

남자들, 아니 형사들의 중앙에 앉아 있는 세 명의 남성들의 반응이 좀 이상했다.

겁에 질린 세 명의 남자들. 형사들은 그들을 보호하는 게 아니라 마치 그들이 도망을 치지 못하도록 빙 둘러앉아 있는 것 같다.

뚜벅!

숨이 막힐 듯 조용한 카페. 귀를 때리는 구둣발 소리에 고개를 돌린 마피아 보스가 벌떡 몸을 일으킨다.

그건 그들이 주목하고 있던 형사들도 마찬가지다.

"응?"

"응?"

서로를 보며 당황하는 그들.

그 모습이 자못 우스워 실소를 터트린 종혁이 마피아 보스를 향해 꺼지라고 손을 젓는다.

"그, 그럼 가 보겠습니다."

어떻게 찾았는지, 어떻게 데려왔는지 자랑하고 싶은 게 한가득이지만, 아무래도 지금은 아닌 것 같았다.

"만약 저 여성들이 맞으면 부지부터 알아봐."

"옛!"

입이 좌우로 찢어진 보스는 다급히 카페를 빠져나갔고, 종혁은 이쪽을 보며 놀란 여성들을 향해 다가갔다.

"한국 경찰입니다. 확인 차 묻는 건데, 사기를 통해 은행에서 대출을 받으신 게 맞죠?"

"흡?! 아, 아뇨?!"

"맞네."

종혁이 그녀들의 전신을 훑는다.

금목걸이에 반지, 고가의 셔츠와 바지.

종혁의 눈빛이 서늘해진다.

"대가리 잡혀서 끌려갈래요, 아니면 순순히 따라올래요?"

"하, 한국 경찰이 왜……."

콱!

"악!"

"됐다. 그냥 나한테 끌려가자."

두 여성의 머리채를 낚아챈 라차논은 마이크와 그의 부하들, 그리고 외사국 형사들이 앉아 있는 곳으로 끌고 갔고, 종혁은 그러게 순순히 따라나서지 하며 혀를 차곤 뒤따랐다.

그렇게 그가 다가오자 몸을 일으켜 거수경례를 하는 외사국 형사들.

"충성."

종혁의 시선이 그들의 중앙에 앉아 벌벌 떨고 있는 세 명에게로 향한다.

"어디에들 있던가요."

"여기 막노동을 하셨던 분은 어느 외국계 회사 건물의 경비실에서, 여기 아르바이트생은……."

빡!

"악?!"

"가라오케에서. 그리고 요 자동차 도난당한 새끼는……."

퍼억!

대사관 현지 알바생이었던 젊은 청년의 뒤통수를 후린 김승민 경위가 고급 외제차를 도난당한 나왓의 옆구리를 걷어찬다.

퍼억! 쿠당탕!

"끄어억?!"

"도박장에서 잡아 왔습니다. 알아보니 우 경사 관사 인근에 사는 놈인데 이 새끼 부인이 시장에서 옷을 팔고, 이 새끼 모친이 관사 근처에서 작은 로컬 식당을 운영하고 있더라고요."

"……좀 더 죽여 버리지 그랬어요."

이놈들 때문이다. 이놈들의 갑작스러운 변신에 우승민 경사의 촉이 발동해 결국 죽음에 이른 것이다.

물론 억지인 것을 안다.

하지만 이렇게라도 생각하지 않으면 화가 가라앉질 않는다.

두 여성을 싸늘히 노려보며 빈자리에 앉힌 종혁이 의자를 끌고 와 그들의 앞에 놓고 엉덩이를 붙인다.

"내가 지금부터 질문을 할 텐데, 정말 성실히 거짓 없이 답해 줬으면 좋겠습니다."

그 말에 그저 떨기만 할 뿐인 다섯 남녀.

종혁은 그런 그들을 보며 말을 이었다.

"당신들로 하여금 은행에서 대출을 받을 수 있게 서류를 조작해 준 새끼들."

순간 종혁의 두 눈에 살의가 담긴다.

"그 새끼들 지금 어디 있습니까."

그리고 저들에게 그 대출 사기 조직을 알려 준 사람과 저들이 본 모든 이들의 몽타주까지.

종혁뿐만 아니라 이곳에 모인 모든 이들의 몸에서 살의가 넘실거리기 시작했다.

* * *

"씽!"

"네!"

우승민 경사가 살해당하기 반년 전, 방콕에 위치한 한국 대사관.

안경을 낀 청년이 누군가의 부름에 빠르게 뛰어간다.

호리호리한 체구에 흰 티셔츠와 청바지를 입은, 누가 봐도 성실해 보이는 인상인 청년. 그런 그에게 사십대 대사관 직원이 두꺼운 서류 뭉치를 내민다.

"이거 3부씩 복사해 와."

"네, 알겠습니다!"

"그리고 복사 끝나면 여기에 도장도 다 찍고."

씽이라 불린 태국 현지에서 고용한 아르바이트생의 양손에 들린 서류 뭉치 위로 더 두꺼운 서류 뭉치가 놓인다.

"아, 옙!"

씽은 다시 사무실 한구석에 있는 복사기로 달려갔고, 복사기가 곧 종이를 토해 내기 시작했다.

그것들을 몇 발자국 떨어진 빈 책상에 올려놓기를 반복하는 씽에게 다른 현지 아르바이트생이 다가선다.

"또 너한테 시킨 거야? 이번엔 누구야? 킴? 팍?"

"누가 시키면 어때요. 저희가 하는 일이 이건데요."

큰일을 하는 대사관 직원들의 손발이 되어, 그들이 더 원활하게 업무를 수행할 수 있도록 모든 잡무를 처리하는 것.

그것이 대사관에 채용된 씽이 할 일이었다.

아니, 한국대사관에 취직한 대부분의 현지 아르바이트생들이 이런 잡무나 청소 등의 일을 한다.

해맑게 웃는 씽의 모습에 그에게 다가선 이십대 후반의 남성이 한숨을 내쉰다.

"아니면 차라리 저 책상을 여기로 가져오든가."

"사람들 지나는 데 불편하잖아요."

"……에휴. 그래, 성불해라."

"헤헤."

"그보다 오늘 저녁엔 뭐할 거야? 금요일이잖아!"

토요일이 되면 당직 등의 몇몇 대사관 직원들을 제외하면 모든 업무가 정지되어 버리는 한국대사관.

그렇다 보니 그들 같은 아르바이트생들도 일요일까지 휴일이다.

"설마 이번에도 빼려는 건 아니겠지?"

"으음. 그게……."

씽은 매섭게 눈을 뜬 남성의 모습에 한숨을 내쉬었다.

"알았어요. 오늘은 참석할게요."

"잘 생각했어! 그럼 저녁에 봐!"

"네, 수고하세요."

씽은 멀어지는 남성을 보며 다시 한숨을 내뱉었다.

"돈 깨지겠네."

딱히 어떤 목적을 가지고 돈을 모으는 게 아니다.

통장에 찍히는 숫자가 나날이 변하는 게 좋은 것도 아니다. 자신이 열심히 일했구나 뿌듯하기는 하지만, 딱 그 정도.

씽에겐 돈을 모으는 목적이 없었다.

이 한국 대사관에 아르바이트생으로 입사한 것도, 대학을 졸업하고 집에서 노는 아들을 한심해하는 부모님께서 인맥을 통해 집어넣은 것.

고개를 저은 씽은 다시 복사기를 붙잡고 씨름을 했다.

그렇게 시간이 흘러 저녁이 되자 주태국 대한민국 대사관에 고용된 현지 아르바이트생들 중 남자들이 서로 어깨동무를 하며 스쿰빗으로 향한다.

애초부터 방콕의 유명 번화가이기도 하지만 관광객들도 많아 더 시끌벅적한 스쿰빗.

그들이 고른 곳은 최신 노래가 빵빵하게 터져 나오는 푸른 조명의 술집이었다.

"자자, 건배!"

채재쟁!

"크아!"

"으하아! 살겠다-!"

얼음에 한층 더 차가워진 맥주가 목구멍을 타고 넘어가자 씽도 몸을 부르르 떤다.

반강제적으로 오긴 했지만, 일단 왔으니 즐겨야 했다.

오늘 하루 자신을 못 잡아먹어 안달인 한국 대사관 직원들에게 쌓인 스트레스가 사르르 풀리는 것 같자 씽은 맥주병을 들었다.

"제가 한 잔 따를게요!"

"오! 씽이 웬일이야?"

"허험. 그럼 우리 막내가 따라 주는 술 좀 마셔 볼까?"

"받으시오-!"

"……푸하핫! 그거 딱을 따라 한 거지?"

꼴꼴꼴!

막내가 술을 따르는 것도 모두 한국 대사관 직원들에게 배운 거다. 힘들고 안 좋은 일은 모두 막내가.

태국도 그런 경향이 없잖아 있긴 하지만, 한국은 특히

나 심한 것 같다.

안주가 나오기도 전에 연거푸 술을 들이켠 그들이 환하게 웃는다.

"어우. 막내가 따라 줘서 더 각별한걸?"

"킴?"

"으하하하핫!"

그들에겐 참 못된 상사이자 고용주인 한국인 직원들. 너무 고생을 하다 보니 그들을 흉내 내는 게 거의 도플갱어 수준이다.

눈물을 찔끔 흘린 씽이 다시 맥주병을 들자 다른 아르바이트생들이 손을 저으며 말린다.

"어허. 다음부터는 비어걸 기다려! 네가 다 따라 주면 쟤들은 뭐 먹고 살아?"

"아차."

하루하루 혼이 쏙 빠지게 고생을 하는데도 오랜만에 술을 마시다 보니 깜빡했나 보다.

"야, 야. 저기 봐."

"뭘…… 와우."

고개를 돌린 그들이 다른 테이블에 앉은 여성들을 보며 눈을 반짝인다.

"다들 오케이지?"

"아, 저는……."

"쓥! 좋으면서 그러는 거 아니야. 얼른 가. 도와줘?"

"여기서 무게나 잡고 있어."

머리를 살짝 쓸어 올린 일행 중 한 명이 여성들에게 다가가자 씽의 심장이 크게 뛴다.

동료들과의 술자리가 방해받는 게 꺼려지면서도 또 한편으로는 기대되고, 낯선 여자들과 이야기를 나눌 생각을 하니 덜컥 겁이 나고 답답해지면서도 설레는 그런 복잡한 기분.

이윽고 한바탕 웃은 여성들이 수줍게 웃으며 다가오자 모두 주먹을 불끈 쥐었다.

하지만…….

"와. 저것들 꽃뱀이네."

클럽에서 한바탕 몸을 비비며 놀았으면서도 시간이 늦었다며 떠나 버리는 여성들의 모습에 사람들이 억울해하고 분통을 터트린다.

여성들과 말 한 마디 제대로 나눠 보지 못한 씽도 얼굴을 구긴다.

"……에이! 그냥 우리끼리 한잔하자!"

"이렇게 달아올랐는데 우중충하게 남자들끼리 마시자고?"

"그럼 어떡하자고?"

"가라오케 가자."

가라오케란 말에 그들의 눈이 반짝인다.

"어디? 그냥 거리에 있는 그런 가라오케?"

자신들 태국인이나 돈 없는 이들이 주로 가는, 노래를 부를 수 있는 일반 술집. 대부분 한적한 거리에 있는지라

술을 마신 후 집에 가는 게 걱정이다.

"아니, JTV."

"……무슨 헛소리야. 거긴 우리 못 들어가잖아!"

JTV는 일본인이나 한국인만 들어갈 수 있다.

"들어갈 수 있다면?"

쿵!

대답 대신 그들의 눈이 뜨거워지자 말을 꺼낸 일행이 입술을 비튼다.

"거기에 우리 형이 룸 매니저로 일하거든? 언제든 놀러 오라고 했어. 싸게 해 준대. 한 사람당 2차까지 3천 바트."

"그, 그건 너무 비싼데……."

"이것도 싼 거야. 일본인이나 한국인들은 이거에 두 배, 세 배 낸대."

JTV는 그들로선 감히 꿈도 못 꿀 모델급의 여성들이 도우미로 있는 곳이다. 그렇다 보니 가격도 비쌀 수밖에 없다.

"그, 그렇게나?!"

"어떡할래. 난 일단 갈 거야. 이대로는 죽어도 집에 못 가!"

"씨이…… 나도 가!"

"나도! 씽, 너도 갈 거지?"

"아, 아니 전 그런 곳은 처음……."

"오케이! 씽도 간대!"

"아, 아니!"

그렇게 씽의 의견은 묵살됐고, 그들은 가라오케 JTV로 향했다.

그리고 이윽고 그들이 뻘쭘하게 앉은 룸으로 들어오다 깜짝 놀라는 여성들.

"풋! 쟤들 이런 곳 처음 오니까 그냥 너희가 골라잡아서 앉아."

"네!"

꺄르르 웃은 여성들이 한 명씩 그들의 옆자리를 꿰고 앉자 씽도 헛숨을 삼킨다. 방금 전 클럽까지 갔던 여성들과는 뭔가 다른 냄새.

"와, 몇 살이에요?"

"스, 스물네 살인데요……."

"와! 진짜 오빠다! 언니들, 나 오늘 선물 받았어!"

와락!

"헉?!"

어깨를 감싸며 뭉개지는 여성의 감촉에 씽은 헛숨을 삼켰고, 그날 그는 신세계를 맛보게 됐다.

"너무 긴데……."

종혁과 외사국 형사들, 그리고 마이크들의 눈빛이 살벌해지자 씽은 얼른 말을 이었다.

"아, 아무튼 그 이후로도 계속 생각이 나더라고요."

자신의 파트너였던 여성이, 거의 뭐든지 할 수 있었던

가라오케가.

그 쾌락을 잊지 못한 씽은 거의 출근 도장을 찍다시피 가라오케를 찾았고, 결국 모아 둔 돈이 모두 떨어지고 말았다.

그 말에 종혁과 외사국 형사들의 머릿속에 하나의 속담이 떠오른다.

'늦게 배운 도둑질이 날새는지 모른다.'

그리고 그들은 이렇게 한 번 그쪽에 빠져 버린 사람들의 말로를 아주 잘 알고 있었다.

"나중엔 빚을 내서 갔겠지. 그런데 그마저도 감당이 안 됐을 테고."

그런데도 유흥에 한 번 빠져 버린 사람들은 그 빚이 숨통을 틀어막는데도 그 모든 부담을 내일의 자신에게 미룬 채 여자를 찾고 술을 마신다.

"……네. 그랬죠."

동료들도 다 씽을 외면했다.

그럼에도 가라오케가 눈앞을 아른거린 씽은 결국 대출까지 알아봤지만, 정직원도 아닌 일개 계약직에게 돈을 빌려줄 은행 따윈 없었다.

"그렇다고 불법 대출을 받자니……."

이자율이 말도 안 되게 높았고, 불법 대출을 해 주는 마피아들도 무서웠다.

그렇게 컵라면조차 사 먹지 못하는 씽이 안타까웠을까. 같이 일하는 동료 중 한 명이 그곳을 알려 줬다.

"대출 사기 조직?"
"딸링찬에 있는 곳이었어요……."
'딸링찬!'
우승민 경사의 시신이 유기된 장소.
몸을 굳힌 종혁과 사람들은 서로를 바라봤고, 씽은 말을 계속 이어 갔다.

* * *

연락을 하니 그쪽에서 데리러 왔다.
자신들이 돈이 필요한 사람들을 위한 천사라지만, 불법적이니 이해해 달라고 했다.
씽은 그들이 타고 온 하얀 승합차에 올라탔고, 곧 솜뎃프라 삔끌라오 다리를 지나게 됐다.
움찔!
"……계속해."
"그러자 제게 안대를 씌웠어요."
어쩔 수 없는 일이라고. 이해해 달라고.
덜컥 겁이 났지만, 싫으면 내리라는 말에 어쩔 수 없이 그들의 요구를 들어줄 수밖에 없었다.
그렇게 안대를 쓰고 한 20분쯤 차를 타고 갔을까. 담벼락이 쳐진 허름한 3층 건물에서 내리게 됐다.
넓은 공터에 세워진 또 다른 다섯 대의 차량.
나이는 젊은데 눈빛이 심상치 않던 청년 두 명이 담배

를 문 채 자신을 바라보던 게 아직도 기억난다.

"3층의 끝 방으로 가는데, 멀리 수상시장이 보이더라고요."

그래서 이곳이 딸링찬임을 알게 됐다. 솜뎃 프라 삔끌라오 다리 인근에 있는 수상시장은 딸링찬의 수상시장밖에 없으니 말이다.

그곳에서 그들을 만나게 됐다. 카라가 있는 셔츠를 입은 깔끔한 인상의 사내들.

"3명이었어요."

수십 대의 전화기가 놓인 허름한 사무실에서 그들은 서로를 사장, 매니저, 차장이라고 불렀다.

그 말에 종혁과 사람들이 주먹을 불끈 쥐었다.

찾았다. 이 개새끼들을 찾은 거다.

종혁은 치솟는 살의를 애서 누르며 입을 열었다.

"건물 위치는 기억나지 않는다고?"

"네……."

'그 마피아 놈들에게 다시 부탁해야겠군.'

아니, 어쩌면 이미 움직이고 있을지 모른다. 이런 놈들의 특징이 시키지 않은 일까지도 하는 것이니 말이다.

"얼굴은 기억나지?"

씽은 고개를 끄덕였다.

잊을 수가 없다. 좀 무섭기도 했지만, 자신이 은행에서 돈을 빌릴 수 있게 만들어 준 사람들이니 말이다.

"옆에 가서 몽타주나 그려."

작업 〈63〉

종혁은 씽을 옆방으로 보낸 뒤 외사국 형사들과 최재수, 현석을 바라봤다.

 지금 당장이라도 튀어 나가 딸링찬을 뒤지려는 듯 엉덩이를 들썩이는 그들.

 종혁도 애써 그 마음을 달래며 노다가꾼을 향해 손짓했다.

 "저, 저도 딸링찬이었던 것 같습니다!"

 솜뎃 프라 삔끌라오 다리에 오르기 전 안대를 썼고, 20분 정도 차를 타고 가다 허름한 3층 건물에서 내리게 됐다.

 그리고 나머지는 씽과 똑같았다.

 심지어 대출을 받은 은행까지.

 그들은 자신을 어느 회사의 직원으로 위장해 주었고, 며칠에 걸친 작업 끝에 총 3백만 바트를 융통할 수 있었다.

 수수료는 백만 바트였다.

 "죄, 죄송합니다! 아, 아이가 너무 아파서!"

 큰 병에 걸려 수술이 불가피했던 하나뿐인 딸.

 건설 현장에선 가불을 해 주지 않았고, 어느 은행을 가더라도 문전박대를 당했다.

 그래서 절망하고 있던 그때, 이들을 알게 된 것이다.

 덕분에 딸아이의 수술비와 입원비를 마련할 수 있었고, 남은 돈으로는 깨끗한 집으로 이사도 하게 되었다.

 "도, 돈은 어떻게든 꼭 갚을 테니!"

"……후우."

손을 저은 종혁은 차량을 도난당한 나왓을 봤다.

"저도 딸링찬입니다! 파씨차른으로 오해했는데, 딸링찬이 맞는 것 같습니다!"

이어진 그의 말에 종혁과 사람들은 주먹을 꽉 쥐었다. 나왓은 역시나 도박 빚 때문에 돈을 빌린 놈이었다.

"그, 그런데 자동차는 사라지고! 저는 억울한 피해자입……."

퍼억!

"억?!"

다시 옆구리를 걷어차인 나왓이 마이크의 팀원들에게 돌아가며 맞기 시작한다.

그걸 무시한 종혁은 마지막으로 여성 둘을 응시했다.

솔직히 더 이상 들어 볼 것도 없다. 하지만 그래도 앞서 세 명이 말하지 않은 어떤 정보가 있을 수 있기에 종혁은 그녀들에게도 기회를 줬다.

어깨를 움츠린 그녀들은 주춤거리며 다가왔고, 이내 조심스럽게 입을 열었다.

"저, 저기……."

"면피를 하려거나 거짓으로 꾸며 내려거나 하면 저 친구와 면담을 하게 될 겁니다."

뚜두둑!

"힉!

"아, 아니요!"

라차논의 살벌한 미소에 하얗게 질린 그들이 다급히 입을 연다.

"저, 저희는 딸링찬이 아니었는데요!"

움찔!

"……뭐?"

"저흰 쁘라웻이었어요!"

딸링찬과 정반대되는 곳에 위치한 쁘라웻. 그것도 허름한 건물이 아니라 꽤 깔끔한 사무실이었다.

그들을 맞이한 것도 마치 관광객처럼 코끼리 그림이 페인팅된 티셔츠와 청바지 같은 프리한 복장을 한 남녀들이었다.

미소가 밝고, 친절했던 남녀들.

종혁과 사람들의 얼굴이 와락 구겨졌다.

* * *

딸링찬의 어느 3층 건물의 공터.

담배를 문 채 흰색 승합차에 등을 기댄 청년이 젖은 헝겊으로 다른 흰색 승합차를 닦고 있는 또래의 남성을 한심하다는 듯 쳐다본다.

"그러다 닳겠다."

"사장님이 언제나 차를 깨끗하게 유지하라고 했잖아. 그래야 고객이 안심할 수 있다고. 전에 기억 안 나?"

차 안에서 피가 발견된 바람에 식겁했다. 다행히 고객

을 태우러 가기 전에 발견했기에 다행이지, 아니었다면 꽤 혼이 날 뻔했다.

"아, 그 한국 경찰?"

대체 어떻게 자신들에 대해 안 것인지 이 건물 근처까지 다가왔던 코리안 데스크. 그래서 부랴부랴 제거하고, 그의 핸드폰 등 모든 걸 쓸어 모아 사장에게 줬었다.

그리고 사장은 그걸 핸드폰으로 찍더니 다 태워 버렸다.

'나랑 무슨 상관이야.'

월급만 따박따박 들어오기만 하면 그만이었다.

아니, 가능하면 하루라도 빨리 매니저와 차장처럼 자신도 필드를 뛰며 인센티브를 받고 싶었다.

'하아. 난 언제 저런 차를 끌고 다닐 수 있을까.'

청년은 공터에 세워진 사장, 매니저, 차장이 타고 다니는 고급 외제차들을 보며 혀를 찼다.

그의 월급으로는 아무리 모아도 살 수 없는 차들이었다.

"그래, 네 맘대로 해라."

고개를 저은 청년은 다시 담배를 피웠고, 세차를 하는 사내는 그런 그를 보며 속으로 입술을 비틀었다.

'바보 같은 놈.'

아무리 자신들이 불법적인 일을 한다지만, 그래도 사람이라면 성실함을 볼 수밖에 없다.

'너보다 필드에 빨리 나가는 건 나야.'

두 사람은 그렇게 서로 다른 생각을 하며 각자의 일에

몰두했고, 건물의 3층 창가에 선 사십대 남성은 눈을 가늘게 뜨며 창틀을 검지로 툭툭 두드렸다.
 "사장님."
 "우리 지금 영업할 사람이 부족하지? 다음 영업사원은 쟤로 하자."
 "알겠습니다. 그런데……."
 뭔가를 말하려는 듯 망설이던 삼십대 사내가 결국 입을 연다.
 "아무래도 방콕 내에서 저희 말고 대출 사기를 벌이는 놈들이 더 있는 것 같습니다."
 움찔!
 사장의 시선이 차장에게로 향한다.
 그리고 사무실을 둘러보는 그. 마침 자신들 둘뿐이자 사장이 혀를 찬다.
 "쁘라웻이지?"
 "어, 어떻게 아셨습니까?"
 "편하게 다른 영업소라고 생각하면 돼."
 "예?!"
 "차장도 이미 눈치챘잖아. 내 위에 누가 있다는 걸."
 "……."
 "그쪽이 먼저고, 우리가 뒤에 만들어진 거야."
 정확히는 그쪽의 모든 노하우를 가져와 자신의 노하우까지 얹어 만든 게 바로 이 대출 사기 조직이다.
 "곧 회장님을 만날 수 있을 테니까 다른 직원들에겐 말하지 말고."

"회, 회장님을 말입니까?"

"응. 새로운 사기를 기획하고 계시거든. 그것도 몇 십억 바트를 그냥 땡길 수 있는."

"오?"

그동안 자신이 믿고 따랐던 사장이 진짜 사장이 아니란 것에 배신감이 몸을 흔들었지만, 그보단 몇 십억 바트라는 말에 더 관심이 쏠린다.

"회장님을 뵈러 가면 쁘라윗뿐만 아니라 다른 영업소 직원들까지 만날 수 있을 테니 그때 안면 트자고."

"예, 알겠습니다!"

그렇게 차장이 물러나자 사장은 다시 창밖을 보며 핸드폰을 들었다.

"예, 회장님."

사장은 오늘 있었던 일을 보고했다.

* * *

스위트룸에 있는 두 개의 방 중 하나의 방에 다섯 명을 밀어 넣은 종혁과 형사들이 담배를 문다.

순식간에 너구리굴이 되는 스위트룸의 거실.

"이거……."

모두의 시선이 모이자 종혁이 관자놀이를 누른다.

"경우의 수가 두 개라고 봐야겠네요."

"서로 각기 다른 대출 사기 조직이거나……."
"아니면 그들의 위에 대가리가 하나 더 있거나."
하지만 후자는 가능성이 거의 없다. 아니, 생각하기도 싫었다.

정말 위에 오더를 내리는 인물이 따로 있다면, 대출 사기 조직이 몇 개인지 가늠조차 할 수 없어지기 때문이다.

그렇다면 피해액 역시 당초 예상했던 것과 비교도 할 수 없을 만큼 뻥튀기가 될 터.

그런데 왜일까. 아무래도 위에 오더를 내리는 인물이 있는 것 같다는 생각이 그들의 촉을 흔든다.

"……가장 최악은 이 대출 사기 조직들이 서로 유기적으로 연락을 하는 것이겠네."

라차논의 말에 사람들이 필터까지 타들어 간 담배를 깊게 빤다.

그건 정말 최악이었다. 대책 없이 현재 밝혀진 두 곳만 쳤다가는 나머지 놈들이 모두 도망을 칠 테니 말이다.

'도우미들을 구하길 잘했네.'

라차논을 통해 마이크라는 믿을 수 있는 인물을 소개받은 것도 얼마나 다행인지 모른다.

'대출 사기 조직이 많을수록 뒤를 봐주는 배경들의 숫자까지 많을 테니까. 특히 경찰.'

씁쓸히 웃은 종혁은 손뼉을 쳐서 시선을 모았다.

"이놈들 사무실을 찾는 건 제가 구한 도우미들에게 맡기기로 하고, 우리는 이놈들부터 따 봅시다."

씽과 나왓, 노가다 노동자에게 대출 사기 조직을 알려 준 사람들, 그리고 대출을 해 준 은행의 직원과 나왓에게 고급 외제차를 판매한 자동차 딜러.

또 그리고 여성 둘에게 대출을 해 준 다른 은행의 직원과 그들에게 쁘라웻의 대출 사기 조직을 알려 준 사람까지.

"이놈들도 하얀 승합차를 이용했다고 했죠?"

인터넷 쇼핑몰을 여는 걸로 위장해 대출을 받은 뒤 명품을 사는 데 모든 돈을 다 써 버린 두 여성 역시 하얀 승합차를 타고 은행까지 이동했다고 말했다.

이래서 곧바로 딸링찬을 뒤지지 못하는 것이었다.

'후. 어느 쪽일까.'

이 둘 중 어떤 놈들이 우승민 경사의 배에 칼을 밀어 넣은 걸까.

종혁의 주먹이 쥐었다 펴지길 반복한다.

벌컥!

갑자기 다섯 명을 몰아넣은 방에서 한 사람이 걸어 나온다.

"저, 저기 몽타주가 완성됐는데요······."

"수고했어. 이건 수고비. 그리고······ 알지?"

"걱정 마세요, 형!"

몽타주 제작을 위해 비밀리에 부른 마이크의 지인은 손에 쥐어지는 천 바트에 희희낙락거리며 떠났고, 거실 소파 테이블에 몽타주들이 줄지어 놓인다.

빠드득!

"이렇게 생긴 놈들이란 말이지……."

"이 개새끼들. 누가 사기꾼 새끼들 아니랄까 봐."

밖에서 보면 그냥 인상 좋은 사람이라고 생각될 만큼 선한 인상의 외모들.

심지어 쁘라웻 조직의 여자들은 무슨 모델을 뽑았나 싶을 정도로 미모가 제법이었다.

종혁은 그것에서 꽤 많은 걸 읽어 낼 수 있었다.

"이 새끼들 봐라?"

"왜 그러십니까?"

"이거 위에 있는 놈이 보통 놈은 아닌 거 같다."

사기꾼에게 있어 가장 중요한 능력은 당연하게도 남을 속일 수 있는 말빨이다.

그리고 그에 못지않게 중요한 게 있으니, 바로 선한 인상이다. 인상이 좋을수록 사람의 경계심이 무너지기 쉽고, 속아 넘어갈 확률이 높아지기 때문이다.

하지만 당연하게도 모든 사기꾼들이 다 인상이 좋은 건 아니다.

그런데 사기꾼들, 그중에서도 선한 인상을 지닌 사기꾼들이 한데 모여 있다?

이건 누군가 의도적으로 이들을 한데 모은 것이 아니고서야 이해하기 어려운 상황이었다.

"이거…… 아무래도 저희가 처음 생각했던 게 맞는 것 같습니다."

마이크의 말에 사람들의 시선이 집중된다.

"하나의 머리 아래 여러 조직이 있다는 것 말입니다."

의아해하는 사람들의 시선에 마이크는 하나의 몽타주를 검지로 가리켰다.

"저놈, 제가 아는 놈입니다."

딸링찬 3층 건물에서 사장이라고 불린 놈.

이름은 꺼라팟 꺼판.

"사기 전과만 4범인데, 그 모두 자신이 주도적으로 나선 적이 없는 놈입니다."

항상 다른 누군가를 앞세워 사기를 저지른 놈이다.

폭행에 살인, 왕실 모독까지 합하면 총 7범의 범죄자.

종혁이 입을 떡 벌린다.

"왕실 모독까지 했다고요? 그럼 이 새끼 몇 살 때부터 범죄를 저지른 겁니까?"

태국에서 왕실 모독은 중범죄다. 그 정도에 따라 다르지만, 심하면 살인에 준하는 처벌을 받을 정도였다.

"제가 알기로 12살 때부터 사기를 치고 다닌 걸로 알고 있습니다."

진짜배기 쌍놈이었다.

"하. 다른 놈들 얼굴도 데이터베이스에 돌려 보면 좋겠지만……."

그래선 어디서 말이 새어 나갈지 모른다.

또 범죄자 데이터베이스에 얼굴이 등록됐다고 해도 이 몽타주와 비교를 할 수 있는 시스템이 없어서 일일이 하나씩 찾아봐야 한다. 시간을 얼마나 잡아먹을지 모르는 것이다.

"죄송합니다. 저희 태국은 한국과 달리……."

"아니요. 사과하실 일이 아닙니다. 그저 저희가 조금 빠른 것뿐이니까요."

"……감사합니다."

1년 전, 연수 때문에 가 봤던 한국.

마이크에게 한국은 충격 그 자체였다.

고도로 발달 된 서울의 모습 때문이 아니다. 경찰 본청 때문이다.

'인식 프로그램 시리즈에 완벽하게 구축된 범죄자 데이터베이스와 디지털 포렌식.'

그 외에도 개미 한 마리의 지나가는 것까지 관찰이 가능할 정도로 성능이 좋고 빽빽하게 설치된 CCTV 등 여러 가지까지, 어떤 면에선 FBI보다 앞선다고 봐야 했다.

한국 경찰은 경찰들에게 있어 꿈의 직장이나 마찬가지였다.

'태국은 아직도 한없이 부족하다.'

종혁은 이를 악문 채 자괴감에 빠지는 마이크를 외면하며 사람들을 둘러봤다.

"움직입시다."

"예!"

* * *

방콕의 어느 산업 은행.

"감사합니다! 정말 감사합니다!"

"아닙니다. 준비하신 서류가 완벽했기에 대출이 떨어진 것뿐입니다. 그럼."

고개를 숙이며 대출 손님을 떠나보낸 삼십대 중반의 은행원이 미간을 좁힌다.

'이거 너무 많이 오는데…….'

"조절 좀 하라고 연락해야겠네. ……응? 저 인간 또 왔네."

"누구요? 아."

허름한 셔츠에 바지를 입은 중년인. 누가 봐도 은행의 에어컨 바람을 즐기러 온 사람처럼 보인다.

벌써 나흘째 출근 도장을 찍고 있는 비렁뱅이다. 그런 주제에 카페에서 산 걸로 추정되는 커피를 쪽쪽 빨고 있다.

"인생을 왜 저따위로 사는지 모르겠네. 저럴 시간에 공사장에서 벽돌이라도 나르지. 쯧쯧."

"어…… 그런데 저 사람 저희 지점에 3천만 바트나 예금했다는데요?"

움찔!

"진짜로요. 그래서 내쫓지 못하는 거래요."

"……그럼 한심한 인생이네."

3천만 바트나 가지고 있으면서 하는 짓은 한량이 따로

작업 〈75〉

없으니 정말 한심한 인생이다.

'빌어먹을. 나도 아직 통장에 3천만 바트가 없는데!'

곧 찍긴 할 테지만, 왜인지 짜증이 난다.

'아니야. 꺼라팟에게 좀 더 많이 보내라고 해야겠어!'

"난 잠깐 커피 좀 마시고 올게."

그는 핸드폰을 들며 일어섰고, 방금까지 그와 이야기를 나눈 후배는 그런 그를 보며 선망 어린 표정을 지었다.

'지킬 거 다 지키면서도 실적은 톱! 진짜 선배님처럼 되고 싶다!'

언젠가 꼭 저 선배처럼 되겠다고 생각한 그는 앞에 놓인 벨을 눌렀다.

띵동!

"다음 분!"

한편 은행의 주차장.

마치 누가 훔쳐 가기라도 할까 돈이 든 종이백을 품에 꽉 끌어안은 피부가 까만 중년인이 주위를 둘러보다 재빨리 하얀 승합차에 오른다.

그에 운전석에 앉아 있던 차장이 미소를 짓는다.

"어떻게 도망치지 않고 왔네요?"

움찔!

"그, 그럴 리가요!"

"그래요. 어차피 도망쳐 봤자 은행에서 100미터도 도망가지 못하고 잡혔을 겁니다. 우리 직원이 대기하고 있었으니까요."

"네……."

왜인지 그럴 것 같아서 온 것이다.

"그럼 계산을 해 볼까요?"

"여, 여기 수수료입니다."

중년인이 백만 바트를 차장의 손 위에 올려놓는다.

"흐음. 저희가 정말 힘들게 작업한 거 아시죠?"

"네? 하, 하지만!"

"기름값 하게 50만 바트만 더 주시죠?"

"그, 그건 약속과 다르……."

"아니면 서로 사이좋게 손잡고 경찰서에 가든지."

차장의 눈이 서늘해지자 몸을 움츠린 중년인은 울상을 지으며 50만 바트를 더 내놨고, 차장은 활짝 웃었다.

"예. 수수료 잘 받았습니다. 그럼 어떻게 해 드릴까요? 근처 역에 내려 드리면 될까요?"

"아, 아니요! 전 여기서 택시 타고 가겠습니다!"

"네. 뭐 그러세요. 그럼 다음에 또 돈이 필요하면 연락 주십시오. 큰돈 생겼다고 막 쓰지 마시고요."

"네. 네. 그, 그럼!"

다급히 차에서 뛰어내린 중년인은 혹여 차장이 또 돈을 요구할까 부리나케 뛰어갔고, 그 모습을 보며 코웃음을 친 차장은 핸드폰을 들었다.

"계산 끝났다."

-예!

작업 〈77〉

전화 받은 상대가 근처에 있었던 듯 몇 초 지나지 않아 운전석의 문이 열린다.

그에 운전석에서 내린 차장은 천 바트 몇 장을 꺼내어 운전석 문을 연 이십대 청년에게 내밀었다.

"수고비. 담뱃값 해."

곧 영업사원이 될 청년. 자신의 경쟁자인 매니저보다 발언권을 더 가지려면 이 청년을 한편으로 끌어들여야 했다.

"가, 감사합니다!"

"가자."

"예!"

부르릉!

시동을 건 차는 곧바로 출발하지 않았다.

주차장을 둘러보듯 한 바퀴 돌더니 그제야 도로로 향하는 승합차.

그렇게 승합차가 주차장 입구를 넘어서자 입구 근처에 세워진 차 안에서 한 명의 사내가 몸을 일으킨다.

"오우케이."

딱 봐도 놈들인 것 같다.

'크! 지난 나흘 동안 차 안에 있었던 보람이 있구만!'

"여기는 M2! 용의 차량 발견! 추적하겠다!"

부르릉!

M은 마이크의 약자. 마이크의 부하 직원은 재빨리 주차장을 빠져나갔다.

* * *

해가 저물어 가는 오후의 딸링찬.

하얀 승합차가 들어간 3층 건물이 보이는 한 건물 꼭대기에서 마이크가 종혁을 보며 헛웃음을 터트리고 있다.

"선물입니다."

"보통 선물이라고 하면 이 손으로 들 정도의 크기 아닙니까?"

"안가나 잠복용 숙소로 쓰세요. 차 안에서 자는 것만큼 건강에 안 좋은 것도 없습니다."

그래서 이 건물의 명의도 마이크 앞으로 돌릴 생각이었다.

"……방콕으로 도망쳐 온 한국 범죄자들을 잡는 대로 바로 송환시켜 드리겠습니다."

"공조도 잘 부탁드립니다."

빙그레 웃어 준 종혁은 현석을 봤다.

"보냈어?"

"예! 방금 막 보냈습니다!"

"알았어."

노트북 앞에 앉아 있는 현석을 일견한 종혁이 핸드폰을 든다.

"부국장입니다. 지금 메일로 영상 하나가 갔을 건데, 그거랑 사망한 태국 코리안 데스크 우승민 경사의 숙소를 뒤진 놈들 체형 비교 좀 해 주세요. 얼마나 걸리겠습니까."

-5분이면 됩니다!

"네, 알겠습니다."

겨우 5분이기에 통화를 종료하지 않은 종혁이 노트북과 촬영 장비를 신기하다는 듯 바라보는 마이크의 모습에 피식 웃는다.

"음. 그러니까 이 초고화질 카메라로 찍으면 인식 프로그램이란 것이 체형을 비교해 준다는 말이죠?"

다시 봐도 신기하기 그지없는 인식 프로그램 시리즈. 어떻게든 태국으로 가져오고 싶은 물건이다.

라차논도 말은 안 하고 있지만 눈이 파르르 떨린다.

이게 어떻게 된 거냐는, 한 나라의 국가정보부에나 있어야 할 물건이 왜 필드를 돌아다니고 있냐는 듯한 소리 없는 물음에 종혁은 어깨를 으쓱였다.

-……님!

"예. 말하세요."

-방금 보내 주신 두 놈과 우승민 경사의 숙소를 뒤진 놈들의 체형이 일치합니다!

걷는 모습이나 보폭 그 모든 게 97퍼센트 이상 일치한다.

-흰색 승합차 두 대 중 한 대도 같은 모델입니다!

쿵! 까드드드득!

발을 구른 종혁의 입 안에서 살벌한 소리가 터져 나온

다.

"저 새끼들이 맞았네."

"마, 맞답니까?!"

"이런 개새끼들……. 더 볼 거 있습니까?! 그냥 진입하시죠!"

"혹시나 다른 곳에 연락을 할 수 있으니까 좀 더 기다렸다가 저놈들이 흩어질 때 움직이는 게 어떻습니까! 저 새끼들도 잠은 집에서 자겠죠!"

"그거 좋은 방법이네! 그걸로 가자!"

"부국장님!"

종혁은 3층 건물을 보며 눈빛을 가라앉혔다.

* * *

"끄으으으아아아악!"

의자에 묶인 몸이 들썩인다.

핏줄이 터진 눈에선 피눈물이 흐르고, 입에서 피가 흘러내린다.

"그래서 더 숨긴 건 없다는 거지?"

"없…… 어. 없다…… 고. 퉤! 쿨럭 쿨럭!"

"사장님, 한 번 더 찔러 볼까요?"

"……됐어. 그냥 마무리해. 아니, 너 이리 와. 너도 해야지."

"예? 아, 아니, 예……."

갑자기 누군가 심장을 꽉 틀어쥔다.

다리에 힘이 풀려 떨리고, 입안이 급격하게 마른다.

억지로 떼어지지 않는 걸음을 옮겨 다가간 그.

한국 경찰의 앞에 쪼그려 앉아 있던 또래의 동료가 몸을 일으켜 그에게 피가 흥건한 칼을 내민다.

"그냥 눈 딱 감고 찌르면 돼. 별거 없어."

'미친 새끼.'

사람의 배를 두 번이나 찔렀는데도 해맑게 웃는 미친 놈.

무섭다. 갑자기 무섭게 느껴진다.

그러나 도망칠 수 없다. 사장과 차장, 매니저가 모두 지켜보고 있다.

숨을 거칠게 몰아쉰 그는 이를 악물며 한국 경찰의 앞에 쪼그려 앉았고, 또래의 동료가 망설이는 그를 보며 눈을 껌뻑인다.

"도와줘?"

"닥쳐! 후욱, 후욱!"

그는 한국 경찰의 배에 칼끝을 가져가며 자신도 모르게 한국 경찰의 눈을 봤다.

곧 찾아올 고통을 직감한 건지 일그러져 있으면서, 억울해하면서도 뭔가 후련해하는 것 같기도 한 복잡한 감정이 뒤섞인 눈빛.

"죽여, 이 개새끼야."

"빌어먹을!"

그는 눈을 꽉 감으며 손을 밀어 넣었다.

푸우욱!

"커허억!"

손바닥 전체를 물들이는 역한 감촉.

그는 덜덜 떨며 다시 한국 경찰을 봤다.

"'뒷일을…… 부탁드립니다, 국장님.'"

뜻 모를 소리를 지껄인 한국 경찰의 고개가 밑으로 떨어져 내렸다.

"허억!"

꾸벅꾸벅 졸다가 벌떡 일어난 사내의 모습에 다른 청년이 놀란 표정을 짓는다.

"왜 그래?"

"……아니야. 나 잠깐 씻고 올게. 빌어먹을. 한국 경찰놈이 왜 꿈에 나와서……."

곧 영업사원이 될 청년은 멀어지는 사내의 중얼거림에 피식 웃었다.

'혼자 센 척은 다 하더니…….'

사람 하나 죽인 게 저렇게까지 놀랄 일인가 싶었다.

고개를 저은 그가 기지개를 켜는 순간이었다.

"자자, 주목! 뭐야, 옆에 어디 갔어?"

"방금 화장실 갔습니다."

고개를 끄덕인 사장이 자신을 쳐다보는 직원들을 보며 입을 연다.

"전달할 사항이 있다. 다름이 아니라 사흘 후에 다들 어디로 가야 하니까 그동안 술 마시지 말고, 목욕탕 가서 몸도 깨끗이 씻어. 중요한 자리니까 슈트도 사고. 알았어? 이상 전달 끝."

사장은 그 말을 끝으로 몸을 돌렸고, 차장이 슬그머니 몸을 일으켜 그의 뒤를 쫓는다.

그에 곧 영업사원이 될 청년은 의아해하다가 이내 어깨를 으쓱였다.

어딜 가는지는 중요하지 않다. 사장이 신신당부했으니, 최대한 멀끔한 모습을 보여야 했다.

'저녁엔 백화점에 들러야겠네.'

"휴우. 무슨 일 없었지?"

"없었어."

고개를 끄덕인 사내는 컴퓨터를 보며 키득키득 웃었고, 곧 영업사원이 될 청년은 입술을 비틀며 몸을 일으켰다.

그렇게 시간이 흘러 저녁이 되자 사무실 안의 사람들이 퇴근 준비를 한다.

"고생하셨습니다! 내일 뵙겠습니다!"

"그래. 너희들도 내일 보자."

공터에 세워진 차량에 올라타 사라지는 사장과 매니저, 차장.

곧 영업사원이 될 청년에게 다른 사내가 다가선다.

"야, 오늘 한잔 어때?"

"됐어. 약속 있어."

"……에휴. 그래라. 오늘은 JTV나 가려고 했는데."

그렇게 말하며 슬그머니 곧 영업사원이 될 청년을 봤던 사내는 그가 아무런 반응이 없자 혀를 차며 흰색 승합차에 올라 사라졌고, 그제야 남겨진 청년도 나머지 승합차에 올라 대문을 빠져나간다.

"다행이네."

차장이 수고비를 준 덕분에 오늘 바로 슈트를 살 수 있을 듯하다.

"그리고 내일 출근하기 전에 수선을 맡기면 되겠지."

그러면 모레는 자신의 몸에 딱 알맞게 수선된 슈트를 입을 수 있을 거다.

필드를 뛸 영업사원을 두고 경쟁하는 동료와 달리 말이다.

그는 히죽 웃으며 액셀을 밟았다.

그 순간이었다.

끼이익!

"으악?!"

갑자기 앞을 가로막는 차량에 급하게 차를 세운 그.

얼굴을 와락 구긴 그가 창문을 내리며 고개를 내민다.

"빌어먹을! 차 빼, 이 자식……."

덥썩!

"어?"

"좀 맞자, 새끼야."

갑자기 멱살이 잡힌 그는 고개를 돌리자마자 눈앞에 드리워진 커다란 주먹에 눈을 동그랗게 떴다.

쩌어억!

쩌어억! 쩍!

주먹 아래서 살이 뭉개진다.

피가 튄다.

놀라 일그러진 눈은 곧 경악으로 굳어지고, 공포로 풀린다. 발버둥 치던 손이 힘을 잃고 떨어진다.

"후우."

덜컹!

차 문을 연 종혁이 그의 손을 잡아 운전대에 올린다.

그리고 자신의 주먹을 뒤로 잡아당긴다.

부왁! 꽈아앙!

느려진 시간 속, 주먹 아래에 닿는 얇은 가죽과 잠시 반항을 하더니 속절없이 부서져 내리는 뼈들.

"끄아아아아아! 아아아아아아악!"

"살아 있네."

그럼 됐다. 아직 이 분노가 풀리려면 멀었는데, 벌써 죽어선 곤란했다.

"꺼어억! 끄어어어억!"

종혁은 박살 난 손을 붙들고 눈물, 콧물을 모두 쏟아내는 그를 끌어 내렸다. 그러자 힘없이 땅바닥을 향해 추락해 나뒹구는 몸뚱이.

"아으으악!"

종혁은 그의 머리채를 잡아 올렸다.

뚜두두두둑!

"으아아아아아!"

"가자, 새끼야."

이곳은 복수를 하기에 알맞은 곳이 아니다.

놈을 승합차 뒷좌석에 집어 던진 종혁이 차 안으로 올라 고통에 발버둥 치는 그의 발목에 자신의 발을 얹는다.

뿌드드드득!

"크레에이푸르아악!"

인간의 것이 아닌 비명에 종혁이 문을 닫는다.

드르륵! 탁!

"아까 있던 곳으로 갈까요?"

어느새 운전석으로도 외사국 형사가 기어에 손을 얹는다.

"아니요. 이 새끼들 아지트로 갑시다."

오늘 하루 종일 살펴봤지만, 이들 말곤 이용하는 사람이 아무도 없던 3층 건물.

아마 그곳일 거다. 우승민 경사를 살해한 장소가.

아니라도 상관없다. 그땐 한 번 더 패고 물어보면 됐다.

빠득!

"그렇죠. 이번엔 제가 패겠습니다."

"그러세요."

"예!"

부아아앙!

흰색 승합차가 요란한 굉음을 내며 빠르게 후진했다.

질질질!
"끄아아아악! 으아아아아악!"
밟아 으스러트린 발목을 쥐고 지하로 내려온 종혁이 외사국 형사가 발견한 창고 같은 공간으로 놈을 집어 던진다.
"끼아아아아아!"
콧속으로 빨려 드는 피 냄새.
사방에 점점이 뿌려져 있는 피들.
창고 같은 공간을 전부 비추지 못하는 하얀 전등 아래 피바다가 펼쳐져 있다.
"아아아아악!"
"시끄러워, 씨발놈아!"
너무도 아득한 고통에 물 밖으로 나온 물고기처럼 퍼덕거리며 괴물 같은 비명을 질러 대는 놈의 턱을 후려친 외사국 형사가 그의 배를 향해 발을 내지른다.
뻐어억!
"꺼어억?!"
"상체는 때리지 마세요. 잘못하다 갈비뼈라도 부러져 장기를 찌르면 더 못 패잖아요."
"아, 예!"
외사국 형사는 주위를 굴러다니는 돌덩이를 들어 멀쩡한 다른 발목으로 다가간다.

"아, 안……."

빠아아악!

"끄아아아아아아악!"

다시 터지는 비명을 뒤로 한 종혁이 살해 현장으로 다가간다.

고무로 된 넓은 판 위에 놓인 의자 하나. 엉덩이를 붙이는 나무판의 절반이 말라붙은 피로 범벅되어 있고, 그 아래 고무로 된 넓은 판도 피가 말라붙어 있다.

나름 닦는다고 닦은 것 같지만, 이 자리에서 엄청난 출혈이 있었다.

"여기가 맞구만."

빠드드드드드득!

얼마나 아팠을까. 얼마나 절망스러웠을까.

그리고…….

"우리를 얼마나 기다렸던 겁니까, 우 경사."

배를 세 번이나 찔릴 때까지 애타게 동료를 찾았을 그.

죽음을 직감하고 한국에서 날아올 자신들에게 후일을 맡겼을 그.

그 지독한 고통과 외로움 속에서 몸부림쳤을 경찰의 모습을 떠올리자 머리끝에 달린 무언가가 끊기려고 한다.

뚝! 뚝! 뚝!

하얗게 변색된 주먹에서 흘러내리는 핏방울.

의자를 향해 경례를 하고 있던 종혁이 바깥에서 다가오는 기척을 느끼고 몸을 돌린다.

그러자 나머지 네 놈이 마이크와 마이크의 팀원들, 그리고 외사국 형사들과 최재수, 현석의 손에 개처럼 끌려 안으로 들어온다.
 "……아, 씨발. 개좆같은!"
 지하실 내부의 모습을 보자마자 그들 역시 이곳이 우승민 경사의 살해 장소임을 깨닫는다.
 종혁은 담배를 물었다.
 찰칵! 치이익!
 "현석아."
 "예, 부국장님!"
 "여기 연장 있다. 가져가."
 "예!"
 황급히 달려와 공구 박스를 들고 다시 일행들에게 달려가는 현석.
 종혁이 연장을 하나씩 꼬나드는 외사국 형사들을 보며 사형 선고를 내렸다.
 "몸뚱이 본체랑 아가리만 빼고 다져. 사장, 매니저, 차장은 한쪽 팔이랑 한쪽 다리도 남겨 놓고."
 "……충성!"
 종혁은 물고 있는 담배를 의자 위에 내려놓으며 마이크에게 다가갔다.
 "우린 3층으로 갑시다."
 지금부터 보여질 모습은 관계자가 아니면 지켜보기 힘들 29금의 영상이었다.

끼이이익!
닫히는 등 뒤로 끔찍한 비명이 터져 나왔다.

* * *

"오, 캔커피 있다. 커피 드실래요?"
도중에 열쇠를 받아와 3층 문을 열고 들어온 종혁이 사무실 안을 뒤적거리자 마이크가 재밌다는 듯 쳐다본다.
'그렇게 안 보였는데 말이야.'
해외 경찰과 범죄학계에서 종혁의 이미지는 덩치가 우람하지만, 굉장히 스마트한 괴물 천재다.
문무겸비의 치트 캐릭터.
그런데 상상도 못할 정도로 포악한 괴물을 품고 있었다. 아니, 최종혁이란 인물 자체가 그냥 포악한 괴물이었다.
'대체 어떤 수라장을 헤쳐 온 걸까.'
"응? 뭐하세요. 안 찍으세요? 이거 다 증거입니다만?"
"아."
정신을 차린 마이크가 손가락을 튕기자, 마이크의 팀원들이 재빨리 핸드폰을 들어 사무실 여기저기에 놓인 전화기를 찍기 시작한다.
이런저런 회사 이름들이 붙어 있는 수십 대의 전화기들.
마치 제집처럼 냉장고를 뒤져 마이크에게 캔커피를 건

녠 종혁이 자신 몫의 캔커피를 따며 가장 안쪽의 컴퓨터를 켠다.

"……예. 또 방해해서 미안합니다. 컴퓨터랑 금고 비밀번호 좀 물어봐 주세요."

-끄아악!

서라운드로 터져 나오는 비명 소리 사이에서 비밀번호를 캐치한 종혁.

곧 비밀번호라는 방패 안에 몸을 숨기고 있던 놈들의 모든 것이 드러나기 시작한다.

"금고 안에 장부가 있습니다!"
"여기 컴퓨터에 대출 서류 양식 파일이 있습니다!"
"여기도 있습니다!"
"……피해자가 몇 명이야! 그것부터 확인해 봐!"
"예!"

마이크도 그들에게 달려갔고, 피식 웃은 종혁은 이내 사무실 중앙에 놓인 소파에 앉으며 커피를 홀짝였다.

덜덜덜!

약간의 시간이 흐른 후, 팬티만 입은 놈들이 무릎을 꿇은 채 공포와 절망에 몸을 떨고 있다.

이십대의 어린놈 둘은 그 무릎조차 꿇지 못한 채 바닥에서 꿈틀거리고 있다.

종혁은 물고 있던 담배를 잡아 피투성이가 된 사장의 가슴에 비벼 껐다.

"끄으으으읍!"

마치 핸드폰 진동 모드처럼 몸을 떠는 그.

"꺼라팟 꺼판 사장님."

"예, 예!"

"지금부터 사장님들은 함께 차를 타고 이동하다가 덤프트럭에 치인 겁니다. 아셨죠?"

"예, 예, 예, 예!"

"우리는 짧게 물어봐도 길게 대답해 주는 걸 좋아해요."

"예! 저, 저희는 술을 마시고 음주운전을 하다가 덤프트럭에 치인 겁니다!"

"그래요. 이렇게 협조해 주니까 얼마나 보기 좋아요."

덜덜덜!

종혁은 차갑게 가라앉은 눈으로 그를 노려봤다.

"코리안 데스크는 왜 죽였냐."

움찔!

그제야 모든 걸 깨달은 사장들이 고개를 번쩍 든다.

태국인과 다른 외모. 한국인, 한국에서 온 경찰들이었다.

종혁은 눈빛이 변하는 그의 모습에 그의 부러진 다리를 발뒤꿈치로 내려찍었다.

"……끄아아악!"

"씨발아. 묻잖아. 얼굴 한 번 못 본 내 새끼를 왜 죽였냐고. 너 하나, 아니 너희 버러지 다섯 놈 여기에 묻는다고 내게, 우리에게 무슨 피해라도 있을 것 같아?"

"크흐으으윽!"

사장은 피가 섞인 굵은 눈물을 흘리며 입을 열었다.

갑자기 어느 순간 자신들의 뒤를 쫓았던 코리안 데스크. 그래서 죽였다.

"겨, 경찰의 노, 높은 분들에게 신고를 할까 봐 주, 죽였습니다……."

"그 말은 높지 않은 경찰들 중 너희 돈을 처먹은 놈들이 있다는 거네?"

흠칫!

"……예."

순간 도끼눈이 떠지는 마이크의 시선을 외면한 사장은 고개를 끄덕였고, 종혁은 새 담배를 물었다.

치이익!

"너희가 가져간 자료는?"

"다 태, 태웠습니다."

"내가 길게 말하랬지."

"해, 핸드폰과 한글로 적힌 수첩, 컴퓨터 모두 기름을 뿌려서 태워 버렸습니다!"

"네 위에 있는 대가리에게 보고하고?"

"예…… 예?!"

종혁은 말 대신 매니저의 부러진 팔을 후려쳤다.

"끄으으으으으읍!"

넘어지면 혹여 또 맞을까 어떻게든 버티는 매니저.

사장의 눈을 보는 종혁의 고개가 삐딱하게 기울어진다.

"네! 그, 그렇습니다! 저, 저를 고용하시면서 대출 사기에 대한 설계도와 코칭을 해 주신 분인데, 방콕에 살고 계십니다! 어디에 사는지는 모릅⋯⋯ 지, 지, 지, 진짭니다!"

종혁은 들었던 손을 내렸다.

"이름은?"

"나, 나타위라놋 윗미따난. 나이는 오십대이고, 별명이 남쁠라입니다!"

남쁠라는 태국인이 좋아하는 피시 소스. 피시 소스처럼 냄새나는 년이라고 해서 그런 별명이다.

"그, 그리고 어⋯⋯ 아! 전과는 8범인데, 거물은 아닙니다! 그리고 이십대 딸이 있습니다!"

"8범인데?"

"최고 사기 액수가 2억 바트 정도입니다!"

2억이면 한화로 약 60억 수준.

물론 작은 돈은 아니지만, 거물이라 부를 정도는 아니었다. 심지어 그마저도 팀을 이뤄 사기를 쳤던 것이기에 그녀에게 떨어졌을 액수를 생각하면 더욱 그랬다.

"아마 환전 사기였을 겁니다."

2006년쯤 미국이 심상치 않다고, 달러가 더 강세가 될 테니 사 놓는 게 좋을 거라고 투자자를 모았고 그대로 날랐다가 검거된 걸로 알고 있다.

종혁은 묻지 않은 것도 다 대답하는 그의 모습에 고개

를 끄덕였다.

"연락하는 방법은?"

"일주일에 한 번 매출 보고를 할 때 제가 먼저 핸드폰으로 연락을 합니다!"

이번 한국 경찰 살해처럼 특이한 일이 발생할 때도 먼저 연락을 한다. 가끔은 그쪽에서 먼저 연락을 해 올 때가 있다.

그러다 어쩔 땐 또 만나서 밥이나 술을 먹기도 한다.

"코리안 데스크를 죽이라고 지시한 건 누구야? 남쁠라지시야?"

"예, 예! 그렇습니다! 한국 경찰이 저희의 뒤를 밟는 것 같다고 연락드리자 바로 제거하라고 지시했습니다!"

"좋…… 아. 그러면 너희 말고 다른 대출 사기 조직들에 대해 이야기해 보자."

그 말에 사장과 차장이 소스라치게 놀란다.

'그, 그것까지 알아차렸다고?!'

분명 증거가 될 만한 걸 모두 불태워 버렸는데도 알아냈다. 자신들이 살해한 한국 경찰도 알지 못했던 정보까지 말이다.

무섭다. 두렵다.

안 그래도 괴물 그 자체인 종혁이 이젠 인세의 존재가 아닌 것처럼 느껴진다.

"예, 예! 제가 파악하고 있는 조직은 저희 포함 총 네 개입니다!"

움찔!

"대략 1년 반 전에 동시에 문을 열었다고 했는데, 하나는 논타부리, 다른 하나는 통크루, 다른 하나는……."

"쁘라웻."

오싸악!

"네, 네! 그렇습니다! 그중 제가 위치까지 아는 건 쁘라웻입니다!"

"……하, 이 새끼들 봐라."

조직들이 동서남북에 하나씩 있다. 제대로 기획을 하고 판을 벌인 거다.

"이거, 피해자와 피해액이 천문학적일 것 같습니다."

"그러게 말입니다."

남쁠라는 마이크도 들어 본 이름이다.

여자 사기꾼들 중에서 제법 끗발을 날리는 년으로 23살 때부터 사기를 친 걸로 알고 있다.

그런 년이 나이를 먹으면서 제대로 숙성된 것 같다.

"흠."

"왜 그러십니까?"

"이년도 자기가 주도적으로 나서서 사기치는 년은 아니었을 텐데…… 나이가 들어서 생각이 바뀐 건가?"

오십대의 나이면 그럴 수 있다. 그 나이쯤 되면 한 번쯤은 리더가 되고 싶기도 하니 말이다.

"그, 그리고 아마 다른 조직들은 저희들이 있다는 것도 모를 겁니다……."

"음?"

종혁과 마이크, 라차논이 사장을 본다.

"그년이 하는 말이 그랬습니다. 이번에 이년이 큰 사기를 위해 투자 설명회를 여는데, 그날 다른 지점들에 저희들을 소개한다고 했습니다."

자신들은 쁘라웻의 노하우를 바탕으로 후에 만들어진 조직이었다.

움찔!

사람들의 눈빛이 돌변한다.

"투자 설명회?"

"예. 그게…… 이년이 방콕 외곽에 사원을 짓는다고 했습니다."

정확히는 왕족과 귀족 등 하이쏘, 이른바 가진 사람들만을 위한 위패 안치소를 짓기 위해 사원을 짓는다고 했다.

"위패 안치소?"

"태국은 사원 안에 위패를 안치하는 장소를 짓곤 해. 그러다 제삿날이나 불교 행사 등 특별한 날에 꺼내어져서……."

라차논의 말에 종혁이 그제야 깨닫는다.

"맞아. 우리나라 불교에서도 그랬지. 잠깐…… 이거 그 위패 안치 공간을 특별하게 꾸며서 분양하겠다는 거냐, 설마?"

"헉?!"

사장이 놀라자, 라차논과 마이크를 비롯한 다른 사람들은 무슨 말이냐며 종혁을 본다.

"몰라요? 한국에서도 비슷한 투자 사기가 있었잖아요. 납골당 분양 사기."

"……아! 아아아! 맞네! 그거네!"

단번에 깨닫는 외사국 형사들과 달리 라차논과 마이크, 그리고 마이크의 팀원은 여전히 이해를 하지 못한다.

"그러니까 이게 어떤 사기냐면……."

유령 회사를 설립한 뒤 사업 승인을 받지도 못한 납골당을 세워 분양할 것처럼 투자자를 모집하여 투자금을 챙기는 사기다.

심지어 각지에 대리점을 세운 후 새로운 투자자를 데려오면, 판매금의 일부를 떼어 주는 식으로도 사기를 쳤다.

한마디로 일종의 피라미드 투자 사기.

"그걸 좀 변형한 거네요."

수많은 위패가 한 곳에 안치되는 위패당.

그걸 위패마다 독립적인 공간을 만들어 주고, 그 안을 금과 보석을 치장을 해 주겠다고 했을 것이다.

"즉, 투자한 이들만을 위한 특별한 사원을 짓겠다는 게 이번 사기의 골자겠지. 아니야?"

"허어억?!"

맞다. 정확하다.

"잠깐?! 그, 그러면?!"

사원을 짓는 데 한두 푼이 들까.

작은 금불상 하나만 해도 수백만 바트는 그냥 나간다.

"하이쏘들을 위한 것이니 대리석과 금칠을 한 조감도를 보여 줄 거고……. 이거 땅덩이만 넓게 잡으면 200억 바트는 우습겠는데?"

쿵!

"아니, 땅은 이미 크게 사 놨겠네. 너희들이 벌인 대출 사기가 바로 이 분양 사기를 위한 종잣돈이었을 테니까! 맞지?"

"꺼어억?!"

200억 바트면 한화로 약 6천억.

라차논과 마이크, 그리고 마이크의 팀원들의 낯빛이 딱딱하게 굳었다.

* * *

"흐으응!"

나타위라눗 윗미따난, 남쁠라가 거울을 보며 마지막으로 자신의 모습을 점검한다.

"딸, 어때?"

"네, 네. 예뻐요."

"……저걸 정말 죽여? 살려?"

그동안 계속 교도소에 들락거리느라 딸을 제대로 돌보지 못한 못난 어미란 죄책감이 결국 그녀의 손을 들지 못하게 만든다.

남쁠라는 중요한 자리라고 정장을 입고 안경을 쓴 딸의 모습에 고개를 끄덕인다.

"가자."

그들은 붉은 벨벳의 바탕에 황금 코끼리가 음각된 커다란 문을 열고 나갔다.

그러자…….

척!

정장을 입은 서른명의 남녀, 세 지점의 사기꾼들이 남쁠라를 향해 양손을 모으며 허리를 숙인다.

남쁠라는 그 모습을 자연스럽게 받아들이며 붉은 구두를 신은 발을 내디뎠다.

또각또각!

그 모습은 마치 여왕의 행차 같았다.

* * *

"돈 벌어와! 돈!"
"늣! 들어오지 마!"

언제나 그랬다.

술에 취해 엄마를 쥐 잡듯 패는 아빠. 그런 아빠에게서 하나뿐인 딸만은 어떻게든 보호하려고 했던 엄마.

전등 불빛조차 희미한 집은 그녀에게 안식처가 아니었다.

"꺄르르!"

"얘! 이것 좀 먹어 봐!"

"와, 맛있다!"

언제나 깨끗한 옷을 입고, 비싼 가방을 들고, 밝게 웃으며 다니는 아이들이 부러웠다.

그래서였는지 모른다.

"이걸로 할게요."

"흠. 이 가죽은 좀 비싼데……."

"괜찮아요. 이걸로 주세요."

"알았어. 그러면 돈은……."

"몸으로도 되죠?"

눈이 동그래진 가죽 상인에게서 가죽을 사고, 가방 장인에게서 가방을 만들었다.

"와, 눗! 이거 뭐야? 이거 해외 브랜드 아니야?"

"그래? 몰라. 필요 없다고 해도 아빠가 사다 주던걸?"

"와아! 부럽다!"

선망 어린 눈으로 자신을 쳐다보는 친구들의 시선이 좋았다.

"거봐. 역시 눗은 부잣집 딸이라니까. 맨날 깨끗한 옷에, 깨끗한 신발만 신고 오잖아! 손톱에 때도 없고!"

"거기다 성적도 맨날 만점!"

어느덧 그녀는 학교의 여왕벌이, 무리의 중심이 되어 있었다.

그러다 보니 함께 어울리는 아이들의 수준도 높아졌다.

"호호호호!"

"꺄르르르!"

그렇게 무리와 함께 하교를 하던 중 엄마를 마주치게 됐다.

길거리에서 과일을 팔고 있던 엄마.

"불쌍해. 저렇게 하루종일 팔아서 얼마나 벌까?"

"애들아! 우리 저 아줌마 과일 다 사 주자!"

"그럴까? 늣, 괜찮아?"

"……됐어. 저런 거지들과 어울리면 똑같은 사람 되는 거야."

나타위라늣 윗미따난은 그렇게 엄마의 가슴에 대못을 박으며 친구들과 멀어졌다.

그때의 멍한 엄마의 눈빛은 그녀의 가슴에 화인처럼 새겨져 버렸다.

그리고 일주일 후 엄마가 집을 나갔다.

그때부터 지옥이 시작됐다.

"늣! 나타위라늣 윗미따난-!"

"뭐, 뭐야, 저 거지는? 늣, 아는 사람이야?"

"야, 이 개 같은 년아-! 얼른 안 나와-!"

"선생님, 이러지 마시고……."

"놔! 내가 내 딸 만나겠다는데 니들이 왜 방해야!"

"딸?"

친구들의 눈이 의심과 불신을 가득 머금으며 몰리자 그녀는 어색하게 웃으며 변명을 했다.

"모, 몰라. 내가 저런 사람을 어떻게 알아?"

하지만 그녀의 변명은 먹히지 않았다.

아빠와 너무나 닮았던 그녀의 외모.

주르륵!

"우릴 속이니 좋았니?"

"어쩐지 테이블 매너를 하나도 모를 때부터 알아봤어야 했는데."

"어후, 거지 냄새."

"깔깔깔!"

죽어 버렸으면 좋겠다고 생각했다.

어느새 적으로 돌아서 버린 친구들이.

그리고 자신의 인생을 망가트린 아빠가.

그래서 결국 저질러 버리고 말았다.

"쿠, 쿨럭! 이, 이 개 같은 년이……!"

"허억! 헉! 모, 모두 당신이 잘못한 거야! 당신이!"

술에 취해 잠든 아비의 배를 찌른 나타위라눗 윗미따난은 그길로 가출을 해 버렸다.

이후 아빠가 어떻게 됐는지는 모른다.

방콕으로 도망쳐 온 그녀는 가장 먼저 부잣집의 하녀로 취직했다.

학교에서 떠받들어지며 살았던 그 쾌감을 잊지 못한 그녀.

하지만 상류층에 대한 걸 하나도 몰랐던 그녀.

그걸 배우기 위해 부잣집의 하녀로 취직을 한 것이다.

그러나 얼마 못 가 주인마님의 장신구를 훔치다 걸려

쫓겨나게 됐다.

'어차피 안 쓰던 거였잖아! 옷이나 장신구는 사람의 몸에 채워져 빛이 나기 위해 존재하는 거야! 서랍 속에 처박혀 있는 게 아니라!'

억울했다. 그저 돈이 넘쳐 나서 의미 없이 명품을 수집하듯 사들이는 이들과는 달리, 자신은 명품을 명품답게 더 값지게 써 줄 수 있는데 말이다.

그래서 그녀는 다시 상류층을 연기하기 시작했다.

상류층과 인연을 맺기 위해.

그 인연을 통해 상류층이 되기 위해.

사기를 쳐서 상류층들과 인연을 맺어 상류층이 되든, 성공을 해서 상류층이 되든 어차피 결과는 똑같지 않은가.

하녀로 일하며 그들의 생활상, 심리, 행동, 말투 등을 모두 완벽하게 익혀 놓았기에 이번에야말로 완벽히 상류층을 연기할 자신도 있었다.

처음 타깃은 상류층의 이혼남이었다.

미모에 자신이 있었던 그녀는 그에게 의도적으로 접근을 했고, 여자에게 크게 당했던 그는 마치 운명이라는 듯 그녀에게 빠져들었다.

하지만 그녀의 과거가 발목을 잡았다.

다른 건 다 알았지만, 상류층의 세상이 무척이나 좁다는 걸 몰랐던 그녀의 패착이었다.

철컥!

"나타위라눗 윗미따난, 널 사기 혐의로 체포한다."

* * *

"엄마?"
흠칫!
"무슨 일 있어?"
걱정이 스며 있는 딸의 얼굴에 남쁠라가 살짝 감동한다.
"……아니야."
시트의 감촉이 너무 좋아서 옛날 기억이 났나 보다.
과거의 그녀로선 감히 만져 볼 수조차 없었던, 마치 온몸이 녹아내리는 듯 푹신하면서도 단단한 시트와 차에 타고 있다는 사실을 잊을 만큼 조용한 롤스로이스.
이 태국에선 하이쏘만 탈 수 있는 진정한 부의 상징이다.
'이런 것도 이제 곧 매일 바꿔 탈 수 있겠지.'
오늘 설명회를 위해 빌린 롤스로이스.
이번 사기가 성공리에 끝난다면, 9살 그 어린 나이부터 꿈꿔 왔던 상류층이 될 수 있는 것이다.
그것이 비록 이 태국 안이 아니라고 해도 말이다.
'정말 조금밖에 안 남았어!'
남쁠라는 세차게 뛰는 심장을 누르며 주먹을 쥐었다.
스르륵!

"도착했습니다, 회장님."

"응."

보조석에 앉은 수행원이 뛰어와 뒷문을 열어 주자, 마치 당연하다는 듯 자연스럽게 내린 그녀가 목을 위로 꺾어 높은 빌딩을 바라본다.

BAIYOKE SKY HOTEL.

현재까지 이 방콕에서 가장 높은 빌딩이자 호텔인 바이욕 스카이 호텔.

"딸, 잘 봐 둬. 언젠가 우리가 가져야 할…… 그래, 개가 짖는구나."

언제 걱정했냐는 듯 또다시 핸드폰만 보고 있는 딸의 모습에 그녀가 고개를 젓는다.

"넌 정말 머리는 좋은데 왜 이렇게 노력을 안 하는 거야?"

자신의 피를 진하게 물려받은 딸.

그래서 더 안타깝다.

"마음만 먹으면 이 엄마를 능가할 사기꾼…… 아니, 이제 그런 재능은 필요 없나?"

곧 돈이 넘쳐 나다 못해 썩어 날 텐데 사기를 쳐서 뭐 할까. 전 세계를 돌아다니며 상류층의 삶을 즐기기만 하면 된다.

"아이, 씨. 여기까지 와서 잔소리야?"

"……쯥!"

고개를 저은 남쁠라는 호텔 안으로 들어갔고, 그녀의

딸 역시 뒤를 힐끔 보곤 안으로 들어갔다.

그리고 그 뒤를 다른 대출 사기 조직원들이 수행원처럼 뒤따랐다.

한편 바이욕 스카이 호텔의 맞은편 거리에 세워진 길거리 꼬치구이 좌판.

부우웅! 빵빵! 뿌다다당!

고개를 숙인 채 돼지고기 꼬치구이인 무삥과 찹쌀밥을 씹던 종혁이 손목을 입에 가져간다.

"주연 배우 남쁠라 외 배우들 입장."

―수신.

―라져.

바이욕 스카이 호텔의 입구를 봤다가 흩어지는 시선들.

종혁은 꼬치구이 상인을 보며 음흉하게 웃는다.

"너무 잘 굽는 거 아닙니까? 이거 전직이 의심스러운데……."

"큼. 예전에 잠복을 위해 이걸 팔았던 적이 있습니다. 지금은…… 뭐, 추억이죠. 하하."

"설마 퍼 줬어요?"

"오?"

"햐. 이쪽 동네도 잠복은 똑같구나."

범죄자를 잡겠다고 잠복을 하는 건데 매출을 생각할 겨를이 있을까. 그러다 보니 막 퍼 주게 되는데, 그럼 금방

입소문이 돌면서 손님들이 몰려들게 된다.

그렇게 손님들이 몰려들면 혹시나 잡으려는 범죄자가 눈치챌까 무서워하게 되고, 그렇다고 짜게 주자니 또 그건 그것대로 의심받고.

현장에서 뛰는 형사들만의 웃지 못할 에피소드이자 딜레마다.

한국도 똑같냐며 눈을 빛내는 마이크의 팀원과 동질감을 나눈 종혁은 옆을 봤다.

"마이크."

"이제 우리 쪽 배우들이 입장할 시간입니까?"

"예. 관객들 입장하기 전에 시작합시다."

눈을 서늘히 빛낸 종혁은 손목을 입에 가져가는 마이크를 일견하며 마이크의 팀원을 향해 손가락을 펴는 순간이었다.

"응?"

다급히 고개를 돌린 종혁이 이곳저곳을 둘러본다.

"왜 그러십니까?"

"아뇨. 아닙니다."

'착각인가?'

고개를 저은 종혁은 마이크의 팀원을 보며 씩 웃었다.

"10인분 더 추가요."

팀원의 얼굴이 와락 구겨졌다.

* * *

둥근 식탁들이 줄줄이 놓인 바이욕 스카이 호텔의 연회홀.

깔끔하게 세탁한 식탁보의 냄새가 남쁠라의 코를 찌르자 그녀가 고개를 끄덕인다.

곧 손님들이 도착하고, 불이 꺼지면 장대한 사기극의 막이 오르게 될 거다.

"뭐하는 거야! 방향제부터 설치해야지!"

상류층들이 냄새에 얼마나 민감한지 아는가.

코끝을 스치는 냄새만으로도 상대의 격을 가늠하는 게 바로 상류층, 하이쏘의 인간들이다.

본인에게 이득이 되는 일이 아니라면 작은 흠집조차도 결코 참지 않는 인간들.

"이런 건 내가 말하지 않아도 알아서 움직여야지! 로비에서 손님을 맞이할 인원은 뽑았어?"

"예!"

깔끔하게 슈트를 차려입은 젊은 사람들이 한 발 앞으로 나서자, 그들의 깔끔한 외모를 다시 한번 점검한 남쁠라는 쁘라웻 지점장을 봤다.

"손님들에게 내어질 음식들 다시 검사해 보고……."

남쁠라는 그녀가 배우고, 지난 수십 년 동안 사기를 치면서 체득한 모든 걸 동원해 지시를 내리기 시작했다.

"그리고 딸, 넌……."

"응? 나 왜?"

"너도 로비에서 손님을 맞이해."

검은색 슈트를 입은 다른 이들과 달리 새빨간 여성용 슈트를 입은 딸.

꾸민 듯 안 꾸민 듯 오직 하이쏘들만이 아는 숨겨진 명품들로 치장을 했으니 잠시 후에 도착할 하이쏘들의 관심을 끌 수 있을 것이다.

'그런 다음 애를 정식으로 소개하면?'

하이쏘들은 꽤 흥미를 가지게 될 거다.

어느 부모도 마찬가지겠지만, 특히나 어린 자식이 부모의 일을 돕는 걸 기특해하는 게 바로 하이쏘들이니 말이다.

사기는 정밀한 기계다. 이런 작은 장치들이 하나씩 맞물려야 완성이 되는 것이다.

"얼른 내려가 있어. 로비에선 절대 핸드폰 보지 말고."

"치. 알았…… 응?"

띵!

엘리베이터 소리가 들리자 그들이 당황해 고개를 돌린다.

이쪽의 엘리베이터는 앞으로 몇 시간 동안 그들만이 이용하기로 합의 본 것.

'벌써?'

다급히 옷매무새를 가다듬으며 연회홀의 문 앞에 서던 그들은 더 당황했다.

누가 봐도 하이쏘가 아닌 장년인과 중년인이 한 팔과 한 다리에 깁스를 한 채 목발을 짚으며 엘리베이터에서 내리고 있었기 때문이다.

 탁! 절뚝! 탁! 절뚝!

 "회, 회장님!"

 '응?!'

 다급히 남뻘라를 보는 그들.

 남뻘라의 눈이 파르르 떨린다.

 "……이게 어떻게 된 일이야, 꺼라팟!"

 "그, 그게 이틀 전 퇴근을 하다가 교통사고를 크게 당하는 바람에……."

 "그럼 연락을 했어야지!"

 이런 몰골이 됐으면 아예 오질 말았어야 했다. 아니, 나타나질 말았어야 했다.

 딸을 힐끔 본 남뻘라는 얼굴을 구겼다.

 "오늘이 얼마나 중요한 날인지 몰라?! 매니저는!"

 "매니저는 병원에…… 죄, 죄송합니다! 대, 대신 제 직원들이 도울 테니!"

 "엄…… 마?"

 "……하아."

 남뻘라가 설명을 바라는 딸과 다른 이들의 눈빛에 이마를 붙잡는다.

 까득!

 "다들 서로 인사해. 이쪽은 딸링찬에서 지점을 운영하고 있는 꺼라팟 꺼판 사장과 매니저, 차장."

 "따, 딸링찬? 엄마, 그게 무슨 말이야? 딸링찬이라니!

설마 나 몰래 거기서 판을 벌인 거야?!"

"……그런데?"

"그런데가 아니잖아! 그걸 왜 말하지 않은 거야!"

남뽈라는 길길이 날뛰는 딸을 보며 눈을 껌뻑였다.

"……딸, 네가 이 사업들의 아이디어를 제공했다지만, 어떻게 운영하는지까지 말해야 하니? 엄마가 너한테 보고해야 돼?"

그랬다. 대출 사기에서부터 이번 분양 사기까지 모두 남뽈라의 딸이 아이디어를 제공한 거다.

하지만 아이디어만 제공하고 한발 물러서 자신이 번 돈으로 사치만 즐긴 딸. 이래서 재능은 넘쳐 나는데, 노력을 하지 않는다고 말한 거다.

창의력은 넘치지만, 타고난 게으름 때문에 그걸 기술의 영역으로 끌어올리지 못하는 천재.

"그, 그런 건 아니지만! 그래도 난 설계자잖아!"

"말은 똑바로 해야지. 넌 아이디어만 제공했을 뿐이고, 설계는 내가 했지."

사기꾼들 섭외부터 사무실 임대, 홍보 방식 등 모두 남뽈라 자신이 했다. 딸이 한 건 가끔씩 어떻게 되어 가고 있는지 물어보거나 생각나는 걸 조언이라고 말해 준 것뿐이다.

그게 꽤 도움이 되긴 했지만 설계자라 말할 정도는 아니었다.

"엄마!"

"아무튼 이런 날까지 싸우기 싫으니까 다물고 있어."
'얜 지금 누구 눈치를 보는 거야?'
왜인지 가끔 자신의 숙소에 각 지점의 사장, 아니 사장의 수행원들을 곁눈질하는 딸의 입을 다물게 한 남쁠라가 다시 꺼라팟 꺼판을 보며 눈을 가늘게 뜬다.
"너희 각자 차를 샀다고 하지 않았어?"
"그, 그게 술을 먹는 바람에 한 차로 이동하다가……."
"잘한다."
'당장 오늘 중요한 일을 해야 하는데, 술을 마셔서 정신을 흐리다니.'
이놈들도 진짜 사기꾼이 되려면 먼 것 같다.
'이번 일이 끝나면 애들도 치워야겠어.'
이 중요한 날 이따위 몰골로 나타났으니 수익을 분배해주지 않아도 아무런 말을 못할 거다.
"걔 둘은 멀쩡하네? 걔들이 걔들이지?"
꺼라팟 꺼판이 데리고 있는 운전수 및 바람잡이들. 회사로 치면 인턴 같은 애들이다.
"예, 예! 이놈들은 따로 움직여서……."
"알았어. 너흰 이만 가 보고……."
"아닙니다! 저희도 잘할 수 있습니다!"
"지금 손님들 앞에서 다리를 절고 다니겠다는 거야? 손님들이 마음 편히 투자 설명을 듣겠어?!"
"죄, 죄송합니다!"
"됐으니까 얼른 꺼져서 치료나 받아! 어차피 오늘 끝나는 일이 아니니까!"

오늘은 투자 설명회다.

투자 설명회를 무사히 마쳐 투자자를 모으고, 미리 구매해 놓은 부지에 실사를 간 이후 투자금을 모을 때까지 시간은 많이 남아 있었다.

"예, 예! 그럼 얘들을 놓고 갈 테니……."

남쁠라는 손을 저었고, 사장과 차장, 매니저는 연신 고개를 숙이며 돌아섰다.

그 순간이었다.

띵!

다시 열리기 시작한 엘리베이터.

당황했던 남쁠라는 이내 엘리베이터에서 내리는 이들을 향해 환하게 웃으며 다가갔다.

"부행장님! 스님!"

이번 사기의 대출을 맡아 줄 은행의 부행장과 사원의 주지가 되어 줄 노승, 그리고 언론 홍보와 여러 일들을 맡아 줄 이들이었다.

그들은 서로를 향해 합장을 했고, 남쁠라의 딸은 그들을 보며 입술을 깨물었다.

* * *

"이야아, 이년 봐라?"
"제대로…… 준비했군요."

태국 최초의 은행인 시암 상업 은행(Siam Commercial Bank), 통칭 SCB의 부행장과 얼굴을 맞대면 절로 마주 합장할 수밖에 없는 푸근한 인상의 노승.

 거기다 언론사의 주필이나 유명 장례업체의 사장 등 바람잡이와 공범들의 면면이 화려하다.

 바이욕 스카이 호텔 인근에 주차된 검은색 승합차 안.

 안으로 침투한 팀원들이 보내오는 영상에 마이크가 어이없다는 듯 웃자 종혁도 피식 웃는다.

 "보통 이들이 아니니 저 정도는 준비해야 했겠죠."

 드라마나 영화에서 재벌들이 어리석은 인물로 등장할 때가 제법 있지만, 실제로는 그 반대의 경우가 훨씬 많다.

 자신의 손으로 부를 일구어 낸 이들의 능력은 두말할 것도 없고, 태어났을 때부터 온갖 최상의 교육을 받은 2세나 3세들도 능력이 뛰어날 수밖에 없는 것이다.

 그리고 가진 것이 많은 이들일수록 돈을 쓰는 데 많은 것을 따지고, 사람을 사귀는 데 조심성을 가진다.

 "저 정도가 아니고서야 속일 수가 없을 테니까요."

 저 정도라면 세상 모든 걸 의심하는 의심쟁이, 종혁 자신 같은 형사들도 속을 거다.

 "그렇기는 하지만…… 허, 진짜."

 고개를 저은 마이크가 신기하다는 듯 종혁을 본다.

 "이렇게 될 줄 알고 있었습니까?"

 처음 자신이 고른 팀원들을 꺼라팟 꺼판과 함께 안으로

들여보낸다고 했을 때 마이크는 미심쩍어했다.

그 본인의 경력도 경력이지만, 무려 4개의 대출 사기 조직을 운영하며 돈을 끌어모은 남쁠라다.

분명 의심을 할 거라고 생각했다.

그런데 종혁이 괜찮을 거라고 밀어 넣으라고 했고, 그 생각은 정확히 맞아떨어졌다.

"예, 뭐. 꺼라팟과 다른 조직들의 고객 응대 방식이나 사무실 위치가 달랐잖습니까."

만약 정말 다른 조직들의 모든 걸 벤치마킹시켰다면, 사무실의 분위기나 유니폼 등까지 모두 접목시킬 정도로 치밀했다면, 그 조직의 조직원들 얼굴까지 모두 인지하고 있었을 거다.

하지만 그렇지 않았다.

"그래서 전 남쁠라에게 설계를 도와준 조력자, 혹은 동업자가 있을 거라고 생각했고……."

남쁠라가 그 조력자 몰래 새 주머니를 만들었다고 판단했다.

아니었다면 다른 조직과 꺼라팟의 조직의 사무실 등의 모습이 다를 수 없을 테니 말이다.

여기서 종혁은 남쁠라가 발끝부터 손끝까지 모든 걸 자신의 통제하에 두는 인물이, 광적인 편집증을 가진 사람이 아니라고 판단했다.

그리고 그 생각은 그대로 들어맞았다.

"보세요. 딸이 설계의 일부분을 담당했지 않습니까."

아마 일부분이 아닐 거다.

저 딸이란 존재는 설계부터 운영까지 꽤 간섭을 했을 것이다.

"남뿔라는 자존심이 상했을 겁니다."

고작 이십대 초반의 딸이, 자신의 반도 못 산 딸이 이런 아이디어들을 제공하고, 설계하는 모습에 자괴감과 질투를 느꼈을 거다.

"아마 그 반발심에 꺼라팟들을 끌어들였을 것이고, 이번 투자 설명회를 통해 소개시키려고 했던 것일 겁니다."

자신도 이렇게 해낼 수 있다는 걸 증명하기 위해.

"딸에게도 질투를 느낀다는 겁니까?"

"딸은 딸이고, 질투는 질투죠. 남뿔라가 이십대 때부터 교도소를 드나들었다면서요."

혈육의 정이란 건 정말 무섭지만, 어떻게 보면 그보다 덧없는 것도 없다. 아마 남뿔라에게 있어 딸이란 존재는 그저 믿을 수 있는 사람, 그 정도일 수 있다.

아니면 이용해 먹기 편한 존재라고 생각한 것일 수도 있다.

"그리고 이런 마인드는 대부분의 범죄자들이 가지고 있는 특징이고요."

누가 자신의 위에 있는 걸 보지 못하는 것.

특히나 사기꾼들은 더욱 그렇다.

사기 속에 또 다른 사기를 계획하는 놈들, 다 같이 모여 100이란 돈을 번다면 그 100을 모두 독식하려는 놈들.

그런 놈들이 바로 사기꾼들이다.

그런 주제에 친화력은 뛰어나서 처음 만난 사람과도 마치 오랜 지기처럼 금방 친해진다. 오로지 뒤통수를 칠 목적으로 말이다.

그렇게 사기꾼은 일반인과 그냥 뇌 구조 자체가 다른 놈들이라고 생각하면 편하다.

"그런데 어차피 남뻘라에게 중요했던 건 꺼라팟 꺼판과 차장, 매니저거든요."

딸에게 자랑스럽게 선보일 경력직들.

인턴들 따윈 신경조차 쓰지 않았을 거다.

"꺼라팟도 나름 경력 있는 사기꾼이니 그런 간섭을 용납하지 않았을 테고요."

그래서 꺼라팟들의 팔과 다리 한쪽씩을 남겨 두라고 했던 거다.

그렇게 종혁의 말이 끝나자 마이크는 입을 떡 벌렸다.

"그 짧은 시간 내에 이걸 다 계산했다니……."

종혁은 이미 놈들을 치기 전에 이 모든 계산을 끝내놨던 거다. 그래서 저놈들을 그렇게 작살냈던 것이고, 교통사고라는 변명거리를 만들었던 거다.

그 와중에 세 명 모두 한쪽 팔다리만 고장 났다면 의심을 받을 수 있으니 매니저는 빼 버린 거다.

"……경찰이 되어 주셔서 감사합니다."

이렇게 머리가 좋은 종혁이 범죄자가 됐다면 정말 암담

작업 〈119〉

했을 거다. 전 세계가 종혁에게 놀아났을지도 모른다.

"범죄학이나 행동심리학을 배우면 다 알 수 있습니다, 하하."

"최가 배운 것과 제가 배운 게 다른 것 같군요."

"하하하. 아, 이것도 기부하겠습니다."

종혁은 감청 장치가 깔려 있는 승합차, 이동식 수사본부를 두드렸다.

다급히 웃돈을 주고 구하긴 했지만, 한국으로 가져간다면 막대한 세금만 나올 이동식 수사본부.

그럴 바에는 그냥 빚 하나 더 얹어 주고 보다 긴밀한 공조와 협조를 얻어 내는 게 좋았다.

"감사…… 합니다."

"그럼 계속 관람하시죠."

어차피 저놈들이 투자 설명회를 마치고 각자의 사무실로 돌아갈 때까진 기다려야 한다.

그래야 증거를 모두 확보하여 일망타진할 수 있을 터.

지금은 그저 영화를 감상하듯 영상을 보며 과자나 씹는 것 외엔 할 일이 없었다.

종혁과 마이크는 의자를 뒤로 살짝 젖히며 과자를 들었다.

그리고 잠시 후…….

"저, 저분까지 오셨다고?!"

"누군데 그러십니까?"

"저, 저희 태국 왕실의 공주님이십니다……! 저분께서

왜!"

"미친?!"

 종혁과 마이크는 상상을 초월하는 스케일에 입을 떡 벌렸다.

* * *

"흐음."

 불이 꺼진 연회홀 안을 주욱 둘러본 남쁠라가 만족스럽다는 듯 고개를 끄덕인다.

 창문을 가리며 길게 늘어진, 금실로 자수가 된 코끼리와 태국 신의 장막들, 바닥에 깔린 붉은 벨벳의 카펫과 똑같이 금실로 자수 된 식탁보들, 심지어 넵킨 꽂이마저 금박이 입혀져 있다.

 여길 봐도 저길 봐도, 눈 속에 가득 들어오는 황금의 향연.

 천박함과 고풍스러움의 경계를 가르는 건 바로 디테일일 것이다.

 '오늘 오는 사람들의 나이를 생각하면 이 정도가 딱 좋아.'

 젊은 사람들이 주로 참석했다면 이런 옛 양식이 아니라 세련되고 모던한 분위기로 준비했을 거다.

 하지만, 오늘 투자 설명회에 참가하는 귀빈들은 모두 중장년, 노인들.

곧 돌아가실 부모님을, 곧 죽을 본인과 아내의 안식처를 구매하기 위해 무거운 엉덩이를 옮기는 거다.

그에 걸맞게 준비해야 됐다.

ㅡ치익! 손님 올라가십니다.

"알았어."

'이제 시작이야!'

눈을 빛낸 남쁠라는 엘리베이터로 향했고, 이내 곧 엘리베이터의 문이 열리며 한 노인이 모습을 드러내자 남쁠라가 합장을 한 양손을 가슴께에 맞대며 고개와 무릎을 살짝 숙인다.

"어서 오십시오, 뿌마탓 중장님. 감히 중장님을 모시게 된 빤니 빠티탓입니다."

태국에서 유명한 군벌 가문의 수장이자 태국 육군의 중장.

칠십대임에도 허리가 꼿꼿한 노인이 남쁠라를 보며 눈을 가늘게 뜬다.

"여태껏 빤니 사장처럼 하이쏘만을 위한 사원을 짓겠다는 사람이 한둘이 아니었다는 건 알고 있습니까?"

그리고 사기꾼도.

남쁠라는 그의 매서운 눈빛에, 마치 발가벗기는 듯한 그 눈빛에 미소를 지었다.

"일단 들어 보시고 판단해 주세요."

"흥."

입술을 비튼 노인은 안으로 들어갔고, 남쁠라는 여전히

웃는 낯으로 코웃음을 쳤다.

'내가 걔들처럼 안일한지 알아?'

상류층을 속이기 위해선 무의식적으로 넘어갈 것까지 디테일이 살아 넘쳐야 한다. 지금까지 걸린 사기꾼들은 그걸 몰라서 발각된 것일 뿐.

몇 년간 부잣집에서 개같이 구르며 터득한 노하우를 가진 그녀는 자신 있었다.

-또 한 분 올라갑니다.

"알았어."

남뽈라는 다시 온화한 미소를 지으며 올라오는 엘리베이터를 기다렸다.

띵!

웅성웅성.

연회홀이 가득 차는 건 순식간이었다.

'이제 다 온 건가?'

그동안 쌓은 인맥과 인맥의 인맥에게 모두 돌린 투자 설명회의 초대장.

"몇 명 안 오긴 했지만······."

그거야 딸에게 맡기면 될 일이다.

지금은 연회홀에서 기다리고 있는 귀빈들이 더 이상 지루하지 않도록 하는 게 중요했다.

저들에게 시간은 곧 금. 이제 투자 설명회를 시작해야 됐다.

명단을 확인한 남쁠라가 시간을 확인하며 몸을 돌리는 순간이었다.
-회, 회장님!
"응?"
-지, 지금…….
띵!
엘리베이터가 도착한 고개를 돌리던 남쁠라가 눈을 껌뻑인다.
허리를 숙인 채 뒷걸음질을 치는 딸.
그와 동시에 엘리베이터 밖으로 모습을 드러내는 존재에, 한 여성과 웃으며 내리다 이쪽을 쳐다보는 검은 머리의 오십대 여성의 모습에 남쁠라가 하얗게 질리며 다급히 무릎을 꿇고 머리를 숙인다.
"공주님-!"
그녀의 찢어질 듯한 비명 같은 부름에 연회홀에 앉아 있다 깜짝 놀란 모두가 다급히 의자에서 내려와 무릎을 꿇으며 연회홀의 입구를 향해 머리를 숙인다.
또각또각!
"그래요. 반가워요."
이 태국의 최고 존엄이자 살아 있는 신이며 활불인 국왕의 막내딸, 그녀의 손이 어깨에 닿자 남쁠라가 소스라치게 놀란다.
'이, 이분께서 왜!'
"일어나세요."

"여, 영광입니다, 공주님!"

"제 친구 윗논이 재밌는 설명회가 있을 거라고 해서 함께 참석해 봤어요. 혹시 실례가 됐을까요?"

"아닙니다! 그럴 리가요!"

남쁠라는 그렇게 외쳤지만, 머릿속은 폭탄을 맞은 듯 정신이 없었다.

"다행이네요. 그럼 안에서 봐요."

다시 남쁠라의 어깨를 두드린 그녀는 연회홀 안으로 들어갔고, 남쁠라는 순간 풀리는 다리에 몸을 휘청였다.

"엄마!"

달려오는 딸을 향해 손을 내민 남쁠라가 연회홀 안을 바라본다.

'……아니야. 이건 기회야!'

태국 모든 권력의 정점인 국왕 라마 9세의 막내 공주다.

왕실의 공주가 인증한 사원.

'그 타이틀 하나면 몰려드는 투자금으로 탑까지 쌓을 수 있겠지!'

남쁠라의 눈이 차갑게 가라앉기 시작했다.

"……엄마."

"왜?"

"실수한 거 없지?"

"무슨 실수?"

남쁠라는 그렇게 대답했지만, 딸이 뭘 묻는지 알아차렸

다.

 무려 국왕의 막내 공주다.

 현 시간부터 막내 공주와 함께 온 수행원들을 통해 이곳에 있는 모든 이들의 신원이 밝혀지게 될 터.

 다행히 모든 사기꾼들의 신분을 위조해 놓은 상태지만 혹시 모를 일이다.

 만약 자신이 조금이라도 놓치게 있다면, 그리고 그것이 NIA의 정보망에 걸린다면 자신들은 그대로 태국 최악의 교도소에 갇히게 될 거다.

 '아니야. 꺼라팟들도 없잖아.'

 혹시나 들통났을지 모를 꺼라팟과 차장, 매니저도 이 자리에 없다.

 '아니, 인턴들?'

 그녀가 다급히 딸의 연회홀 안에서 귀빈들을 접대하고 있는 꺼라팟의 인턴들, 마이크가 데려온 형사들을 봤다.

 "뭔데. 무슨 일인데!"

 "신경 쓸 거 없어."

 "지금 그렇게 말할 때야?!"

 "……휴우. 별거 아냐. 우리 뒤를 밟던 코리안 데스크를 제거했는데, 아무 문제는 없을 거야."

 쿵!

 "뭐? 누굴? 아, 아니 어느 나라 경찰을?"

 "걱정 마. 들키지 않았으니까."

 들켰다면 이미 꺼라팟 꺼판과 차장, 매니저, 인턴들까

지 모조리 경찰에 잡혀갔을 거다.

'그리고 경찰이 들이닥쳤다면 어떻게라도 연락을 했겠지!'

"아무튼 다 잘 해결됐으니까 신경 쓰지 마. 알았지? 넌 이제부터 여기서 손님 응대를 해. 설명회 시작할 시간이니까."

남쁠라는 딸에게 미소를 지어 주곤 안으로 들어갔고, 남겨진 남쁠라의 딸은 눈가를 파르르 떨었다.

그녀는 남쁠라의 뒷모습을 바라보다 이내 고개를 돌려, 자신의 뒤에 서 있던 키가 크고 피부가 하얘 혼혈로 보이는 젊은 남성과 눈을 마주쳤다.

그녀의 눈빛에서 그 뜻을 읽은 남성은 알겠다는 듯 끄덕이곤 핸드폰을 들어 어딘가로 연락했다.

"예. 끄룽텝, 아니 이정범 대리입니다. 혹시 최종혁이 태국에 왔는지 확인할 수 있겠습니까? 급한 사항입니다!"

남쁠라의 딸은 입술을 깨물며 단상에 오르는 남쁠라를 죽일 듯 노려봤다.

'저 미친년이!'

* * *

"휘유."

안으로 침투시킨 태국 형사들, 넥타이핀과 단추로 위

장한 초소형 초고화질 카메라가 보내오는 영상에 종혁이 혀를 내두른다.

예상대로 금과 대리석으로 만들어진 거대한 사원.

태국의 자랑이자 치아랑이의 랜드마크인 왓 롱 쿤, 일명 화이트 템플을 연상케 할 정도로 거대하고 화려한 조감도다.

"최, 이렇게 구경만 하고 있을 때가 아닙니다!"

왕가의 귀염둥이이자 태국 국민들의 막내 공주님이 왕림했다.

이 사실이 알려지면, 지금 저곳에 참석하지 않은 다른 하이쏘들도 돈을 들고 찾아올 거다.

문제는 지금 저 자리에 SBC 부행장까지 자리하고 있다는 사실이다.

"대출이나 거액 송금도 그 자리에서 바로 처리될 겁니다!"

지금 막아야 한다.

얼른 쳐들어가 저 자리를 박살 내야 한다.

"진정하세요. 그러다 저놈들 몇 놈 못 따고 다 놓칩니다."

놈들을 제외하고도 안에 참석한 하이쏘만 수십 명이다. 또 그들이 데려온 수행원들까지.

지금 있는 인원으로 달려들어 봤자 반절도 검거 못하고 놓쳐 버릴 거다.

그래서 놈들이 흩어져 다시 각자 사무실로 돌아갈 때를

노리는 거다.

꺼라팟 꺼판들을 검거할 때처럼, 한 조직씩 급습하지 않으면 저들 중 절반은 넘게 놓치게 될 테니 말이다.

"어차피 그 돈 다 회수할 거니까 너무 걱정 마십……."

지이잉! 지이잉!

"응? 이분이 웬일이지? 아, 설마?"

종혁은 너무 오랜만에 전화하는 옛 지인에 어이없다는 듯 웃으며 전화를 받았다.

"아이고. 오랜만입니다, 과장님!"

국정원 동남아시아 파트의 과장.

-제가 진짜…… 진짜 설마 해서 묻는 건데…….

"저 방콕에 있냐고요? 네. 막내 공주님이 참석한 자리를 감시하고 있냐고요? 네."

-왜요, 왜! 많고 많은 사람 중에 왜-!

'아까 느껴졌던 시선은 국정원 요원이었나 보네.'

하지만 그렇다고 치기엔 적개심도 함께 섞여 있었던 시선.

'뭐, 나한테 얻어터지고 구른 놈이 한두 명이겠냐.'

국정원 피지컬 트레이닝 때 구른 사람 중 한 명인 것 같다.

-후우. 단호하게 말하겠습니다! 무슨 일인지 모르겠지만 지금 손 떼세요. 이거 국정원에서 경찰에 정식으로 요청하는 겁니다!

"에이. 이제 뜸만 들이면 되는데 손 떼라고요?"

-외교 문제로 발전한단 말입니다-! 태국에서 왕실의 말이 얼마나 절대적인지 모릅니까-!

태국에서 국왕의 말은 그냥 진리다. 쉽게 말해 태국 국민들 전체가 현 국왕의 열렬한 신도로 생각하면 될 정도.

그런데 막내 공주가 범죄에 연루되고, 그걸 한국 경찰이 잡는다?

그땐 감당할 수 없는 문제가 발생할 수 있었다.

수화기 너머로 침이 튀기는 것 같음에 귀에서 살짝 핸드폰을 뗐던 종혁은 이내 뭔가가 떠오르자 입술을 비틀었다.

"과장님, 태국 왕실의 체면을 지켜 줄 생각 없습니까?"

쿵!

-……무기랑 장비만 지원할 수 있습니다.

"흐흐. 탁월한 선택입니다. 저 한국에 가면 술 한잔 거하게 사십쇼."

통화를 종료한 종혁은 라차논을 봤다.

"네! 막내 공주님이십니다! 망신을 당하시기 전에 저희가 해결해야 됩니다!"

'역시 빠르다니까.'

고개를 끄덕인 종혁은 헨리와 나탈리아에게도 연락을 한 후 마이크를 봤다.

순식간에 휙휙 진행되어 버린 상황에 얼이 빠진 그.

"자, 그럼 우리도 준비합시다."

"……하핫!"

종혁과 마이크의 눈이 사납게 번들거리기 시작했다.

* * *

"이상입니다."
짝짝짝짝짝!
연회홀의 조명이 다시 켜지자 사람들은 혀를 내두른다.

그들이 바라는 점을 정확하게 파악한 프레젠테이션.

저곳에 자신의 부모님이, 자신이, 자신의 자식들이 안치된다면 생애 그 어떤 죄악을 저질렀다고 한들 극락정토로 향할 것 같다.

그들의 얼굴에 드리운 흡족한 미소에 주먹을 불끈 쥐며 단상을 내려온 남쁠라가 연회홀을 주욱 둘러보며 입술을 깨문다.

그런 그녀의 한 손에 들린 핸드폰.

'얜 왜 이렇게 전화를 안 받는 거야! 이제부터가 얼마나 중요한데!'

아무래도 이 지루한 자리를 참지 못하고 또 쇼핑을 가버린 것 같다.

'미친년!'

정말 자신의 딸이지만, 어쩌다 그런 게 자신의 배에서 나왔는지 모르겠다.

입술을 깨물었던 그녀는 이내 화사하게 웃으며 막내 공

주의 앞에 무릎을 꿇고 앉았다.

"공주님."

"이 친구를 따라왔다가 꽤 재밌는 걸 봤네요. 우리 왕실의 사원보다 더 훌륭해 보이던걸요?"

태국에는 왕실 사원이 몇 곳 존재하는데, 태국 왕족의 유해는 대부분 왕실 사원에 안치된다. 그리고 그곳들은 과연 왕실 사원답게 모두 하나같이 웅장하고 화려했다.

하지만 전부 수백 년 전에 세워진 사원이었기에 남쁠라가 보여 준 조감도 속 사원처럼 세련되진 않았다.

솔직히 지금 마음 같아선 남쁠라가 사원을 세우면 그 사원 위패당 가장 위에 자신이 안치되고 싶을 정도였다.

"그, 그럴 리가요. 부, 부디 말씀을 거둬 주세요."

왕실보다 앞서는 것이 있다는 건 왕실에 대한 불경. 절대 감당할 수 없다.

남쁠라의 얼굴이 하얗게 질렸고, 막내 공주는 그런 의도가 아니었다는 듯 얼른 말을 돌렸다.

"관광객들에게 일부 개방할 거라고요?"

"……언론의 입을 영원히 막을 순 없을 거란 건 공주님도 아실 겁니다."

빈부 격차가 그 어느 나라보다도 극심한 태국.

그러나 물욕에 대한 집착을 버려야 한다는 종교적 가르침 탓에, 지나친 빈부 격차에도 사회 계층 간의 갈등은 적은 편이다.

하지만 특정 계층만이 누릴 있는 사원, 장례 등은 그동안 억눌려 있던 사회적 불만을 분출시키게 되는 계기가 될지도 몰랐다.

그러니 제한적이나마 로쏘들에게 사원의 일부를 개방해 주어 그들의 불만을 잠재워 줄 필요가 있었다.

"옛날과 달리 요즘은 이야기가 너무 쉽게 퍼지니까요."

나날이 급증하고 있는 스마트폰 보급률.

그리고 대부분의 스마트폰 이용자들이 사용하는 미국과 한국발 SNS.

언론을 통제해도 결국 이야기가 퍼지는 건 막을 수 없을 거다.

"대신 바로 옆에 선을 그어 경계를 만들고, 그들에게 꿈을 심어 주는 거죠."

하이쏘와 로쏘 간의 넘을 수 없는 경계선.

하지만 마치 한 걸음만 내딛으면 그곳으로 넘어갈 수 있을 거 같은 거리감을 주는 거다.

"그렇게 욕심이 생긴 이들은 사원 안에 작은 공간이라도 얻기 위해 이곳에 계신 분들께 더 충성을 다할 겁니다."

남뽈라가 말하고자 하는 궁극적인 목표는 바로 그것이었다.

"……아하핫!"

'재밌네. 분명 하이쏘는 아닌데…….'

그런데 상류층의 생각을 제대로 알고 있다.

이렇게 된다면 하이쏘들에 대한 안 좋은 말이 흘러나올

수조차 없다. 무작정 강압적으로 로쏘들을 물리는 게 아니라 그들로 하여금 자연스럽게 물러나게 만드는 것이니 말이다.

훌륭했다.

"내가 왕실 사람만 아니었다면, 저 사원의 첫 번째 투자자는 내가 됐을 거야."

완벽한 하대.

그러나 그것은 동시에 인정이기도 했다.

"여, 영광입니다!"

남쁠라의 뒤통수를 가만히 바라보던 막내 공주가 수행원에게 손을 내민다. 그러자 그녀의 손 위에 백지수표책과 만년필을 얹는 수행원.

슥슥슥!

"투자는 못하지만, 이걸로 국왕 폐하와 어머님, 나를 위한 부처님을 제작해 줘."

'허억?!'

생각지도 못한 선물.

혹여 환호성이 터져 나올까 남쁠라는 입을 꾹 다문 채 백지수표를 양손으로 받았고, 그에 이곳에 모인 하이쏘들의 눈빛이 돌변했다.

"재밌는 구경을 했어. 다음에 볼 수 있으면 또 봐. 윗논, 난 먼저 갈게."

"아니에요, 공주님. 같이 가요."

"그럴래?"

남쁠라도 황급히 일어나 공주와 그 친구를 배웅한다.

닫히는 엘리베이터 문을 향해 거의 땅바닥에 엎어지듯 몸을 숙이는 그녀.

우우웅!

엘리베이터가 아래층으로 향하자 남쁠라의 숨통이 트인다.

'됐다! 됐어!'

뒤통수에 꽂히는 뜨거운 시선들이 말해 주고 있다. 이번 사기가 완벽하게 성공했다는 걸 말이다.

표정을 억지로 가라앉히며 몸을 일으킨 그녀는 다시 연회홀 안으로 들어가 미소를 지었다.

"투자를, 지금부터 투자를 받겠습니다."

당신들만을 위한 사원에 대한 투자를!

"어흠. 이봐, 여기부터 와 봐."

"아니, 나부터!"

"뭐야?!"

남쁠라는 누구보다 빠르게 손을 들며 소리친 뿌마탓 중장을 보며 속으로 웃음을 터뜨렸다.

이제 더 이상 거칠 것은 없었다.

* * *

흡족한 미소를 지은 하이쏘들이 모두 돌아가고 비워진 연회홀.

사기꾼들이 한 테이블에 모여 샴페인을 터트린다.

뻥! 뻐버벙!

"건배!"

"끝났다-!"

"와! 이게 얼마야!"

귀까지 찢어진 그들의 입.

성공이다. 아니, 그냥 성공이라고 말할 수 없을 만큼 엄청난 성공이었다.

"아, 이 좋은 순간에 이 자식은 어디로 간 거야?"

"아까 아가씨랑 어디 가는 것 같던데?"

움찔!

누군가의 대화에 남뻘라가 이를 악문다.

투자 설명회가 끝날 때까지 나타나지 않은 딸.

'이젠 하다하다 다른 애들까지 종으로 부리네!'

말없이 떠난 게 다행이지, 아니었다면 정말 짜증이 났을 거다.

"회장님! 대체 오늘 얼마를 투자받은 겁니까?!"

누군가의 질문에 정신을 차린 남뻘라는 다시 거세게 뛰는 심장을 누르며 오른손의 검지를 폈다.

"큰 거 한 장."

"1억이요? 겨우?"

남뻘라는 그 말을 하는 사람을 비웃었다.

"거기다 영 두 개를 더 붙여야지."

이제부턴 그게 큰 거 한 장이다.

"100억?!"

"허억! 저, 정말 100억이란 말입니까!"

누군가는 심장을 부여잡으며 하얗게 질리고, 또 누군가는 다리에 힘이 풀려 주저앉는다.

그들이 지금껏 수없이 사기를 쳐서 번 액수를 모두 합해도 도달할 수 없는 액수.

그들은 호흡 곤란 증상을 호소했다.

"막내 공주님이 3억 바트를 투척한 게 컸어."

그렇다 보니 너도나도 자신들만을 위한 불상 제작을 의뢰하며, 남쁠라가 생각했던 금액보다 더 큰 금액들을 투자했다.

덕분에 고작 하루 만에, 투자 설명회 한 번으로 100억 바트를 벌 수 있었다.

"이렇게 몇 번만 더 투자를 받으면……."

그리고 오늘 투자 설명회에 참석하지 않은 하이쏘들까지 모여들면 과연 얼마나 벌게 될까.

찌리릿!

그들의 전신에 전율이 내달린다.

"거, 건배!"

"건배-!"

채재재쟁!

"크아!"

"으아아!"

"아, 감질나네! 누가 위스키 좀 가져와!"

"예!"

오늘 하루는 그냥 코가 삐뚤어질 때까지 마셔야 했다.

'그리고……'

몇 명의 사기꾼들이 속으로 서늘한 감정을 품는다.

100억 바트. 앞으로 그 몇 배를 벌 수 있다지만, 이것만 가져도 일평생 떵떵거리며 살 수 있지 않을까 하는 생각이 그들의 머릿속을 잠식하기 시작한다.

남쁠라는 샴페인을 홀짝이며 각 대출 사기 조직의 사장들을 힐끔 봤다.

'내가 너희들 생각을 모를 줄 알고?'

세상에서 제일 믿을 수 없는 놈들이 바로 같은 사기꾼이다.

속으로 비릿하게 웃은 그녀는 손뼉을 쳤다.

"자! 주목!"

모두가 깜짝 놀라 남쁠라를 본다.

그녀는 차갑게 웃었다.

"오늘은 여기서 대충 마무리하고, 각자 사무실로 돌아가서 사무실 정리부터 해."

이제 몇 달간은 이 일에만 매달려 있어야 한다.

그런 상황에서 계속 대출 사기를 벌이다 경찰에게 붙잡히면 이 모든 게 날아가는 거다.

"아니, 그래도……."

"돈 안 벌 거야?"

"끙. 예."

이미 이야기된 내용이었기에 별다른 반발 없이 수긍하는 그들의 모습에 고개를 끄덕인 남뻘라는 그들의 잔에 샴페인을 한 잔씩 따라 줬다.

"이것만 마시고 흩어지자."

그리고 내일 미리 만들어 놓은 사무실로 모이는 거다.

"알았지?"

"……예!"

남뻘라는 잔을 높이 들었다.

"내가 '대박을'이라고 선창하면 너희는 '위하여'라고 후창하는 거야."

"하하! 옙!"

"대박을!"

"위하……."

끼이익! 팅! 팅팅!

"응?"

높이 잔을 쳐들던 그들은 갑자기 살짝 열리는 연회홀의 앞뒤 문에, 그와 동시에 안으로 튕겨져 들어오는 검은색 원통형의 무언가를 보곤 의아해한다.

그리고…….

콰과광!

귀를 찢는 폭음과 동시에 세상에 하얗게 물들었다.

"크아아아악!"

"으아악! 내 눈! 내 눈-!"

눈이 타들어 가고, 고막이 찢긴 것 같은 끔찍한 고통.

그와 동시에 마치 거대한 무언가가 온몸을 후려친 아득한 고통도 함께 그들을 찢어발긴다.

'경찰!'

반사적으로 한 단체를 떠올린 그들은 다급히 허리 뒤나 품 안으로 손을 집어넣으며 무기들을 꺼내 든다.

"드, 들어와! 들어와, 이 새끼들아-!"

"어디야!"

꽝! 꽈과광!

사방을 향해 권총을 난사하고 칼을 휘두르는 그들.

그런 그들의 귓속으로 다시 희미한 소리가 파고든다.

팅! 티티팅! 꽈과과광!

삐이이이!

"아아아아악!"

"끄아아아아악!"

띵! 티디디딩!

다시 귀를 파고드는 희미한 소리에 그들은 다급히 눈을 꽉 감으며 귀를 막았다.

하지만 이번 건 좀 달랐다.

퓨슈우우우우우욱!

순식간에 연회홀을 가득 채우기 시작한 하얀색의 가스.

그것이 그들의 코와 입속으로 파고들어 목을 콱 틀어막는다.

그들에게 최루탄이란 지옥이 찾아들었다.

* * *

"끄에에에엑!"
"우웨에에에엑!"
"사, 살려 줘!"
"문 열어-!"
쾅! 쾅쾅! 챙그랑!
"꺄아아아악!"

결코 사람이 뱉을 수 없는 비명 이상의 뭔가가 터져 나오는, 벽을 두드리는 소리와 창문이 깨지는 소리가 울리는 연회홀.

그 바깥에 선 마이크와 라차논, 그리고 태국 정보국 NIA 요원들이 종혁을 보며 어이없어한다.

섬광탄에 이은 최루탄의 콤보를 기획한 게 종혁이기 때문이다.

"거보세요. 저 새끼들 총을 가지고 있잖습니까."

그런데 굳이 무작정 진입해서 골치 아픈 상황을 만들 필요가 있을까.

어깨를 으쓱인 종혁은 씩 웃었다.

'국정원들도 함께했으면 좋았을 텐데.'

그러나 세 나라의 정보국 요원들이 태국에 있다는 것이 외교적인 문제를 발생시킬 수 있기에 그들은 약간의 무기와 장비 지원만 하고 빠진 상태다.

'뭐, 이 정도만 해도 충분하지.'

왕실의 체면을 세워 준 것에 대한 지분을 가져가는 데는 말이다.

"자, 그럼 방패 앞세우고 들어갑시다. 아, 그리고……남쁠라 그년은 우리 한국 경찰과 볼일이 있으니까 손댈 생각하지 마세요."

"……살려만 주십시오, 최."

"그건 걱정 마시고. 자, 그럼 들어갑시다."

종혁이 머리 위에 씌워 뒀던 방독면을 끌어 내리자 모두 방독면을 쓰며 안으로 진입한다.

그러자 그들의 눈 속으로 파고드는 아비규환의 지옥.

"크에에엑!"

"웨에에엑!"

목을 긁으며 버둥거리는 사기꾼들.

그들을 향해 태국 경찰과 NIA의 무자비한 타작이 찾아든다.

퍽! 퍼버버버벅!

"끄악! 으아아아악!"

"악! 악악악!"

"아, 저기 있네."

종혁이 남쁠라에게 다가간다.

눈과 코에서 물을 질질 흘리며 바닥을 기는 남쁠라.

종혁이 그녀의 멱살을 잡아 일으켜 세운다.

"헉?!"
"남쁠라."
"누, 누구야!"
"그 아가리지?"
우승민 경사를 살해하라 지시한 아가리.
종혁의 손바닥이 남쁠라의 입에 틀어박힌다.
쩌어억!
"크훼에게엑!"
종혁은 피와 함께 이를 뱉어 내는 남쁠라의 양팔을 옆구리에 끼고, 그녀의 쇄골에 엄지손가락을 얹었다.
"이 악물어라. 혀 잘린다."
종혁은 몸을 비틀어 뒤집으며 그대로 힘을 주었다.
콰드드드득! 쿠웅!
팔꿈치와 쇄골, 그리고 어깨에서 터져 나오는 뼈가 분쇄되는 소리.
"……?!"
전두엽을 때리는 아득하고도 끔찍한 고통에 그녀의 입이 떡 벌어진다. 그리고 이윽고 그 입에서 비명이 쏟아져 나왔다.
"꺄아아아아아아악!"
종혁은 바닥에 널브러져 발버둥 치는 남쁠라의 힘없이 흔들리는 양팔을 힐끔 보곤 한국 경찰들을 봤다.
"아직 무릎이랑 골반 남았어요."
"……에이. 맛있는 건 다 드셔 놓고."

"그래서 싫으시다고?"

"그럴 리가요."

뚜둑! 뚜두둑!

사납게 웃은 외사국 형사들이 사납게 웃으며 모든 구멍에서 액체를 쏟아 내는 남쁠라에게 다가갔다.

* * *

찰칵! 치이익!

"끝났네."

쁘라웻에 있는 대출 사기 조직의 사무실이야 꺼라팟 꺼판을 통해 찾아내면 될 거고, 나머진 핸드폰을 뒤져 발신 번호 위치를 확인하면 될 거다.

물론 저들이 입을 다물었을 때의 이야기다.

종혁은 담배 연기를 깊게 빨았다.

'근데 뭔가 허전한 것 같은데…….'

"뭐꼬! 이건 또 어디 갔노!"

"왜 그래?"

"갸랑 갸들이 안 보인다 안 합니꺼!"

"갸? 갸들?"

종혁은 다급히 연회홀을 박차고 뛰쳐나가는 현석과 최재수에 의아해하다 눈을 부릅떴다.

"이런 씨발!"

그러고 보니 남쁠라의 딸과 대출 조직의 조직원 몇 명

이 보이지 않는다.

종혁은 연회홀을 뛰쳐나갔고, 뭔가를 깨달은 외사국 형사들과 라차논도 종혁의 뒤를 쫓았다.

"행님-!"

계단 쪽에서 들려오는 외침.

다급히 달려간 종혁에게 현석이 귀걸이 한쪽을 내밀며 아래쪽 계단을 가리킨다.

"저기서 발견한 건데, 이거 딸내미가 차고 있던 거 아입니꺼?!"

종혁은 뒤따라온 마이크의 팀원들을, 이 안으로 침투시켰던 팀원들을 봤다.

"남쁠라의 딸과 조직원들이 보이지 않은 게 언제부터입니까?"

"스, 스크린에 조감도를 쏠 때부터…… 빌어먹을!"

마이크의 팀원들은 다급히 계단을 뛰어 내려갔고, 종혁은 외사국 형사들을 봤다.

"호텔 출입구 모두 막고 전 층 수색해!"

"……충성!"

계단으로, 엘리베이터로 달려가는 외사국 형사들.

그런 그들을 일견한 종혁이 손에 올려진 귀걸이 한쪽을 가만히 응시한다.

꺼라팟 꺼판이 말하길 사치가 심해 남쁠라가 푸념 아닌 푸념을 했다는 남쁠라의 딸.

'엘리베이터를 이용하지 않았다?'

이곳은 무려 11층에 위치한 연회홀이다.

어딘가를 가려고 했다면, 엘리베이터를 이용하는 게 훨씬 편하다. 그럼에도 굳이 계단을 이용한 것이다.

'쉬려고 아래층으로 내려간 건가?'

만약 아니라면 도주를 한 거다.

'왜? 어떻게?'

대체 어떻게 자신들이 감시받는 걸 알고 도주를 한 걸까.

그렇다면 왜 남쁠라에게 말을 하지 않은 걸까.

그러면서 왜 다른 대출 조직의 조직원들과 함께 사라진 걸까.

종혁의 머릿속이 복잡해진다.

"그런데…… 씨발, 왜 이렇게 익숙한 냄새가 나지?"

여차하면 세상에서 지워지듯 사라져 버리는 놈들 조직을 보는 듯한 느낌.

코를 벅벅 긁는 종혁의 표정이 딱딱하게 굳어 있었다.

* * *

"응애! 응애!"

그녀는 교도소에서 태어났다.

"야! 넌 엄마, 아빠도 없어서 이런 거 없지?"

"나도 엄마, 아빠 있어!"

"없잖아!"

"있어! 있다고-!"

"아악!"

"와! 능티다랑 나논이랑 싸운다!"

그녀에겐 부모가 없었다.

아니, 있긴 있었다. 교도소에 있는 엄마와 누군지 모를 아빠가.

"능, 맛있어?"

능티다는 머리를 쓰다듬는 자신의 엄마, 나타위라눗 윗미따난을 보며 생각했다.

'이번엔 얼마나 있다가 잡혀갈 거야?'

몇 년에 한 번씩 나타나 태연하게 엄마 행세를 하는 엄마.

올 때마다 미안하다고, 다신 그러지 않을 거라고 말하던 엄마.

처음엔 가지 말라고, 그러지 말라고 애원하고 매달렸다.

하지만 시간이 흘러 엄마의 전과가 4범이 되었을 때, 그것이 의미 없는 행동이라는 걸 깨닫게 되었다.

능티다 윗미따난의 나이가 이제 막 14살이 됐을 때였다.

그러다 그날이 찾아왔다.

이 더럽고 거지 같은 인생을 완전히 바꿔 버린 그날이.

찰칵!

"죽을래?"

"아, 아닙니다! 죄, 죄송합니다!"

"돈 내놓고 꺼져."

시퍼런 잭나이프의 칼날에 겁을 먹은 남자가 지갑 속의 돈을 모두 던지며 도망치자, 머리를 남자처럼 짧게 자른 능티다가 그 돈을 주워 애써 표독하게 쳐다보는 여성에게 내밀었다.

"다신 이런 짓 하지 마. 부모님이 주신 몸뚱이를 함부로 굴려서 너에게 남는 게 뭐야?"

"이렇게라도 벌어먹고 살아야지. 고마워, 능. 이건 답례야."

능티다의 입술을 덮치는 여성의 입술.

능티다 역시 익숙하다는 듯 그녀의 뒷덜미를 꽉 잡는다.

"휴우. 하여튼 짐승. 정말 남자가 되고 싶은 마음은 없는 거야?"

"왜?"

"네가 남자라면 나도 마음껏 사랑할 수 있을 테니까? 능, 나는 네가 너무 좋지만 톰보이는 취향이 아니거든."

"헛소리 말고 집에나 가."

짜악!

"꺅!"

능티다는 펄쩍 뛰며 물러나는 여성을 향해 손을 흔들어 주곤 오토바이에 올랐고, 어느새 주변에 모여든 여성들이 그런 능티다를 보며 선망 어린 표정을 짓는다.

"능, 잘 가!"

"다음에 놀러 와!"

능티다는 무시하며 오토바이를 몰아 도로 위로 올라섰다.

그러자 그녀의 뒤를 따르기 시작한 몇 대의 오토바이들.

능티다는 그렇게 거리를 질주하며 들개처럼 살았다.

업신여김을 받지 않기 위해 머리를 짧게 잘랐고, 빼앗기지 않기 위해 무리를 이뤘다.

그러면서도 누군가에게 도움이 되는, 아니 누군가가 찾아 주는 사람이 되고 싶어 여성들의 수호자를 자처했다.

그러나 능티다는 너무 어렸다.

뻐어억!

"쿨럭! 아악!"

머리채가 잡혀 고개가 꺾인 능티다의 눈으로 불이 붙은 담배가 가까이 다가간다.

치지직 타들어 가는 속눈썹과 타 버릴 것 같은 눈동자.

"으으……."

탄다. 진짜 탄다.

"자, 잘못했어요! 사, 살려 주세요-!"

겁에 질린 능티다를 향해 아득한 폭력을 행사한 남자가 비릿하게 웃는다.

"꼬마야, 앞으론 함부로 어른 흉내 내고 다니지 마라. 그러다 나처럼 나쁜 어른을 만나게 되니까."

치이이익!

"꺄아아아아악!"

쇄골이 타들어 가는 끔찍한 고통.

그녀를 만신창이로 만든 어른들은 킬킬 웃으며 떠났고, 뒷골목에 남겨진 능티다는 이를 악물며 몸을 떨었다.

"……아아아아아악!"

억울했다. 서러웠다. 짜증이 났다.

저딴 어른들도 당해 내지 못하는 자신의 나약함에 짜증이 났고, 이런 꼴로 살아야 하는 자신의 모습이 너무도 서러웠다.

또래 친구들은 다 부모가 있는데 왜.

또래 친구들은 지금쯤 따뜻한 방에서 엄마가 깎아 준 과일을 먹으며 공부를 하고 있는데 왜.

왜 자신은. 왜. 왜. 왜.

"뭐, 뭐야!"

"아악!"

'응?'

건물 벽에 겨우 등을 기댄 능티다는 힘겹게 고개를 돌렸다가 눈을 크게 떴다.

자신을 마치 아기 고양이처럼 유린하던 어른들이 한 남성에게 얻어맞고 있다.

몸에서 피가 튀고, 몸이 꺾일 수 없는 방향으로 꺾인다.

"끄으으!"

"다 큰 어른들이 저렇게 어린아이를 때리면 안 되지."

뚜벅, 뚜벅, 뚜벅!

능티다는 자신을 향해 다가오는 동양인 사내를 멍하니 바라봤고, 그녀에게 다가가 쪼그려 앉은 동양인 사내가 능티다의 턱을 잡아 이리저리 돌려 본다.

"쯥. 많이 터졌네."

"치, 치워……."

"얼씨구? 깡 좋은데?"

사내는 으르렁거리는 능티라의 모습에도 피식 웃으며 손을 내밀었다.

"꼬마야, 갈 곳 없으면 이 아저씨랑 같이 갈래?"

처음이었다. 누군가 손을 내밀어 준 건.

그래서 그 손을 잡아 버렸는지도 모른다.

그렇게 그들은 가족이 됐다. 그는 몇 년에 한 번 나타나 엄마 행세나 하는 가짜 부모가 아니라 진짜 부모가 되어 주었다.

* * *

부우웅!

방콕을 빠져나가는 흰색 승합차 안.

이정범 대리가 남쁠라의 딸, 능티다를 본다.

"무슨 생각을 그렇게 해?"

"……너희랑 처음 만났을 때?"

"응? 우리가? 아……!"

이정범 대리가 그때를 떠올리며 키득키득 웃는다.

"네가 내 허벅지를 칼로 쑤셨을 때?"

어린 시절, 주정뱅이 양아버지에게 매일같이 맞았던 이정범.

이렇게 살다간 정말 죽을 거 같아서, 매일 밤 누구라도 제발 이 지옥에서 구해 달라며 빌고 또 빌었다.

그러던 어느 날 정말 기적처럼 회사에 몸담고 있던 지금의 양아버지에게 구함을 받게 되었고, 한국의 연수원에 가게 되었다.

그곳엔 자신 같은 애들이 많았다.

부모에게 버려져 비루한 들개처럼 살아온 비슷한 처지의 아이들. 인종과 나이 성별 모두 제각각이지만, 비슷한 아픔을 가진 아이들.

그곳엔 능티다도 있었다.

"하. 그 쪼끄만한 고양이 발톱이 그렇게 날카로울 줄 누가 알았겠어."

작은 체구라고 방심했고, 그 결과 허벅지를 찔리고 말았다.

"큭큭. 그때 정범이 저 자식 볼만했지."

"다리 잡고 엉엉 우는데, 어이구……."

"누, 누가 울었다고! 야! 사원들 아가리 안 닫아?! 나 대리다?!"

"예, 대리님. 충성충성."

능티다는 시끄러워지는 그들을 일견하며 창밖을 바라봤다.

'대리라……. 정범이 넌 아직도 회사가 좋은가 보네. 병신처럼.'

아직 이정범을 구해 준 그 직원이 은퇴를 당하지 않은 탓일 수도 있다.

'아빠.'

이젠 더 이상 만날 수 없는 아빠를 떠올린 능티다의 눈빛이 더 흐릿해진다.

"최종혁 개자식."

움찔!

승합차 안에 있던 사람들이 이정범을 바라본다.

최종혁. 명실상부 그들 회사의 최고 주적.

그에게 폐쇄당한 지부가 몇 개고, 어그러진 프로젝트가 몇 개며, 은퇴를 당한 직원이 몇 명이던가.

마음 같아선 지금 당장 돌아가 종혁의 목과 심장을 난도질하고 싶은 심정이다.

"난 솔직히 이해가 안 가. 그 자식이 나타났다고 왜 우리가 이렇게 도망치는 것도 모자라 지부까지 임시 폐쇄해야 되는 건데!"

이번에 남쁠라가 살해한 코리안 데스크의 숙소 인근과 바이욕 스카이 호텔 인근에서 종혁을 발견하자마자 곧바로 프로젝트 폐기 및 지부의 임시 폐쇄를 결정한 태국 지부.

"그냥 죽여 버리면 되잖아!"

"……지금 지부장님의 결정에 이의를 제기하겠다는 거

야?"

"그, 그럴 리가 없잖아! 난 그냥……!"

"닥쳐."

이정범은 입을 다무는 사원들을 보며 속으로 혀를 찬다.

자신도 이제 성공만 코앞에 둔 이 초대형 프로젝트를 폐기시킨 종혁을 찢어 죽이고 싶다.

하지만 그가 대리를 달자마자 확인할 수 있었던 종혁에 대한 정보가 그 생각에 제동을 걸어 버린다.

'그 자식을 섣불리 죽였다간 CIA와 SVR이 움직인다고!'

지금도 종혁의 주위를 맴돌며 경호하고 있는 CIA와 SVR.

그들의 보호를 뚫고 들어가는 것도 힘들거니와 종혁 본인의 무력 역시 인간을 벗어나 있다.

어디 그뿐일까.

박명후 현 대통령에 현몽준, 홍정필 등의 거물 정치인들과 그동안 종혁이 쌓은 모든 인맥이 움직일 거다.

'CIA와 SVR은 최종혁의 해외 인맥들에게 우리들에 대한 걸 알릴 테고.'

그때부턴 전 세계가 그들을 쫓을 거다.

상부는 그걸 경계하고 있는 것이었다.

'솔직히……'

이정범도 상부의 이런 결정이 마음에 들지 않는다. 뱀 앞의 개구리처럼 겁을 먹은 모습이 마음에 들 리가 없다.

하지만 거지 같아도 상부의 결정이다. 사원으로선 따를 수밖에 없었다.

'뭐, 이렇게 손해 본 걸 놈을 따라 투자하는 걸로 메우기도 하고.'

대리가 되면 오픈되는 또 다른 정보.

그가 몸담고 있는 회사가 권&박 홀딩스의 투자를 따라 하고 있다는 것.

'작년 동일본 대지진으로 엄청난 이득을 봤다지?'

종혁이 이런 사실을 알려나 모르겠다.

이정범의 입가에 미소가 번지는 순간이었다.

"이 대리님, 안가에 거의 도착해 갑니다."

"아, 응."

이정범이 고개를 들어 점점 가까워지는 휴게소를, 외딴곳에 덩그러니 홀로 자리한 허름하고 작은 목조 건물을 눈에 담으며 핸드폰을 들었다.

"⋯⋯뭐야? 왜 안 받아?"

종혁에게 몇 번 당한 이후 임시 폐쇄는 거의 5분 안에 이뤄지게 한 회사. 분명 먼저 도착했을 상사가 연락을 안 받는다.

"바쁜가?"

이정범은 의아해했고, 그들을 태운 차는 목조 건물을 끼고 돌아 그 옆으로 난 비포장도로 위를 달렸다.

비포장도로라서 그런지 한층 더 숲에 있는 느낌.

이내 곧 허름한 2층 건물이 모습을 드러낸다.

탁! 타탁!

"휴유. 앞으론 여기서 지내야 한다는 거지?"

"우린 연수원으로 가야지."

평상시엔 이용하지 않아 오랫동안 방치해 두었던 건물이었던 탓에 우려했는데, 건물 외벽의 페인트칠이 좀 벗겨져 있을 뿐 생각보다 깨끗했다.

"응? 잠깐."

분명 지부에서 출발한 것처럼 보이는 다른 차량들이 있는데, 안이 너무 조용하다.

철컥!

이정범과 다른 사람들은 핸드백에서 권총을 꺼내는 능티다의 모습에 기겁을 했다.

"피 냄새야."

"……빌어먹을!"

정말로 코끝을 스치는 비릿한 피 냄새.

기겁한 그들이 칼과 총을 꺼내는 순간이었다.

콰아아아아아아앙!

건물에서 터져 나온 거대한 불꽃과 충격이 그들을 덮쳤다.

* * *

기이이잉!

하늘 위로 비행기가 날아가는 바이욕 스카이 호텔 인

근.

"방금 최종혁을 확인했습니다. ……예, 끝나고 연락드리겠습니다."

안경을 쓴 동양인 남성이 바이욕 스카이 호텔 맞은편 거리에서 꼬치와 쌀밥을 씹고 있는 종혁을 가만히 바라보다, 순간 종혁이 고개를 쳐들자 혀를 차며 몸을 돌렸다.

"가자."

몇 명의 남녀가 그와 함께 몸을 돌려 인파들 속으로 사라졌다.

삐이이이이!

마치 누군가 호루라기를 귀에 넣고 부는 듯 아프고 기분이 더럽다.

"허어억!"

멈췄던 숨을 거칠게 들이마시며 정신을 차린 능티다가 푸른 하늘을 보며 눈을 껌뻑인다.

'내가 왜 이러고…… 아, 폭발.'

그 순간 그녀의 온몸을 두드리는 끔찍한 고통.

"끄으으!"

머리맡 차량에 의지해 겨우 상체를 일으켜 기댄 능티다가 옆에 떨어져 있는 핸드백을 뒤져 담배를 꺼내 든다.

찰칵! 치이익!

"후우."

'최종혁? 아니야.'

종혁이 아무리 대단한 놈이라고 해도 이렇게 빨리 자신들을 추적하지 못했을 거다.

'그럼 누구지?'

"……누구면 어때."

드디어 이 거지 같은 삶을 끝낼 수 있는데 말이다.

자신을 구해 준 사내, 진짜 부모가 되어 준 존재가 러시아에서의 프로젝트를 진행하다 사망한 후, 그녀의 삶은 그저 죽지 못해 살아갈 뿐인 허망한 시간이었다.

펑! 펑! 펑!

귀를 때리는 기괴한 소리가 바로 옆에서 남에도 그녀는 고개조차 돌리지 않은 채 담배 연기를 길게 들이마셨다.

저벅저벅!

"남길 말은?"

코끝을 스치는 짙은 화약 냄새.

능티다는 하늘을 보며 입술을 달싹였다.

"남쁠라…… 나타워라눗 윗미따난, 그녀를 죽여 줘."

이번 프로젝트가 끝나면 자신의 손으로 직접 죽이려고 했던 엄마.

자신을 이렇게 살게 만든 엄마.

그녀를 죽이지 못한 것이 자신에게 남은 유일한 미련이었다.

"……그래."

"잠깐."

저벅저벅!

능티다는 갑자기 자신의 앞에 나타난 웬 동양인 남성에 눈살을 찌푸렸다.

"죽이려면 얼른 죽여. 예쁜 하늘 가리지 말고."

"능티다 킴, 아니 김소연."

움찔!

오랜만에 듣는 이름, 아빠가 준 이름에 능티다가 눈앞의 사내를 본다.

사내는 그녀를 무심히 바라봤다.

"난 최성현이다. 너처럼 최종혁과 회사에 의해 부모를 잃은 놈이지. 나뿐만 아니라 여기 있는 친구들 모두."

능티다의 눈이 크게 떠진다.

하지만 그것도 잠시. 그녀의 눈이 무심해지며 최성현의 어깨 너머의 하늘을 응시한다.

"그래서, 하고 싶은 말은?"

"복수하고 싶지 않아?"

자신들에게 살아갈 이유를 줬던 부모를 죽인 회사에게.

부모를 죽이는 데 일조한 종혁에게.

까득!

초점이 뚜렷해진 능티다의 눈이 다시 최성현의 눈을 찾는다.

"대답은?"

"……할래."

"동료가 된 걸 축하한다, 능티다."
최성현의 입가에 미소가 번졌다.

* * *

"빌어먹을!"
최재수가 바닥을 차며 분노를 토해 낸다.
없다. 바이욕 스카이 호텔 전체를, 숙박을 하고 있는 모든 고객들을 확인했지만 사라져 버린 남쁠라의 딸, 능티다와 대출 사기 조직의 조직원들을 찾을 수가 없다.
종혁은 미간을 좁히며 핸드폰을 들었다.
"라차논."
-미안. 주변을 모두 뒤져 봤지만…….
"알았어."
통화를 종료한 종혁은 얼굴을 쓸어내렸다.
"후우."
'아무래도 이 새끼들이 맞는 것 같은데…….'
행방을 찾을 수 없으니까 더 의심이 간다.
"죄, 죄송합니더. 제가 더 빨리만 알아차렸어도……."
"아니야. 넌 충분히 잘해 줬어."
계단 아래 떨어져 있던 것이 능티다의 귀걸이인 걸 알아차린 것만 해도 정말 잘해 준 거다.
비록 헛발질을 했어도 현석이 아니었다면, 이 바이욕 스카이 호텔을 뒤져 볼 생각도 못했을 거다.

'짜식. 눈썰미는 여전하구나. 아니, 이때부터 대단했구나.'

"응?"

스페인에서도, 여기 태국에서도 별다른 활약을 하지 못했다고 생각한 건지 풀이 죽은 현석의 어깨를 두드리던 종혁은 바이욕 스카이 호텔 로비에 서서 두리번거리다 이쪽을 발견하곤 환하게 웃으며 다가오는 사내에 눈을 껌뻑였다.

"혹시 한국에서 왔습니까?"

"그런데요?"

"그럼 최…… 혁? 이라는 분 좀 불러 주시겠습니까?"

"그거 아무래도 저인 것 같습니다만."

"네? 당신이 한국에서 온 최입니까? 누가 당신에게 이걸 전해 달라고 했습니다."

사내가 내미는 비닐백을 받아 든 종혁은 의아해하며 비닐백의 내용물을 확인했고, 이내 얼굴을 와락 구겼다.

"부, 부국장님?"

비닐백 속 내용물을 확인하자마자 종혁의 온몸에서 뿜어지는 끔찍한 살의.

[선물이야]

빠드드드드득!

'최성현, 이 씹새끼…….'

그놈이다. 자신과 회사에게 복수심을 불태우는 놈.

역시 맞았다. 능티다는 놈들 회사의 직원이었던 것이다.

"와, 와 그러십니꺼! 그게 뭔데 그럽니…… 하드랑 USB?"

종혁은 의아해하는 현석과 최재수의 모습에 비닐백을 수습하며 몸을 돌렸다.

"귀국 준비하자."

"예?"

어차피 찾을 수 없을 능티다와 대출 사기 조직의 조직원으로 위장한 사원들.

"우 경사를 그 차가운 영안실에 계속 둘 순 없잖아."

거지 같고, 좆같지만 돌아갈 시간이었다.

* * *

방콕 수완나품 국제공항.

낯빛이 딱딱하게 굳은 라차논과 마이크가 종혁을 배웅한다.

"표정이 왜 그래? 대출 사기 조직 놈들도 모두 일망타진했잖아."

입을 열지 않은 놈들.

그래서 발신번호 위치 확인을 통해 알아낸 놈들의 사무실을 급습해, 장부와 통장 등의 범죄 혐의 입증 자료들까지 모두 확보했다.

감히 왕족을, 왕실의 금지옥엽을 속이려 하였으니 최소 10년 형은 받게 될 터였다.

이 모든 사기를 기획하고, 운영한 주범인 남뼐라는 사형을 받을 거라고 했다.

능티다들을 놓쳤다는 오점이 있긴 하지만, 다들 충분히 만족할 수 있는 성과였다.

라차논은 그런 종혁의 말에 이를 악물었다.

"오늘 새벽에 방콕 외곽에서 다량의 시신이 발견됐어."

마치 테러를 당한 듯 폭발한 건물과 총칼에 의해 살해당한 사람들. 그런데 그중에 어제 능티다와 함께 사라진 대출 사기 조직의 조직원들이 있었다.

움찔!

'내가 나타났다고 지부까지 폐쇄했나 보네.'

아무래도 그러다 최성현에게 몰살을 당한 것 같다.

'조력자들이 있나 보네.'

지부라면 사원의 수가 한두 명은 아니었을 거다.

혹여 최성현에게 날고 기는 재주가 있다고 한들, 혼자서 지부를 상대할 순 없었다. 놈들 회사의 사원은 한 명, 한 명이 죄다 웬만한 칼잡이 뺨치는 실력을 지닌 놈들이니 말이다.

"능티다의 시신은?"

"발견되지 않았어."

"이겨서 빠져나간 건지, 아니면 간신히 도망을 친 건

지……."

 상황을 파악할 수 있는 단서가 너무 부족했다.

 종혁은 혀를 차며 담배를 물었고, 라차논은 그런 종혁을 보며 눈을 가늘게 떴다.

 "……너 뭐 알고 있지?"

 "좀 알았으면 좋겠다."

 파고 파도 또 새로운 면모가 나오는 놈들 회사.

 씁쓸히 웃은 종혁이 둘을 향해 손을 내민다.

 "아무튼 내 장단에 어울려 주느라 고생했다. 이제 NIA로 복귀하는 거지?"

 "그래야지…… 응?"

 스르륵!

 그들의 앞에 갑자기 멈춰 서는 검은색의 고급 세단.

 수행원이 열어 주는 뒷문에서 내리는 인물을 발견한 종혁과 라차논, 마이크는 다급히 무릎을 꿇으며 고개를 숙였다.

 그들뿐만이 아니다. 마이크의 팀원들을 비롯한 주위의 모든 사람들이 무릎을 꿇으며 고개를 숙인다.

 또각또각!

 종혁은 자신의 앞에 멈춰 선 붉은 구두의 주인을 올려다봤다.

 "일어나 주세요."

 "감사합니다, 공주님."

 남뽈라에게 사기를 당할 뻔한 왕실의 막내 공주였다.

몸을 일으킨 종혁은 자신을 올려다보며 놀라는 그녀의 모습에 터질 뻔한 웃음을 겨우 참았다.

"크흠. 다행히 늦지 않았네요."

배시시 웃던 막내 공주의 낯빛이 순간 딱딱하게 굳는다.

"고마워요. 덕분에 체면을 지킬 수 있었어요."

만약 종혁이 태국으로 파견된 코리안 데스크의 죽음을 끝까지 파고들지 않았다면 어떻게 됐을까.

3억 바트라는 돈은 사기를 당했을 것이고, 자신의 충동적인 행동을 믿고 투자했을 다른 하이쏘들도 엄청난 피해를 입었을 거다.

만약 그랬다면 망신은 망신대로 당하고, 왕실에서도 쫓겨났을지도 모른다.

그걸 생각하면 아직도 소름이 돋는다.

종혁은 그걸 막아 준 거다. 어떻게 갚아야 할지 모를 빚을 졌다.

종혁뿐만 아니라 이번 검거에 도움을 준 미국과 러시아, 한국 모두에.

종혁은 더 표정이 굳는 그녀를 보며 음흉한 미소를 지었다.

"국왕 폐하께 혼이 많이 나셨나 봅니다."

"네? 호호호!"

종혁도 피식 웃었다.

"그럼 그 땅은 어떻게 되는 겁니까?"

"……모두 회수될 거예요."

감히 왕족에게 사기를 치려고 했다. 땅뿐만 아니라 피해금 모두 환수할 거다.

 그 말에 종혁의 표정이 굳는다.

 "공주님."

 "경청할게요. 당신이라면 그럴 자격이 충분하니까."

 "그 환수한 돈 중 일부는 이번 사건으로 인해 진정으로 피해를 입은, 정말 없이 살아 어쩔 수 없이 범죄를 저지르게 된 이들을 돕는 데 활용해 주십시오."

 "……범죄자를요?"

 "그들 역시 태국 왕실의 국민입니다."

 "……."

 "그리고 그 땅에 사원을 지으시는 건 어떻습니까?"

 미간을 좁힌 막내 공주가 계속 이야기하라는 눈빛을 보낸다.

 "그리고 국민들에게 개방하는 겁니다."

 움찔!

 "……새로운 랜드마크를 만들라는 건가요? 흐음."

 "방치되어 흉물로 남는 것보단 낫지 않습니까."

 그것이 흉물이 될수록 그녀가 당할 뻔한 망신이 더 부각될 거다.

 잠시 생각에 잠겼던 막내 공주는 이내 헛웃음을 터트리며 종혁을 봤다.

 "당신…… 재밌는 사람이네요."

 그 망신의 상징을 완성시켜 국민들에게, 돈 없고 헐벗

은 국민들에게 주라는 조언. 정확히는 그들이 죽은 후 안치될 수 있는 사원을 만들라는 조언이다.

그렇게 된다면 망신이라는 작은 흠집을 칭송이 덮을 터. 민심이 그녀에게 향하게 되는 거다.

'만약 그렇게만 된다면?'

그녀의 눈이 반짝이기 시작하자 종혁은 고개를 숙였고, 다시 웃음을 터트린 막내 공주는 종혁에게 손을 내밀었다.

"영광입니다."

"잘 가요. 그리고…… 고인의 명복을 빌어요. 진심으로."

"……감사합니다."

고개를 끄덕인 그녀는 라차논과 마이크를 봤다.

"덕분에 망신을 당하지 않게 됐어. 곧 좋은 소식이 전해질 거야."

"해, 해야 할 일을 했을 뿐입니다!"

"그 해야 할 일을 하지 못하는 사람이 많잖아."

그래서 저들이 태국 경찰을 움직이지 않은 거다.

라차논과 마이크의 어깨를 두드린 막내 공주는 다시 차에 올라 사라졌고, 종혁은 그녀의 차가 보이지 않게 되자 숨을 길게 내쉬며 혀를 내둘렀다.

"이건 뭐 폭풍도 아니고……."

"차라리 폭풍이라면 대비라도 하지."

"흐흐. 축하합니다, 마이크 씨. 진급하시겠네요. 라차

작업 〈167〉

논, 너도."

"……휴가 받으면 꼭 방콕에 다시 들러 주십시오. 제가 제대로 된 방콕을 알려 드리겠습니다."

"나도!"

"라차논, 넌 좀……."

"아, 왜!"

입을 다문 종혁은 그냥 손을 내밀었다.

"그렇다면 곧 보게 될 것 같네요."

"예?"

"그럼 다음에 또 봅시다."

둘과 악수를 한 종혁은 공항을 향해 몸을 돌렸다.

"전체 차렷!"

갑자기 그들의 등 뒤에서 터져 나오는 마이크의 외침.

고개를 돌리니 마이크와 그 팀원들이 종혁과 외사국 형사들을 뚫어지게 노려보고 있다.

"경례!"

척!

그들을 향한 진심 어린 인사.

입술이 흔들린 종혁이 자세를 바로잡으며 입을 연다.

"전체 차렷. 경례."

척!

그렇게 뜨거운 이별을 한 그들은 몸을 돌려 멀어졌다.

한쪽은 한국으로.

다른 한쪽은 다시 방콕으로.

영원한 이별은 아니었다.

"정복은 도착하면 입는 걸로 하고……. 우 경사는 잘 고정했습니까?"
"예! 몇 번 확인했습니다!"
고개를 끄덕인 종혁은 대기하고 있는 전용기의 기장을 향해 고개를 끄덕였다.
그러자 이윽고 이륙하기 시작한 비행기.
"햐. 드디어 돌아가는구나."
"뭔 며칠 있지도 않았는데, 몇 달은 있었던 것 같네."
의자에 늘어지는 외사국 형사들의 모습에 피식 웃은 종혁도 안정 고도에 접어들자 의자를 뒤로 젖히며 잠깐의 휴식을 취한다.
그 순간이었다.
"부, 부국장님! 바, 밖에……!"
"응?"
고개를 돌린 종혁은 눈을 크게 떴다.
어느새 자신의 비행기 근처를 날아다니기 시작한 전투기들.
그와 동시에 전용기 내의 방송이 켜진다.
-국경까지 저희 태국 공군이 에스코트하겠습니다. 우리 조국 태국의 국민을 위해 보호하려다 사망한 위대한 경찰을 향해 경례!
'막내 공주님 화끈하시네.'

종혁은 창문 밖에서 이쪽을 향해 경례를 하는 조종사들을 향해 마주 경례를 해 줬다.

* * *

 쏴아아아아!
 아침부터 추적추적 내리기 시작한 비가 어느새 장대처럼 쏟아지기 시작하고, 인천공항의 활주로로 한 대의 비행기가 착륙한다.
 덜컹! 끼이이이이이!
 귀를 찢는 소음을 내며 무사히 착륙에 성공한 비행기.
 이윽고 느릿하게 움직여 한 지점에 멈춰 선다.
 그러자 그 비행기를 향해 다가오는 정복을 입은 경찰들. 그리고 주저앉아 울고 있는 노년의 여성.
 비행기의 문이 열리자 밖으로 나오려던 종혁과 외사국 형사들이 순간 울컥 차오르는 감정을 억누르며 느릿하게 계단을 내려간다.
 그리고 그들을 지나쳐 비행기의 뒤로 향한다.
 기이이이잉!
 소음을 내며 열리기 시작한 화물칸의 문.
 그곳에 태극기가 덮힌 관 하나가 외롭게 놓여 있다.
 정복을 입은 외사국 형사들이 안으로 들어가 관을 고정시킨 고정바를 풀고 관 위에 '우승민'이란 명찰이 붙은 정복을 올린다.

그리고 들어 올리며 이를 악문다.

왜 이렇게 무거울까.

대체 무슨 한이 남아 이렇게 무거운 걸까.

이를 더 부서져라 악문 그들이 느릿하게 화물칸을 벗어난다.

그리고 마중을 나온 조오현 경찰청장 앞에 선다.

종혁이 그를 향해 손을 올린다.

"충성. 경사 우승민. 지금 막 파견 근무를 마치고 복귀했습니다. 이에 신고합니다. 무사히…… 무사히 돌아오지 못해서 죄송합니다."

"……경사의 노고는 전달받았다. 끝까지 민중의 지팡이로서 남아 준 점 정말 감사하다. 고국과 가족의 품으로 돌아온 걸 환영한다. 충성."

"충성…… 충성-!"

"왜 누워 있니. 이제 그만 일어나야지. 일어나야지! 승민아-!"

노모의 처절한 절규가 그들의 심장을 파고들었다.

쏴아아아아아!

비가 너무 내렸다.

하늘에서도.

그리고 그들의 눈에서도.

너무 내렸다.

* * *

"씨발!"

갑자기 벌떡 일어난 중년인의 욕설에 넓은 사무실에 앉아 있던 사람들이 모두 그를 쳐다본다.

그러나 그는 그것이 보이지 않는지 다급히 사무실을 박차고 나가 계단을 뛰어 올라간다.

그런 그가 도착한 곳은 상무실이라는 편액이 붙은 한 사무실이었다.

"앗! 박 실장님!"

"상무님 계시지?"

"예, 지금…… 박 실장님!"

쿵쿵쿵!

"들어가겠습니다!"

안에서 허락이 떨어지지도 않았는데 문을 열고 들어간 그는 놀란 눈으로 쳐다보는 장년인을 향해 다가갔다.

"……이게 무슨 무례지? 4실장?"

"죄송합니다. 하지만 급한 일이라서 이렇게 결례를 끼치게 됐습니다. 태국 서부 지부와 연락이 끊겼습니다."

방콕을 중심으로 서부와 동부로 나뉘는 태국 지부.

"……추적을 당하는 중이야?"

어제 프로젝트가 진행 중인 장소인 바이욕 스카이 호텔에서 최종혁을 목격했으니 서부 지부를 임시 폐쇄하겠다고 보고한 태국 서부 지부장.

"아무래도 그게 아닌 것 같습니다. 잠시."

장년인, 아니 상무가 앉은 의자를 옆으로 밀어낸 제4기획실장이 태국의 포털 사이트에 접속한다.

"오늘 아침에 나온 뉴스입니다. 현재 태국이 이 사건으로 인해 발칵 뒤집혔습니다."

찍지 말라는 듯 카메라를 향해 손을 내미는 태국 경찰과 그 뒤에서 들것에 실려 옮겨지는 동양인 한 명.

그는 상무도 아는 인물이었다.

"……유 지부장이군."

빠득!

"또 최종혁이야?"

"……그것도 아닌 것 같습니다. 급히 동부 지부를 파견해 바이욕 스카이 호텔 인근을 훑어본 결과, 최종혁은 이 일이 발생한 후까지 바이욕에 있었음이 확인됐습니다."

그때까지 도중에 도주한 직원을 찾고 있었다.

"서부 지부에서 이번 프로젝트의 메인으로 내세운 남쁠라의 딸, 김소연 사원을 찾고 있었습니다."

"……그럼 그놈들이겠군."

대체 어떻게 안 것인지 세계 각국의 지부들을 제거하고 다니는 정체불명의 세력.

현재 회사 내부에서는 어떤 이유로 변절한 회사의 사원들이라 예상하고 있었다.

"예. 아무래도 그런 것 같습니다. 그런데……."

"무슨 말인지 알고 있으니까 나가 봐."

"……예."

제4기획실장이 물러나자 상무는 담배를 물었다.

찰칵! 치이익!

"후우우."

꽈앙! 갑자기 책상을 후려친 그.

그의 눈이 분노로 일그러지기 시작한다.

"역시 내부에 쥐새끼가 있었군."

종혁 때문에, 그리고 갑자기 해외 지부를 제거하고 다니는 어떤 세력 때문에 더 은밀해진 그들.

그럼에도 지부가 들키다 못해 안가까지 들켰다는 건 회사 내부에, 그것도 자신 같은 고위 임원 중에 쥐새끼가 있는 것이다.

이를 간 그는 전화기를 들었다.

"예, 사장님. 이 상무입니다. 아무래도 저희의 생각이 맞는 것 같습니다."

쥐새끼가 있는 걸 깨닫게 됐으니 덫을 놔야 했다.

그의 눈이 살의로 번들거리기 시작했다.

* * *

쏴아아아!

털썩!

소파에 드러누운 종혁이 오늘도 내린 비에 젖은 정복과 넥타이를 풀어 헤친다.

장례를 무사히 마치고 서울국립현충원에 안치된 우승

민 경사.

대한민국의 국민을 지키려다 사망한 그.

'거지 같네.'

이놈의 장례식은 매번 참석해도 익숙해지질 않는다.

꾸그극!

"괜찮아?"

"……일은 어떻게 하고 올라왔어요."

"비 와서 손님 안 와."

"밥집도 날씨를 타나?"

키득 웃은 종혁이 팔뚝으로 눈을 가린다.

"엄마."

"응?"

"여행 갈래요? 태국으로."

"태국 좋네. 알았어."

"……고마워요."

"쉬어. 술은 조금만 마시고."

"오늘은 안 취해."

종혁의 종아리를 쓸어내린 고정숙은 다시 몸을 일으켜 집을 빠져나갔고, 종혁은 몸을 일으켜 냉장고로 향했다.

오늘까지 나흘, 매일 술을 마셨지만 정말 취하지 않았다.

2장. **효자**

효자

웅성웅성.

백인, 흑인, 황인 등 각양각색의 인종들이 들어오고 나가는 태국 방콕 수완나품 국제공항.

"할머님 건강이 그렇게 안 좋으신 거야?"

"예, 뭐. 이제 연세가 연세니까요……."

종혁은 씁쓸히 웃는 최재수의 어깨를 두드리며 함께 온 사람들을 둘러봤다.

"와아아!"

"우와. 엄청 깨끗한데?"

"아빠! 커! 커-!"

"어이구. 그렇게 커?"

현석과 현석의 가족들, 그리고 이번에 함께했던 외사국 형사들과 그 가족들, 더불어 순철과 순희, 그 친구들까지.

오랜만에 사람들로 북적이는 여행이었다.

'감사합니다, 부국장님.'

그동안 일에 쫓겨 가족들과 나들이조차 제대로 가지 못한 그들.

종혁은 눈물을 글썽거리는 시꺼먼 남자들을 슬그머니 외면했다.

-북한에서 미사일을 발사하면서…….

"음? 흠."

공항 한구석에서 흘러나오는 뉴스를 보며 눈빛을 가라앉힌 종혁은 이내 이쪽을 향해 바삐 걸어오는 마이크와 라차논을 발견하곤 싱긋 웃었다.

"내가 곧 보자고 했죠?"

"……그 곧이 이렇게 빠를 줄은 몰랐습니다만."

"하핫! 그럼 부탁드리겠습니다."

마이크와 라차논은 못 말리겠다는 듯 고개를 저었다.

* * *

"우와악!"

"오메!"

"사, 삼촌! 저, 정말 여기가 저희가 잘 곳이에요?"

엄청난 규모의 탁 트인 푸른 풀장과 그 주위를 마치 숲처럼 장식한 조경수들.

새하얗고 커다란 입구부터 범상치 않더니 눈앞에 파라

다이스가 펼쳐진다.

 평상시엔 볼 수 없기에, 정말 자신들이 이국에 왔음을 느낄 수 있는 풍경.

 종혁은 정말 이곳이 숙소냐며 불신과 기대 어린 시선으로 노려보는 사람들을 향해 입을 열었다.

 "왜? 마음에 안 들면 다른 곳으로 가?"

 "아니요!"

 "절대! 절대 안 돼요-!"

 "그럼 뭐해. 얼른 방에 가서 수영복으로 갈아입어야지!"

 "……꺄악!"

 "달려-!"

 "아빠, 뭐해! 키! 얼른 키!"

 "어, 어! 그래!"

 "저녁엔 야시장 갈 거니까 너무 진 빠지게 놀지는 마라!"

 "몰라욧!"

 뒤따라온 직원에게서 키를 낚아채다시피 받아 리조트 건물 안으로 달려 들어가는 아이들과 여성들을 흐뭇하게 바라보던 종혁은 순식간에 외롭게 남겨진 외사국 형사들을 비롯한 남성들을 바라봤다.

 순간 천장을 뚫은 여성들의 텐션과 일련의 상황을 따라가지 못해 어안이 벙벙해지고, 또 배신감 어린 표정을 짓는 남성들.

 종혁은 그들에게 다가가며 은근히 유혹을 했다.

"다들 목마르지 않으세요? 아까 보니까 로비에서 시원하면서도 쌉쌀한 음료수를 파는 것 같던데······."

그냥 마셔도 맛있고, 고기나 과자랑 먹으면 더 맛있는 어른들의 음료수다.

"여성들은 여성들만의 여행이 있고, 남성들은 남성들만의 여행이 또 있지 않겠습니까?"

"······어이구. 허허허. 목이 마른 건 또 어떻게 아시고."

"그랑께 말이여. 이러니께 부국장을 하시는 거제! 야야, 막둥이들······ 그려, 아직 고추에 털 덜 난 우리 막둥이들. 쌉쌀하고 쓴 음료수는 어른들한티 배우는 거 알제?"

그 말에 막내들의 눈이 번뜩이고, 종혁이 지갑에서 블랙카드를 꺼낸다.

"먹고 싶은 거······ 아니, 냉장고에 있는 거 다 털어 와. 너희들이 먹고 싶은 것까지 전부!"

"사랑합니다!"

"달려!"

종혁과 어른들은 마치 육상 선수처럼 전투적으로 달리는 아이들을 보며 웃음을 터트렸다.

"확실히 태국은······ 특유의 냄새가 있네."

웅성웅성. 왁자지껄.

세계 모든 인종이 모인 듯한 야시장.

거리에 놓인 의자에 누운 고정숙이 세심하고도 시원하게 발을 압박하는 마사지사의 손길에 나른한 미소를 지으며 말을 하자 종혁이 무슨 말인지 알겠다는 듯 고개를 끄덕인다.

"확실히 그렇기는 해."

어떻게 말로 설명할 수 없는 묘한 냄새, 태국을 다녀온 사람만이 공감할 수 있는 그런 냄새가 있다.

거기다 귓가를 은은하게 어루만지는 태국 노래가 습하면서도 습하지 않고, 또 시원한 날씨와 어우러져 절로 몸을 이완시킨다.

길거리에 늘어선 좌판들과 그들의 앞을 기웃거리는 사람들도.

"요새 아들이 좀 격조했지?"

"얼씨구? 언젠 안 그랬던 것처럼 말한다?"

"그렇게 받아치면 할 말이 없는데……."

고정숙은 순간 쭈구리가 되는 아들의 모습에 풀썩 웃어 버리고 만다.

'다행이네.'

요 며칠 우울했던 아들.

장례가 끝난 다음 날부터는 다시 평소처럼 돌아왔지만, 그런 것처럼 보일 뿐 그게 아님을 고정숙은 알고 있었다.

그런데 지금은 그 어둠이 보이질 않는다. 역시 사람들이 북적북적한 게 도움이 된 것 같다.

"아들."

"응?"

"엄마 재혼할까?"

쿵!

"……일단 이름이랑 주민번호부터 줘 봐."

전과는 있는지 없는지 그것부터 조사해 봐야 할 것 같다.

고정숙은 순간 예민하게 반응하는 아들의 모습에 웃음을 터트렸다.

"지금 있는 게 아니고, 여기서 더 나이 들기 전에 구해 볼까 해서 말하는 거야. 나중에 놀라지 말라고."

'그래야 너도 안심하고 더 적극적으로 연애를 할 수 있지 않겠니?'

옆에서 보면 참 답답하기 그지없는 아들.

이런 여행도 엄마가 아니라 여자친구랑 와야 하는 게 맞았다. 그런데 영 그런 모습을 보이질 않으니 엄마로서 걱정이 될 수밖에 없었다.

그런 고정숙의 마음을 아는지 모르는지 종혁은 잠시 흐릿한 밤하늘을 바라본다.

'재혼이라……'

그동안 알게 모르게 연애를 몇 번 하셨던 어머니 고정숙.

그런데 이젠 연애가 아니라 누군가와 남은 인생을 함께할 마음을 먹은 것 같다.

'하긴, 혼자 계신 시간이 너무 오래되긴 했지.'

종혁이 태어나기도 전에 돌아가신 아버지. 이렇게 긴

시간이면 충분히 의리를 지켰다고 봐야 했다.

"놀라기는 무슨. 어차피 독수공방하는 건 똑같을 텐데, 뭘."

"엥?"

"낚시, 스포츠, 등산, 자전거, 술! 주말, 아니 월화 부부는 어떻게 생각하십니까, 어머니?"

"……네가 요새 안 맞았지?"

"악! 잠깐, 잠깐!"

"이모! 큰오빠!"

"응?"

"우리 사진! 사진 찍어요! 일단은 두 분 투샷부터!"

"갑자기?"

"자, 서로 붙으시고! 아이, 뭐해요! 김치!"

종혁과 고정숙은 카메라를 들이미는 순희와 그 친구들의 모습에, 얼굴이 발갛게 상기된 그들의 모습에 웃음을 터트리며 서로의 손을 꼭 잡았다.

그렇게 태국에서의 하루가 지나갔다.

* * *

"어휴."

탁자에 머리를 박은 순희가 한숨을 푹푹 내쉰다.

그 옆에 앉은 순철도 탁자에 머리를 박은 채 한숨을 내쉰다.

효자 〈185〉

고정숙은 그런 둘의 모습에 왜 그러냐는 듯 종혁을 봤고, 종혁은 실소를 터트렸다.

 "휴가 후유증이요."

 낮에는 볼거리가 가득한 방콕의 여기저기를 둘러보고, 밤에는 또 밤의 볼거리를 찾아 즐겼다.

 아침엔 떠지지 않는 눈을 억지로 떠가며 리조트의 풀장에서 수영을 했다.

 공부에 대한 스트레스도, 다이어트에 대한 스트레스도 없는 3박 4일의 환상적인 휴가.

 당연히 후유증이 올 만했다.

 "으윽! 아직 먹어 보지 못하고 보지 못한 게 한가득인데! 큰오빠, 나 저녁에만 방콕 갔다 오면 안 될까요?"

 "되겠냐?"

 "이이잉."

 "쯥."

 입술을 삐죽 내민 순희는 이내 포기하며 숟가락을 들다, 그제야 옆에서 머리를 처박고 있는 순철을 발견하곤 깜짝 놀란다.

 그러며 방금 전 고정숙처럼 얜 왜 이러냐는 듯 눈으로 묻는 순희.

 종혁이 씁쓸히 웃는다.

 '네 오빤 상사병 때문이란다.'

 투어 관광을 갔다가 만난, 다른 관광사의 고객이었던 한 태국인 여성.

어쩌다 보니 함께 움직이게 됐는데, 잠깐 다른 곳을 봤다가 다시 돌아보니 둘이 금세 친해져 서로 하하호호 웃고 있었다.

그런데 놀랍게도 자신들이 머무는 리조트의 손님이기도 했던 그녀.

순철과 그녀는 급격하게 가까워지게 되었고, 아침 일찍 만나 함께 수영을 하고, 저녁에는 술을 마시며 귀국하는 날까지 다른 사람들 몰래 데이트 아닌 데이트를 했다.

하지만 시간은 야속하게 흘러가 버렸고, 그 찰나의 인연을 잊지 못한 순철은 지금 이렇게 괴로워하고 있는 중이었다.

'그 아가씨…… 하이쏘의 아가씨였지?'

그것도 꽤 명문가의 아가씨였다.

물론 순철이 모자란 건 아니지만, 순철에겐 큰 문제가 있었다.

한국에서야 철저히 자신의 보호 아래 있으니 괜찮지만, 해외로 나간다면 언제 북한으로 불려 갈지, 아니 납치될지 모른다는 것.

순철도 이 점을 알고 있기에 이렇게 끙끙거리는 것이었다.

하지만…….

"철아, 태국에 자리 하나 알아봐 줄까?"

"컥?! 보, 보셨습네까?!"

그렇다고 놀리는 걸 포기한다는 건 아니었다.

종혁은 의아해하는 고정숙과 순희를 외면하며 숟가락을 들었다.
　이 문제는 시간이 답이었다.

"그럼 다녀오겠습니다."
"아, 학교 가기 싫다……."
"그래. 오늘도 열심히 하고. 몸조심하고."
"엄마도요."
　띵!
　1층에서 순희를 배웅하고 지하주차장으로 내려온 종혁이 핸드폰을 만지작거리는 순철을 본다.
"철아, 넌 먼저 가. 난 어디 들를 때가 있거든."
'정확히는 할 일이.'
"아, 예. 알겠습니다. 그럼 본청에서 뵙겠습니다."
　그렇게 순철과 헤어진 종혁은 차에 올라타며 눈빛을 가라앉혔다.
"그럼 가 보실까?"
　그 사건을 막으러 가야 했다.

*　*　*

"꺄악!"
　어느 빌딩 앞, 사람들의 비명이 울린다.
　사고가 난 듯 2차선 도로를 틀어막은 두 대의 차량.

그중 검은색 승용차에서 내린 사내들이 뒤에 있는 차량의 운전석에서 한 사내를 끌어낸다.

"나와, 씨발놈아. 나와!"

"악! 왜 이러십니까! 잘못은 그쪽이 먼저 했지 않습니까!"

"그러니까 처맞자고, 새끼야."

퍼억!

삼십대 운전자의 배에 틀어박히는 사내의 주먹.

"꺄아악!"

"정말 왜 이러세요!"

함께 동승한 여성은 안절부절못하고, 주위에 몰려든 사람들이 어쩔 줄 몰라 하며 발을 동동 구른다.

그러며 핸드폰을 들어 그 모습을 촬영한다.

"야, 찍어. 찍어."

구경거리가 된 것처럼 느껴졌을까. 폭행을 하는 사내의 일행들이 사람들을 향해 위협한다.

"씨발, 안 꺼져?!"

"꺅!"

"와악!"

"지, 지금 이게 뭐하는 짓입니까! 무슨 일인지 모르겠지만……."

상황이 너무 심각하다 느껴서인지 빌딩에서 육십대의 경비원이 걸어 나온다.

그에 한숨을 내쉰 사내의 일행 중 한 명이 경비원에게

다가가 그 모자를 잡아 내린다.

"억!"

"꺅!"

"예, 예. 우리 일은 우리가 알아서 할 테니 아저씨는 그냥 안에 들어가서 열심히 건물이나 지키세요."

"이, 이거 놓으세요!"

"예, 예. 들어가시라고요!"

쿠당탕!

"꺄아악!"

경비원이 바닥을 구르는 순간이었다.

"야-!"

모두의 시간이 멈춰 서며 현장으로 들어오는 덩치 큰 사내, 종혁을 응시한다.

종혁은 난장판인 현장을 둘러보다 폭행을 당해 쓰러진 운전자를 힐끔 보곤, 누가 봐도 가해자인 놈들을 향해 입을 연다.

"뭐야, 묻지 마 폭행이야? 아니면 보복 운전?"

"하아. 씨발. 아저씨, 됐으니까 그냥 가세요."

얼굴을 구기며 종혁에게 다가서는 사내들.

종혁은 답답하다는 표정을 짓는다.

"묻잖아. 묻지 마 폭행이냐고."

"묻지 말라고, 씨발놈아!"

부왁!

종혁의 얼굴을 향해 날아오는 주먹.

느려진 시간 속, 종혁은 하품이 나올 정도로 느린 주먹을 슬쩍 피하곤 놈의 턱을 손바닥으로 후려쳤다.

찌억! 쿠웅!

"뭐, 뭐야! 씨발 너 뭐야!"

"하. 씨벌 새끼들이 사람이 묻는데 대답을 안 하네. 이젠 누가 대답할래?"

"좆까!"

종혁은 달려드는 놈들의 모습에 한숨을 내쉬며 주먹을 쥐었다.

쿠우웅!

"와아아아!"

"멋지다!"

"대단해요!"

"하하. 예, 예."

시민들의 환호에 어색하게 웃은 종혁은 널브러진 사내들을 한심하다는 듯 바라봤다.

'이놈들은 알까. 내가 니들 목숨을 살렸다는 걸.'

곧 살해를 당하는 놈들.

고개를 저은 종혁이 멍하니 이쪽을 쳐다보는 피해자, 아니 운전자에게 다가간다.

"경찰입니다. 괜찮으십니까?"

"예? 아, 예. 가, 감사합니다."

종혁은 자신의 손을 잡으며 몸을 일으키는 사내를 보며

눈빛을 가라앉혔다.

'이 사람이지.'

저놈들 중 둘을 살해하는 범인이 말이다.

이렇게 길거리에서 폭행과 망신을 당한 것을 계기로 결혼을 약속했던 예비 신부와 파혼을 하게 되며, 그 충격과 분노로 결국 살인까지 저질러 버렸던 인물.

하지만 그것은 단순히 폭행과 망신을 당했다고, 파혼을 하게 됐다고 저지른 일이 아니었다.

이번 일로 정신적인 충격에 시름시름 앓던 예비 신부가 유산을 하게 되고, 그로 인해 끝내 파혼까지 하게 된 탓이었다.

종혁은 안절부절못하다 안심하는 여성 동승자, 운전자의 예비 신부를 바라봤다.

"괜찮으십니까? 남자친구분이 아니었다면 큰 곤욕을 치르실 뻔했습니다."

"아, 네……. 아! 자, 자기야! 괜찮아?!"

"미, 미안해. 내가 운전을 잘했다면……."

"아니야! 자기는 잘못이 없잖아! 갑자기 끼어든 저 사람들이 잘못한 거지!"

'다행이네.'

저렇게 남자친구를 감싸며 화를 내는 모습을 보니 유산은 걱정하지 않아도 될 것 같다.

'그래도 병원엔 가게 해야겠지.'

삐익! 삑!

고개를 돌린 종혁은 애써 인파들을 헤치며 안으로 들어오는 경찰들을 보며 한숨을 내뱉었다.

"빨리도 온다."

분명 회귀 전엔 상황이 마무리될 때까지 출동하지 못했던 경찰. 그것과 비교하면 정말 빨리 도착한 것이지만, 피해자들에게 있어 경찰은 언제나 늦을 수밖에 없다.

그래서 한숨이 나왔던 종혁은 수갑을 꺼내 들며 자신에게 다가오는 경찰의 모습에, 이상한 오해를 하는 그들의 모습에 다시 한숨을 내쉬었다.

'지랄한다.'

* * *

"좋은 아침입……."
"좋은 아침입니다!"
"출근하셨습니까!"

귀를 꿰뚫는 우렁찬 인사들에 외사국 사무실 안으로 들어서던 종혁이 달력을 확인한다.

"……만우절 아닌데?"
"하하하하핫!"

사무실을 휩쓰는 웃음소리에 종혁도 피식 웃는다. 저들이 이러는 이유를 이해했기 때문이다.

억울하게 사망한 동료의 진실을 밝히다 못해 살해한 놈들까지 모두 일망타진했으니 저들의 마음이 오죽할까.

종혁 자신이 저들의 입장이었다면 아마 주차장에서부터 업고 다녔을 거다.

"아, 부국장님. 국장님께서 찾으십니다."

"국장님이요?"

'뭐지?'

아직 근무도 시작하지 않은 이른 아침부터 무슨 일일까.

종혁은 자신의 사무실에 짐만 내려놓고 외사국장실로 향했다.

똑똑!

"들어가겠습니다…… 아."

종혁이 사무실 한구석에 서서 커피를 따르고 있는 정동철 국장을 발견하곤 의아해한다.

"어제 댁에 안 들어가셨습니까?"

"……할 일이 많아서."

"그러다 이혼당하십니다."

"괜찮아. 이젠 서로 만성이거든. 앉아. 커피?"

"감사합니다."

곧 정동철이 커피를 가져와 종혁의 앞에 내려놓는다.

세심하게 설탕까지 넣어 주다 못해 간식까지 내놓은 그.

종혁의 눈이 가늘게 떠진다.

"사고 터진 거면 얼른 말씀해 주십시오."

"그게 아니야."

"아니라고요?"

'이렇게 분위기를 잡는데?'

종혁이 커피와 간식을 번갈아 가리키자 정동철이 한숨을 내쉰다.

"이번에 코엑스에서 열리는 2012 서울 핵안보 정상회의 알지?"

"예. 압니다."

올해로 2회째를 맞이하는, UN 주관의 핵안보 정상회의.

참가국 규모가 2년 전 열린 2010 G20 서울 정상회의의 두 배였기에, 대한민국 역사상 최대 규모의 정상회의라고 떠들썩했던 정상회의다.

"그거 우리도 참석해야겠어."

"……왜요?"

종혁은 얼굴을 구겼다.

공무원에게 있어 가장 중요한 건 첫째도 일을 만들지 않는 것, 둘째도 일을 만들지 않는 것이다.

그런 의미에서, 일은 일대로 하면서 그 공은 인정받지 못할 그런 회의는 참석하지 않는 게 보신의 첫 번째 걸음이다.

심지어 가뜩이나 공무가 잔뜩 쌓여 있는 와중에, 자진해서 그런 회의에 참석하려 한다는 건 아무래도 의아할 수밖에 없었다.

'어? 잠깐?'

오싹!

순간 경기를 일으킨 종혁이 다급히 입을 열었다.

"설마 테러 협박이라도 해 온 겁니까?"

"그런 위협이야 이런 정상회의 때마다 있지."

각국의 정상들이 모이는 자리다.

테러 단체들은 그저 테러 협박을 하는 것만으로도 본인들 단체를 각국 정상들에게 각인시킬 수 있기에 이렇게 정상회의를 열 때마다 개최국엔 협박 메일이나 우편물들이 쌓인다.

"물론 그건 국장 이상만 열람할 수 있는 기밀이니까 다른 사람들에겐 말하지 말고."

'이미 알고 있는데…….'

상식적으로 생각하면 모를 수 없는 일이었지만, 종혁은 그냥 입을 다물기로 했다.

"그러면 핵안보 정상회의 경호안전통제단에 저희 외사국까지 불려 가는 겁니…… 아, 이 새끼들이 미쳤나. 범인 잡기도 바쁜 사람들 보고 왜 오라 가라야?!"

대통령 경호실장을 단장으로 삼아 군, 경, 소방까지 삼위일체로 이뤄지는 핵안보 정상회의 경호안전통제단.

경찰에선 서울지방경찰청 산하 경찰 특공대, 대테러 특수부대 SWAT 전원이 경호의 한 축을 담당할 예정이다.

그뿐만 아니라 회의가 열리는 코엑스 인근에도 경찰들이 쫙 깔릴 예정.

그것만으로도 경찰은 할 일을 다 했다고 봐야 했다.

"잠깐만 기다리십시오. 제가…….."

"이번에 인터폴 사무총장이 참가해. 그쪽에서 면담 좀

하자고 부른 거야."

"아……."

그런 거라면 충분히 이해할 수 있다.

하지만 이내 곧 종혁은 미간을 구겼다.

"인터폴 사무총장씩이나 되는 양반이 대체 뭔 말을 하려고……. 그냥 차라리 외사국으로 오라고 하시죠?"

무려 세계 경찰인 인터폴의 사무총장이다.

중요한 이야기일 수도 있고, 단순히 이야기를 나누자는 것일 수도 있지만, 그런 사람과 모르는 장소에서 이야기를 나눈다는 건 심리적으로 압박이 될 수밖에 없다.

"나도 마음 같아선 그러고 싶지만……."

그러다 심기가 상한 인터폴 사무총장이 알게 모르게 한국에 불이익을 줄지 누가 아는가.

물론 사람이 그렇게까지 쪼잔할 수 있겠냐마는 지금도 세계 각국을 돌아다니는 한국 출신의 인터폴 요원들의 안위와 인터폴의 도움을 많이 받는 외사국으로선 고개를 숙일 수밖에 없는 입장이었다.

'그것도 서로 주고받는 건데…….'

"에휴. 알겠습니다. 준비하겠습니다."

종혁은 주먹을 쥐며 몸을 일으켰다.

"아, 맞아."

갑자기 뭔가가 생각난 종혁이 정동철 국장을 본다.

"교통국에 연락해서 회의가 열리는 당일, 그 근방 교통이 혼잡할 테니 이에 대비하라는 문자를 서울 시민들에게 날려 달라는 공문 좀 보내 주십시오. 이거 안 하면 저희 경찰이든, 정부든 욕을 먹을지도 모릅니다."

아니, 아마 경찰이 독박을 쓸 거다. 교통 통제는 경찰의 영역이니 말이다.

"아."

이번에 열리는 핵안보 정상회의.

회귀 전엔 그저 먼 나라의 이야기라서 별로 신경 안 썼지만, 그날 교통이 혼잡해졌던 게 기억이 난 종혁은 그렇게 말한 후 국장실을 나섰다.

* * *

"하아암!"

이른 새벽, 4명의 사내가 기지개를 켜며 PC방을 나선다.

"자, 그럼 마지막으로 한 타임 뛰고 자러 가자."

"예……."

많이 피곤한 듯 목소리가 늘어진 그들. 날을 샌 듯 눈 역시도 빨갛게 충혈되어 있다.

"저, 형님."

"왜 이 새벽에도 일하냐고?"

"예."

"이 시간이 마지막 피크니까."

단순히 일이 늦게 끝나 한잔을 하든가, 아니면 날을 새고 술을 마신 놈들이 첫차를 타고 귀가를 하는 시각.

"이때가 가장 안전해."

"아, 그렇습니까?"

얼마 전 그들에게 합류한 막내가 고개를 끄덕이는 것으로 서로 간의 대화가 사라진 그들은 지하철역이 나타나자 두 패로 나뉘어 서로 다른 출구로 들어간다.

그렇게 지하철 안으로 들어간 그들의 눈이 빛난다.

졸음을 참으며 들어올 열차를 기다리는 사람들과 술 냄새를 풀풀 풍기며 의자에 늘어져 있는 사람들.

그들이 슬그머니 취객들에게 다가간다.

툭! 툭툭!

"아이, 씨. 뭐야."

"드르렁……."

괜스레 취객들을 발을 건드리며 걷던 그들은 몸이 흔들렸음에도 잠을 자기에 여념이 없는 사람을 발견하곤 그 옆에 슬그머니 엉덩이를 붙인다.

"앞에 막아."

"예."

바람잡이 겸 망보는 역할인 사내가 혹시 모를 시선을 차단하자, 취객의 옆에 앉은 사내가 취객의 품 안으로 손을 집어넣었다가 뺀다. 그리고 일어서 망을 보는 사내를 툭 치며 다른 곳으로 걸음을 옮긴다.

고작 5초도 안 되어 일어난 일.

그렇게 무려 3명의 취객을 턴 그들은 더 이상 털어먹을 취객이 없자 슬그머니 승강구 앞에 서며 멀리 떨어져 있는 패거리를 힐끔 본다.

그와 동시에 열차가 역 안으로 들어온다.

띠리리리리리리!

요란한 소리를 내며 도착한 열차.

안으로 들어간 그들은 첫차임에도 사람들로 제법 붐비는 열차 안을 조용히 누비다 중간에서 만난다.

"몇 명?"

"저희 쪽에서 한 명이요. 그쪽은요?"

"우리 쪽은 없어. 그럼 거기로…… 헛?!"

옆 칸을 보던 한 사내가 무언가를 발견한 건지 눈을 크게 뜨며 일행들을 빈자리에 앉힌다.

"왜, 왜 그러십니까?"

"짜, 짭새."

"짜, 짭새요? 이 시간에?"

"몰라, 씨발. 얼른 대가리나 숙여."

"예, 예."

그들은 다급히 고개를 숙이거나 핸드폰을 봤고, 옆 칸으로 향하는 문이 열리며 네 명의 형사가 그들의 앞을 지나쳐 간다.

그러다…….

후욱!

"헉?!"

순간 앞에 쪼그려 앉는 형사의 모습에 기겁하며 고개를

드는 사내.

다른 형사들도 나머지 사내들의 어깨에 턱 하고 팔을 올린다.

"지렁아."

"예, 예. 형님."

"이 새벽부터 영업하러 나왔니? 너 많이 부지런하다?"

"아하하. 영업이라뇨. 그런 거 아닙니다. 저 손 씻었습니다."

"주머니 까서 네 거 아닌 지갑 나오면 뒤진다."

"……아하하. 아닛?! 이게 왜 여기에 있죠? 아! 아까 바닥에 떨어진 거 주웠었다! 그치?!"

"그, 그럼요. 하하하!"

형사들은 되지도 않는 연기를 하는 그들의 모습에 비웃음을 터트렸다.

그에 지렁이라 불린 사내가 무릎을 꿇는다.

"형님. 아니, 형사님. 저희 집 사정 아시잖습니까. 저 이번에 들어가면 저희 어머니 돌아가십니다!"

"……개새꺄. 집에서 산소호흡기 끼고 계신 어머니가 그렇게 눈에 밟히면 이런 짓을 하지 말아야지!"

"죄송합니다."

"됐고. 너 28일에 경찰서로 들어와. 그리고 오늘은 그냥 집에 가서 발 닦고 자고. 오늘 서울에 있는 모든 경찰들 신경이 날카롭거든? 27일까진 사고 치지 말자. 너 오늘내일 사고 치면 가중 처벌이야."

어디 가중 처벌뿐일까. 흉기를 꺼내 드는 순간 경고 없이 실탄 사격이다.

"아, 알겠습니다, 형사님."

"지금 뒤지기 싫으면 연장들도 내놓고."

"허어억! 여, 여기 있습니다."

배를 쑤시는 총구에 말뿐만이 아닌 경고임을 알아차리고 순순히 면도칼과 과도 등의 흉기를 내놓는 소매치기들.

이들뿐만이 아니다. 삼성역을 지나가는 모든 지하철과 인근 지하철역들에서 이런 모습들이 보이고 있었다.

살짝만 삐끗해도 관련자 여럿의 목이 날아갈 수 있는 심각한 상황.

경찰들의 신경은 그 어느 때보다 날카로웠다.

* * *

2012년 3월 26일이 되면서 세계 각국의 정상들이 한국을 찾아들자 수도방위사령부와 경찰에 숨 막힐 듯한 긴장이 흐르기 시작한다.

해가 뜨지 않은 새벽부터 나선 경찰들은 핵안보 정상회의가 열리는 코엑스 인근의 도로와 정상들이 머무는 숙소, 인천공항까지의 도로를 통제하기 시작했고, 지하철 역시 경찰들이 매의 눈을 뜨며 검문검색을 시작했다.

부우웅!

코엑스를 향해 달리는 차 안.

"예, 관리관님."

치안상황관리센터의 센터장이자 관리관인 정용진에게 연락을 한 종혁이 눈빛을 가라앉혔다.

"이거 중동계를 비롯한 외국인들 모두 검문검색을 하는 게 낫지 않겠습니까?"

수많은 시민이 이용하는 삼성역과 인근 버스정류장.

그렇기에 차마 열차나 버스를 그냥 지나치게 하지 못한 채 코엑스 인근의 주변 도로만 통제하고 있는 상황이다.

다행히 먼저 서울과 수도권에 거주하는 모든 시민들에게 문자를 보냄으로써 회귀 전과 같은 교통 혼잡은 비켜갈 수 있었다지만, 그래도 교통에 불편을 겪게 된 시민들이 끝없이 민원을 넣고 있는 상황이다.

그런 상황에서 외국인까지 검문한다?

-날 말려 죽이려는 겁니까, 부국장.

"이란과 북한이 이번 정상회의에 불참석을 하잖습니까."

-그거야 걔들 입장에선 당연한 일이죠.

이번 핵안보 정상회의의 주제 중 하나가 바로 핵무기와 핵폭탄으로 전용될 수 있는 고농축 우라늄(Highly Enriched Uranium), 통칭 HEU의 보유량을 자발적으로 최소화하자는 것이다.

미국과의 반복되는 마찰에도 핵 개발을 멈추지 않는 북한과 이란의 입장에선 참가할 이유가 없었다.

-일단 삼성역에서 코엑스로 연결되는 모든 입구를 통제하고 있으니 이 정도로 참아 주시죠.

그뿐만이 아니다. 삼성역 내에서도 혹시 모를 테러를 대비해 금속 탐지기와 경찰견들을 배치한 상태고, 여차할 시 곧바로 발포하라는 지시를 내려놓은 상황이다.

이 이상의 통제는 역풍으로 돌아올 수 있었다.

-대신 검문검색의 반경을 더 늘리도록 하겠습니다.

"끄응."

'어쩔 수 없나?'

테러라는 건 대비를 하고 또 해도 모자라지만, 회귀 전 별다른 일이 없었기에 종혁은 여기서 관두기로 했다.

"알겠습니다. 수고하십쇼."

-부국장도요.

통화를 종료한 종혁은 정동철 국장에게 전화를 걸었다.

"예, 국장님. 지금 어디까지 오셨……."

삑! 삐비빅!

종혁의 차가 코엑스 쪽으로 진입하려고 하자마자 몸을 날려 앞을 막아서는 교통경찰들과 움찔하며 반응하는 검은색 특공복의 대테러 부대원들.

창문을 내린 종혁이 경찰공무원증을 내밀었다.

"이른 아침부터 고생 많으십니다. 오늘 회의장에 참석하기로 한 외사국 부국장 최종혁 경무관입니다."

"헉! 추, 충성!"

"들어가도 되죠?"

"예, 그렇습니다! 야, 바리케이드 치워! 최종혁 경무관님이시다!"

영웅 경찰 최종혁. 경찰밥 먹는 경찰 중 그 이름 석 자를 모르는 경찰이 누가 있을까. 저 산골 파출소 경찰도 알 정도의 인사가 바로 종혁이었다.

"헉! 예, 알겠습니다! 충성!"

'어이구.'

순간 달아오르는 얼굴에 입맛을 다신 종혁이 애써 웃는다.

"하하. 그럼 수고들 하세……."

"정지! 거기 뭐야! 왜 바리케이드를 치우고 있습니까!"

NSS라는 글씨가 크게 적힌 검은색 모자를 쓴 검은색 특공복을 입은 사내가, 이쪽 도로의 통제를 담당하는 관리자가 달려온다.

이번 회의의 약자인 NSS(Nuclear Security Summit).

경호안전통제단은 모두 이 글귀가 적힌 검은색 옷과 모자를 쓰고 있다.

"저희 경찰 관계자십니다!"

"경찰 관계자? 들은 게 없는데?"

종혁은 올리던 창문을 다시 내리며 고개를 내밀었다.

"하하. 안녕하십니까. 수고 많으십니다. 외사국 부국장 최종혁 경무관입니다."

"……내려요."

"예?"

"내리라고요."

종혁을 위아래로 훑어보더니 강압적으로 말하는 그.

종혁이 미간을 좁히며 그를 응시하자 그는 피식 웃었다.
"딱 봐도 이십대 후반에서 삼십대 초반으로 보이는데 경무관이라고?"
경무관은 군대로 치면 대령급의 계급이다.
"강제로 끌어내리기 전에 내려."
"혹시 군인입니까?"
SWAT이라면 자신을 모를 리가 없었다.
"처맞고 내릴래, 아니면 그냥 내릴래?"
'군바리 맞네.'
어이없다는 듯 웃은 종혁이 차에서 내려 사내를 내려다본다.
"실수하는 거 알죠?"
출입 명부만 확인해 보면 될 일을, 고작 그 본인의 편견으로만 판단하고 있다.
"그거야 이따가 확인해 보면 알 일이고. 손 내밀어."
"정말 실수하기 전에 출입 명부부터 확인하시죠?"
"내밀라고."
촤라락!
허리에서 빼지자마자 펼쳐지는 삼단봉에 종혁의 눈빛이 착 가라앉는다.
"진짜 실수하네."
'왜 이러지?'
단순히 융통성이 없는 사람이라고 생각하려고 해도 너무 무리한 행동이다.

그렇게 혼란해하던 종혁은 그의 입가에 걸린 비릿한 미소를 보곤 어이없다는 듯 웃었다.

"아, 그런 거네. 우리 경찰이 경호단의 한 축을 맡은 게 불만인 거구나?"

아무래도 수도방위사령부가 자신들로도 충분히 경호가 가능한데 괜히 경찰까지 끌어들였다고 생각한 것 같다.

좆같고 거지 같은 자존심 싸움.

"누가 씨발 욕심 많은 군바리 새끼들 아니랄까 봐."

"이 새끼가―!"

쩍!

달려드는 놈의 뺨을 후려쳐 날려 버린 종혁은 기겁하며 총구를 겨누는 NSS를 둘러보며 핸드폰을 들었다.

"예, 헨리. 저 오늘 참석 못합니다. 대통령님은 다음에 미국 갈 때 뵙겠습니다."

오늘 종혁이 회의장에 간다고 하니 한번 보자고 말한 버락 던햄 루터 미국 대통령.

―아, 아니 갑자기 그게 무슨 말입니까, 최!

"보고 받으면 알 겁니다. 나탈리아랑 라차논에게도 전화해야 해서 이만."

그렇게 나탈리아와 라차논에게도 통화를 마친 종혁은 소총을 잡고 있을 뿐 겨누지는 않지만 안절부절못하는 경호단을, SWAT를 보며 눈살을 찌푸렸다.

"같은 식구가 당했는데, 계속 그렇게 모른 척할 겁니까? 나 정말 삐집니다."

효자 〈207〉

"……어허이! 총 내려요! 내려! 우리 경찰 식구입니다!"
"쯥. 이러면 정말 불편해집니다. 총 내리세요."
종혁은 그제야 다급히 말리는 SWAT를 뒤로하며 차에 올라 후진을 했다.
"예, 국장님. 지금 코엑스 진입하시면 망신당하십니다. 차부터 돌리십시오."
유턴을 하는 종혁의 눈빛이 차갑게 가라앉았다.

* * *

코엑스 인근의 한 카페 앞.
종혁의 차 뒤로 정동철 국장의 차가 정차한다.
탁!
"갑자기 그게 무슨 말이야?"
종혁은 상황을 설명했고, 본회의 시작 전 인터폴의 사무총장과 만나기로 한 정동철이 갑자기 무거워지기 시작하는 눈을 어루만진다.
골치 아프게 됐다.
분명 누가 봐도 수도방위사령부가 시비를 거는 것이지만, 이 일이 문제로 발전할 시 저쪽에서 착오였다고 말하면 이쪽만 바보 되는 것이기 때문이다.
"하아. 돌겠군. 그렇다고 이 유치한 장난에 장단을 맞춰 줄 수도 없고."
"장난이요?"

종혁이 코웃음을 쳤다.

이 일은 결코 장난이 아니다.

"이렇게 정식으로 등록한 참가자까지 쫓아내는 놈들입니다. 저놈들이 SWAT를 대우해 주기나 하겠습니까?"

별로 중요하지 않으면서도 힘든 일은 모두 SWAT에게 떠넘겼을 거다.

"……설마 그렇게까지 하려고."

"군과 SWAT 모두 똑같은 복장을 하고 있었습니다."

수도방위사령부에서 장난을 친다고 해도 겉으로 봐선 알 수 없단 뜻이다.

"거기다 이번 대통령 경호실장은 군 장성 출신입니다."

"팔이 안으로 굽을 거다?"

"거기다 누가 뭐래도 가장 많은 경호 인력을 차출한 곳이 바로 수도방위사령부입니다."

발언권이 가장 높을 수밖에 없었다.

"그래서 어쩌자는 거야?"

경찰이 외부 조직에 의해, 그것도 전혀 상관없는 군인들에 의해 업신여김 당하고 있을 수 있단 말을 들으니 정동철의 낯빛이 살벌하게 굳는다.

종혁의 말이 맞다.

정말 그렇다면 이건 더 이상 장난이 아니다.

이대로 정상 회의가 끝나 버리면 경찰은 군대에게 변변한 반항조차 못해 본 채 얻어맞기만 한 병신이 되어 버린다.

같은 경찰로서 그 꼴은 두고 볼 순 없었다.

"청장님이라도 움직여? 그 양반을?"

보살이라 불리는 조오현 경찰청장. 좋은 게 좋은 거라고 넘어가자고 할지 모른다.

"아니면 부국장의 넓고 깊은 인맥을 움직일 거야? 알지? 그 인맥 움직이는 순간 부국장이 경찰의 자존심을 똥통에 처박는 거야."

쉽게 비유하자면 애들끼리 싸우다 열 받고 짜증 나니까 어른을 불러오는 꼴. 모양새가 우스워진다.

'알죠.'

알고 있다. 솔직히 지금이라도 저 코엑스 안으로 들어갈 방법은 차고 넘쳤다.

곧 원래의 러시아 대통령에게 대통령직을 넘겨주고 물러날 메드베제프에게 부탁을 해도 되고, 벼락 던햄 루터 미국 대통령에게 부탁을 해도 되고, 코엑스 안에서 요인 밀접 경호를 맡고 있을 국정원에 부탁을 해도 된다.

아니면 그냥 박명후 대통령에게 다이렉트로 부탁을 해도 된다.

그럼 수도방위사령부 사령관의 할아버지가 와도 들여보낼 수밖에 없다.

하지만 그건 정동철의 말처럼 한 대 얻어맞았다고 어른들한테 이르는 꼴밖에 안 된다. 자칫 청와대 인근을 경호하고 있는 경찰들에게도 악영향을 끼칠 수 있는 일.

종혁은 입술을 비틀었다.

"그딴 짓을 왜 합니까? 더 좋은 방법이 있는데."
"응?"
"저쪽에서 시비를 걸었다면, 우린 스트레이트를 꽂아 버려야죠. 다신 이런 개짓거리를 못하게."
"……어떻게?"
"군대를 치시죠."
"뭐?"

저 바보 같은 군인들은 가장 중요한 사실을 모르고 있다. 경찰이 기분이 상해 버리면 세상에서 가장 좆같은 존재가 되어 버린다는 걸 말이다.

'안 그래도 그동안 하는 꼬라지가 거지 같았는데 잘됐네.'

이참에 경찰이 어떤 존재인지 알려 줘야 할 것 같다.

종혁의 눈이 흉흉하게 빛나기 시작했다.

* * *

코엑스 내부에 위치한 핵안보 정상회의 경호안전통제단의 경호통제본부.

"……김 소령이 어떻게 됐다고?"

이번 핵안보 정상회의 경호안전통제단에서 군인들의 통제를 맡고 있는 오준장이 눈을 느릿하게 끔뻑인다.

현재 수도방위사령부에서 참모장을 맡고 있는 그.

"이빨 세 대가 뽑히고 턱도 박살 난 것 같다고 합니다."

최소 전치 8주의 치명적인 부상.

"……테러야?"

"아닙니다."

"그럼 어떤 새끼야."

"최종혁 경무관이라는 경찰 쪽 인물이 안으로 진입하려다가 김 소령과 마찰을 일으켜서 그렇게 됐다고 합니다. 현재 급히 국군수도병원으로 이송시켰습니다."

움찔!

"……경찰?"

"예."

쾅!

"이런 개새끼들을 봤나! 감히 본인 임무에 충실히 임한 대한민국의 군인을, 그것도 장교를 폭행해?!"

"그러게 말입니다!"

솔직히 처음부터 마음에 들지 않았다.

"지놈들이 뭘 얼마나 할 줄 알기에 이런 중요한 회의를 경호한단 겁니까! 그래 봤자 다들 아마추어 아닙니까!"

서울에 테러가 일어나 봤자 얼마나 일어나겠는가.

최근 몇 년간 발생한 테러라고 해 봤자, 얼마 전 발생한 서울역과 서울고속버스터미널 폭탄 테러다.

그것도 결국 일이 다 터지고 나서야 뒷수습을 한 것일뿐.

나라를 지키기 위해 목숨을 내놓는 자신들 군인들과는, 국가의 안위를 위해 언제나 전쟁을 준비하는 자신들 군인들과는 레벨이 달랐다.

"그래도 육사 선배님께서 경찰을 끼워 넣는 게 모양새가 좋지 않냐고 해서 끼워 넣어 줬더니만!"

육군사관학교 출신으로서 중장으로 예편해 대통령 경호실장이 된 핵안보 정상회의 경호안전통제단의 단장.

"그렇지!"

말 잘했다.

"이거 당장 경찰청장에게 항의해!"

"예, 알겠습니다! 충성!"

준장의 명령에 보고를 하던 이가 돌아서자 준장은 담배를 물었다.

'개새끼들. 장난 좀 친 거 가지고 군인을 그렇게 만들어?'

물론 단순히 장난을 치기 위해서만은 아니었다.

이런 중요 행사가 있을 때마다 슬그머니 대가리를 들이미는 경찰들.

이렇게 기선 제압을 해 둬야 추후 열릴 중요 행사에서도 자신들 군인이 우위에 설 수 있고, 그래야 또 힘들고 귀찮은 일들을 경찰에 떠넘길 수 있을 테니 벌인 일이었다.

하지만 그 모든 건 장난 수준에 불과했건만, 감히 군인을 폭행했다.

이번 일, 결코 넘어가지 않을 것이다.

"개새끼들."

찰칵! 치이익!

'이것만 피우고 움직여야겠군.'

곧 정상들이 출발을 한다. 경호에 만전을 기하려면 지

금부터 움직여야 했다.

"후우."

쾅!

갑자기 문을 박차고 들어오는 검은 양복의 장년인의 모습에 준장이 놀라 몸을 일으킨다.

대통령 경호실장이었다.

"추, 충성!"

"충성은 개뿔이! 너 지금 뭔 짓을 저지른 거야!"

"……예?"

"대체 뭔 짓을 저질렀기에 경찰이 군 사건들에 적극 개입을 하겠다는 말이 나오냐고-!"

쿵!

군 사건에 대한 경찰의 개입. 군 지휘관으로선 정말 골치 아픈 일일 수밖에 없다.

'그런데 그게 내 잘못 때문이라니……?'

"그, 그게 무슨 말씀이십니까?"

"무슨 말은 무슨 말! 경찰에서 흘러나온 말이지!"

대통령 의전 등 경찰과 마주칠 일이 많은 대통령 경호실. 경호실장 자신이 군인 출신이니까 먼저 알아야 할 것 같다고 연락을 해 왔다.

정확히는 종혁이 경찰 상부에서 나날이 증가하는 군 강력 사건에 대해 적극 개입을 할 거라고, 하반기부터 시작을 할 것 같으니 기분 나빠하지 말라고 연락을 해 온 거다.

그러면서 이런 말을 덧붙였다.

-혹시 오해하실 까 봐 말하는 건데, 이거 오늘 코엑스 입구에서 있었던 군과의 마찰 때문은 아니니 오해하지…… 아, 모르십니까? 그럼 못 들은 걸로 하시면 됩니다.

"라고 말이야! 네 밑에 애들이 최종혁 경무관에게 무슨 짓을 저지른 거야-!"
움찔!
"최, 최종혁 경무관 말입니까?"
"……지금부터 한 치의 가감 없이 똑바로 보고해. 수방사가 무슨 짓을 저지른 거야?"
"그, 그게…… 아랫놈이 코엑스로 진입하려던 최종혁 경무관이란 자와 마찰을 일으켰다고……."
뚝!
경호실장의 머릿속에서 무언가 끊겨 버린다.
"야, 이 개새끼야-!"
경호실장의 눈앞이 아득해진다.
종혁이 어떤 인물인지 알고 건드린단 말인가.
박명후 대통령을 대통령으로 만드는 데 큰 공을 올린 사람이자, 야당의 현몽준과 여당의 홍정필과도 깊은 친분을 나누는 존재다.
그것만으로도 살벌한데, 삼전그룹의 김희건 회장과도 사사로이 만나는 존재.

"머리가 있으면 생각을 좀 해 봐라! 상식적으로 그 나이에 어떻게 경무관이 될 수 있었겠냐! 최종혁 경무관은 미국과 러시아에서 어떻게든 자국으로 귀화를 시키려고 하는 괴물이자 이 나라의 보배라고, 이 미친 새끼야-!"

쿠우웅!

"예, 예? 자, 잘못 들었습니다?"

"……가서 빌어. 무릎 꿇고 싹싹 빌어서라도 모셔 와! 옷 벗을 각오로…… 아니, 어차피 벗을 수밖에 없겠구나."

경찰을 군부대 안으로 들어오게끔 만든 준장이다.

종혁의 인맥들이 나서지 않아도 군 상부에서 준장을 가만두지 않을 거다.

"알았어?!"

경호실장은 씩씩거리며 휴게실을 나갔고, 준장은 다리에 힘이 풀려 주저앉았다.

'그런 폭력적인 놈이 그렇게 대단한 놈이었다니…….'

"……이런 미친!"

이럴 때가 아니었다.

준장은 다급히 몸을 휴게실을 뛰쳐나갔다.

휴게실 밖 경호통제본부의 경호통제 인원들이 멍하니 쳐다보는 것도 못 본 채 말이다.

* * *

-음. 이거 아쉽습니다.

"저녁에 따로 찾아뵙겠습니다."

─미국 대통령과도 친분이 있지 않으셨던가요?

"그건 두 분이서 조율을 해 보셔야죠."

─이런······.

"하하. 그리고 어차피 회의 중에는 바쁘셔서 저를 만날 틈도 없으시잖습니까."

─그렇기는 하지만, 설마 제가 최를 위해 약간의 시간조차 못 내겠습니까.

메드베제프의 그 말에 종혁이 감동을 받는다.

지이잉! 지이잉!

"아, 전화가 들어오네요. 그러면 나중에 뵙겠습니다."

통화를 종료한 종혁은 발신자를 확인하곤 눈을 가늘게 떴다.

모르는 번호.

"그 참모장 아니야?"

방금 전 자신이 잘못했으니 일단 만나서 이야기하자고 연락을 해 온, 수도방위사령부에서 파견된 이번 경호의 군 관계자.

할 이야기 없다고 전화를 끊어 버리고 발신 제한을 걸어 버렸더니 이렇게 다른 사람의 전화로 연락을 해 온다.

그렇다고 아예 받지 않으려고 하니, 이 전화가 누군가의 제보 전화일 수도 있었다. 경찰로서 받지 않을 수가 없었다.

"예. 최종혁 경무관입······."

-최 경무관님!

뚝!

목소리를 듣자마자 통화를 종료한 종혁은 고개를 저으며 카페 안으로 들어갔다.

지이잉! 지이잉!

정동철이 앉아 있는 테이블 위에서 뒤집어진 채 맹렬하게 울리는 핸드폰.

'아, 저 모드도 추가하라고 해야겠다.'

핸드폰을 뒤집으면 벨이 울리지 않는 모드.

연락이나 방해를 받고 싶지 않은 순간에 절실히 필요한 기능이자, 안 그래도 스트레스가 넘쳐 나는 미래의 현대인들에겐 필수라고 할 수 있는 기능이다.

종혁은 그 옆에 있는 샌드위치와 디저트를 봤다.

"입에 맞으시나 보네요?"

거의 다 먹은 샌드위치와 디저트.

"요새 커피숍들이 많이 발전했네. 나 때의 빵집이나 다방과 달라."

"이런 곳에 자주 와 보셔야 자녀분과 대화를 나눌 거리가 생기죠."

지이잉! 지이잉!

"계속 울리네."

"무시하세요. 똥줄이 좀 타 봐야 다신 이런 짓을 하지 않을 테니까요."

누군가를 지키는 데에 왜 편을 가른단 말인가.

그저 평소에는 서로의 영역에서 활동을 하다가 이렇게 특수한 상황이 되면 그때 합심을 하면 되는 거다.

그런데 그걸 먼저 거부한 건 군이었다.

"어차피 이런다고 말을 바꾸지 않을 테지만요."

"정말 하려고?"

"해야지 않겠습니까?"

설령 문제가 터지더라도 내부에서 조용히 덮어 버리기 일쑤인 군대.

병영 부조리와 군납 비리 사건 등 세상에 알려지지 않고 묻혀 버린 사건들이 얼마나 많던가.

하지만 함부로 건드리기 쉽지 않은 조직인 탓에 기회를 엿보고 있었는데, 드디어 명분이 생긴 것이다.

물론 너무 자그마한, 미세한 빈틈에 불과했지만 이번에 어떻게든 비집고 들어가야 했다.

'또 거기다 지금까지 잡고 죽인 놈들 사원 중 군 출신도 있었고.'

어쩌면 천문학적인 액수의 돈이 흘러 나가고 있는 군납 비리가 놈들과 연관이 있는 것일지도 몰랐다.

"군바리들이 지랄 염병을 하겠군."

특히 군 검사와 군 장성들이 지랄을 할 거다.

"구더기 무서워서 장 못 담그겠습니까."

지이잉! 지이잉!

"무시하세요."

"일단 확인만…… 쯧."

"왜 그러십니까?"

"청장님이야."

"쯧."

아무래도 놈들이 조오현 경찰청장에게 연락을 한 것 같다.

"예. 청장님. ……예, 알겠습니다. 예. 충성."

통화를 종료한 정동철이 미간을 좁힌다.

"뭐라고 하십니까?"

"지금은 이만하면 됐으니 이쯤에서 관두래."

"지금은요?"

"그래. 지금은…… 뭐지?"

보살이라 불리는 조오현 경찰청장.

그래서 운을 띄워 놓았던 군 사건 수사 개입 역시 흐지부지될 거라고 생각했는데, 말하는 뉘앙스를 보니 그게 아닌 것 같다.

그래서 정동철은 좀 혼란스러웠다.

하지만 종혁은 아니었다.

'이 양반, 맛을 제대로 봤군.'

취임을 하자마자 터진 연예계 마약 사건으로 단숨에 대중들에게 존재감을 각인시킨 조오현 경찰청장.

그가 다음 먹잇감을 물색한 것 같다.

"일어나시죠. 청장님 면은 세워 드려야 하지 않겠습니까."

"흠."

어리둥절해하던 정동철은 이내 혀를 차며 몸을 일으켰다.

'좋은 게 좋은 거겠지.'

그는 나머지 샌드위치를 입에 밀어 넣으며 카페를 나섰다.

그리고…….

"아이고, 오셨습니까! 하하. 저희 쪽에서 큰 결례를 저질렀다고 보고를 받았습니다. 죄송합니다. 김 소령이 워낙 제멋대로 구는 군인이라…… 아니, 제 관리 소홀입니다."

'이야. 선 긋는 솜씨가 예술이네.'

종혁과 정동철은 속으로 피식 웃었다.

* * *

"반갑습니다. 인터폴 사무총장 도널드 럼블입니다."

명예직인 총재 대신 실질적으로 국제형사경찰기구 인터폴의 수장이라 불리는 사무총장.

종혁과 정동철은 큰 키에 금발을 한 오십대 외국인, 기묘한 분위기를 내뿜는 그가 내민 손을 맞잡았다.

"대한민국 경찰청 외사국장 정동철입니다."

"부국장 최종혁입니다."

'이 사람이 최…….'

도널드 럼블의 눈이 반짝이기 시작했다.

최종혁.

그를 수식하는 말은 일일이 열거하기 힘들 정도로 많았다.

그러나 인터폴의 사무총장 도널드 럼블은 종혁의 지닌 능력 중 단 하나에 주목했다.

바로 사건 해결 능력.

그동안 종혁이 잡아들인 거물들만 몇이던가.

대한민국 6선 의원 윤성철과 현진그룹 회장 이민석.

미국 하원의원 리암 오데아.

스페인 하원의원 콘치타 푸욜.

대표적인 이들 몇 명만 하더라도, 하나같이 누구도 건드릴 수 없는 권력을 지닌 자들뿐이었다.

그뿐만이 아니다.

뉴욕의 피에트로 패밀리, 필리핀의 갱단들까지.

종혁에 의해 와해된 거대 범죄 조직도 한둘이 아니었다.

'천문학적인 막대한 자산을 수사에 아끼지 않고 쓴다라…….'

그 정도 재력이 아니었다면 아무리 종혁이 능력이 뛰어난들, 지금과 같은 업적을 쌓는 건 불가능했을 것이다.

하지만 도널드 럼블은 반대로 종혁의 업적이 재력만 갖췄다고 해서 쌓을 수 있는 것도 아니라고 생각했다.

그리고 그건 세계 각국의 흩어져 있는 그의 인맥늘도 마찬가지였다.

다른 이에게 종혁과 같은 재력과 인맥을 쥐어 준다 한들, 종혁처럼 사건을 해결해 내는 건 불가능할 터였다.

"미안합니다. 제가 바빠서 이렇게 시간을 낼 수밖에 없었습니다."

"아닙니다. 괜찮습니다."

고개를 끄덕인 도널드 럼블은 잠시 시간을 확인했다.

"회의 시작까지 얼마 남지 않았으니 바로 본론으로 들어가죠. 제주 아일랜드라고 했던가요?"

"제주도를 말하는 겁니까?"

"예. 무비자 입국 제도 때문에 많은 문제가 불거지고 있더군요."

단기간 비자 없이 입국할 수 있는 무비자 제도.

본디 일부 국가와만 이러한 무비자 협정을 체결하나, 제주 공항이나 항만으로 입국하는 이들에 한해서는 거의 모든 국가 사람들이 무비자로 입국하는 것이 가능했다.

그로 인해 일반적인 방법으로 비자를 발급받기 어려운 외국인의 경우엔, 우선 제주도로 들어온 후 밀항을 시도하는 일이 적지 않게 발생하고 있었다.

이러한 문제점을 도널드 럼블이 지적하자, 종혁과 정동철 외사국장의 얼굴은 구겨질 수밖에 없었다.

"인터내셔널 잡이라는 일자리 알선 회사가 불법 체류자들을 다독여 취업 비자를 받을 수 있게끔 돕고는 있다지만, 여전히 많은 수의 외국인이 제주도를 통해 밀입국하고 있다는 건 한국 외사국도 익히 알고 있을 겁니다."

흠칫!

'인터내셔널 잡에 대해 알고 있다?'

종혁은 자신을 빤히 바라보는 도널드 럼블의 눈에 속으로 재밌다는 듯 웃었다.

'역시 인터폴이라는 건가.'

도널드 럼블은 무슨 생각을 하는지 알 수 없는 종혁의 눈에서 시선을 떼며 입을 열었다.

"또한 그들 중 일부가 한국에 뿌리를 내린 중국계나 베트남계, 파키스탄계 등의 마피아에 들어간다는 사실도요."

정동철은 아픈 곳을 후벼 파는 그의 말에 낯빛을 굳혔다.

"그래서 이민청이라도 설치하라는 겁니까? 내정간섭입니다, 럼블 사무총장."

"왜 한국은 이민청을 설치하지 않는 겁니까?"

"그거야……."

정동철도 알고 싶다.

이유 중 하나로 예상이 가는 건 아무래도 북한. 이민청이 공식으로 설치되면 북한의 요구가 있을 시 탈북자를 보내야 할 수도 있기 때문이다.

정확히는 북한에서 탈북자에게 없는 죄를 뒤집어씌워 극악한 범죄자로 만들어 버리면, 한국은 그 인물의 귀화를 받아들일 수 없게 된다.

이외에도 여러 가지의 이유가 있을 테지만, 확인되지 않을 사실이나 국내 정세에 대해 밝힐 순 없는 일이었다.

종혁은 난처해하는 정동철에게서 시선을 떼며 도널드

럼블을 봤다.

"누가 제주도에 입국했다가 사라졌나 보군요."

도널드 럼블이 종혁을 봤다.

"방금 말했듯 그런 존재들은 많지 않습니까. 그중에서는 위험인물들도 제법 있고요."

"위험인물이라…… 가령 테러범 말입니까? 흠. 몇 명 들어왔다가 나간 적이 있긴 하죠."

움찔!

예상치 못한 말에 도널드 럼블과 정동철의 눈이 휘둥그레 떠진다.

정동철은 황급히 종혁을 돌아봤다.

"있었어?"

"극단주의 무슬림들이 몇 차례 입국한 적이 있었죠."

"과거형이네?"

"시골의 따뜻한 인심과 공장의 여유로운 근로에 녹다운이 되어 버렸거든요."

테러 자금 확보 및 한국 테러를 위해 입국을 했다가, 야근에 야근을 시키는 공장주와 밥 한 숟갈 제대로 주지 않으며 땡볕 아래에서 굴리는 농장주들 때문에 학을 떼고 도망갔다는 테러범들의 이야기는 꽤 유명하다.

개중엔 신안 염전에서 고생하다 도망친 테러범도 있다.

그 외에도 인터내셔널 잡에서 알아내, 정확히는 인터내셔널 잡을 운영 중인 국정원에서 알아내 은밀히 추방시킨 인원도 제법 된다.

"그게 소문이 돌아서인지 한국은 알라의 은총이 없는 나라라며 아예 올 생각조차 하지 않는답니다."

"푸핫! 그런 일이 있었어?! 이야, 그 몹쓸 인간들이 이 나라를 지켰네."

고개를 끄덕인 종혁은 다시 도널드 럼블을 봤다.

"뭐, 그런데 테러범은 아닌가 보군요."

"휴. 내 표정이 이렇게 쉽게 읽히는 줄은 몰랐군요."

고개를 저은 도널드 럼블이 쓴웃음을 흘린다.

종혁은 그를 향해 씩 웃으며 말을 이었다.

"이민청 설립과 관련된 문제는 저희가 답변을 드릴 수 있는 사항은 아닌 거 같고, 한국에 밀입국하는 범죄자들을 우려하시는 거라면 그에 대한 대비는 하고 있으니 걱정하지 않으셔도 될 겁니다."

"확실히 CCTV가 많긴 많더군요."

"그건 자랑할 만하죠."

세계 어디를 돌아봐도 한국만큼 인구 대비 CCTV가 많은 나라는 없다.

덕분에 범죄율은 감소했고, 반대로 검거율은 증가했다. 한국은 계속해서 어제보다 오늘, 오늘보다 내일이 더 살기 좋은 나라가 될 것이다.

"전 국민이 언제, 어디서나 안심하고 생활할 수 있는 안전한 나라를 만드는 것, 그것이 우리 대한민국 경찰의 목표입니다."

"……멋지군요."

정동철의 말에 도널드 럼블이 주먹을 쥔다.

이상향이라고 할 만큼 멋지다.

이런 말을 스스럼없이 할 수 있다는 것 역시도 멋지다.

실제로 현재 대한민국에선 연쇄살인과 연쇄강간의 범죄율이 해마다 떨어지고 있고, 실종 아동의 복귀율 역시 해가 갈수록 높아지고 있다.

모두 빼곡하게 설치된 CCTV 덕분이다.

"정말 본받고 싶을 정도입니다. 그래서 그런데 실례가 안 된다면 그 노하우를 배울 수 있겠습니까?"

종혁과 정동철은 동시에 헛웃음을 터트렸다.

"이거였군요."

핵안보 정상회의라는 무겁고도 중요한 회의를 앞두고 굳이 자신들과의 면담을 잡은 이유가 말이다.

눈썹을 으쓱인 도널드 럼블은 뻔뻔하게 입을 열었다.

"좋은 것이 있으면 나눠야 하지 않겠습니까. 전 세계 범죄율의 하락을 위해서 말이죠."

"그리고 그 영광은 인터폴이 가져갈 테고요."

"출처는 밝히겠습니다. 그리고 이건 한국 외사국의 입장에서도 나쁘지 않은 일이라고 생각됩니다만?"

기분이 약간 더럽기는 하지만 맞는 말이다.

해외에 CCTV가 많아질수록 해외로 도망친 한국 범죄자를 잡을 확률이 높아질 거다.

"신중히 검토해 보겠습니다."

"감사합니다. 아, 시간이 벌써 이렇게 됐군요."

도널드 럼블이 몸을 일으키자 종혁과 정동철 역시 몸을 일으켰다.

"뜻깊은 시간이었습니다."

"무례한 초청에 이렇게 응해 주셔서 감사합니다. 아, 그리고 최."

"예?"

"더 큰물에서 놀아 볼 생각은 없습니까?"

쿵!

"지금 뭐하는 겁니까!"

정동철이 기겁했지만, 도널드 럼블은 눈살을 찌푸리는 종혁을 보며 속으로 입술을 핥았다.

'사건 해결 능력에 세계 각국에 뻗어 있는 인맥, 그리고 막대한 재력까지.'

이런 종혁이 인터폴에 와서 범죄자를 잡고 세계 각국과의 의견을 조율해 줄 수 있다면 얼마나 좋을까.

이건 가볍게 던져 보는 게 아니다. 그는 정말 진심이었다.

도널드 럼블은 종혁을 끌어안으며 입술을 달싹였다.

"organización no identificada(정체불명의 조직)."

쿠웅!

귀를 때리는 스페인어에 잠시 얼었던 종혁은 자신을 보며 의미심장하게 웃는 도널드 럼블의 모습에 이를 드러냈다.

* * *

　세계 각국에서 도착한 각국의 정상들이 본회의장에 들어가며 잠시 조용해졌다가 이내 다시 부산해진 복도.
　"부국장."
　"안 갑니다."
　"확실히 경찰청장보다는 세계 최초의 한국인 인터폴 사무총장이 낫긴 해."
　"안 간다니까요."
　"아니, 세계 최초 한국인 출신 FBI의 국장이 더 좋을까?"
　종혁은 눈이 흔들리는 정동철을 보며 고개를 저었다.
　지금은 어떤 말을 해도 듣지 않을 것 같은 모습.
　'내가 인터폴을 왜 가?'
　솔직히 관심이 있긴 하다.
　한 명의 경찰로서, 한 명의 사내로서 인터폴이라는 국제수사기구의 장이 된다는 게 욕심이 나지 않는다면 거짓말일 것이다.
　'하지만 그래선 놈들을 때려잡을 수 없지.'
　인터폴로 옮기는 순간, 지금처럼 한국에서 영향력을 행사할 수 없을 거다.
　인터폴로 간다고 해도 놈들 회사를 모조리 때려잡은 이후가 되어야 했다.
　'그보다 어떻게 눈치를 챈 거지?'
　CIA와 SVR에서 정보가 새어 나갔다고는 볼 수 없다.

국정원도 마찬가지다.

'흠. 워싱턴에서 있었던 폭탄 테러 사건 때문인가.'

정확히는 자신에게 된통 당한 놈들 회사의 미국 지사가 자신들의 흔적을 지우기 위해 설치한 폭탄이 터졌던 사건.

'아니면 놈들 회사의 본사를 쳤을 때?'

폭발 사고로 위장을 하긴 했지만, 국정원과 CIA, SVR의 대규모 병력이 움직였으니 미처 치우지 못한 흔적을 인터폴에서 발견한 것일지도 모른다.

"쯧."

뚜벅뚜벅!

"크흠. 최 경무관."

"아, 경호실장님."

맞은편에서 걸어오다 낯빛이 흐려지는 대통령 경호실장의 모습에 종혁은 의아해했다.

"미안합니다. 모두 단장인 내 책임입니다. 이렇게 깊이 사과드립니다."

"아, 아뇨! 괜찮습니다. 모두 잊었습니다!"

"그 친구들은 곧 징계를 받을 테니 부디 이쯤에서 노여움을 풀어 주셨으면 좋겠습니다."

"……."

종혁은 머리를 긁적였다.

그러다 낯빛을 굳혔다.

"내년부터 계획은 있으십니까?"

올해 대통령 선거가 열린다. 대통령 경호실장의 임기도

내년 2월까지. 앞으로 고작 1년도 남지 않았다.

"글쎄요. 허허. 경호 회사 같은 곳에 취직하지 않겠습니까?"

"국회에 주인이 없는 의자들이 많더군요."

움찔!

종혁은 눈이 흔들리는 대통령 경호실장을 보며 싱긋 웃어 주었다.

"깊이 생각해 보시길. 가시죠, 국장님."

"어? 어, 어."

대통령 경호실장은 멀어지는 종혁을 보며 마른침을 삼켰다.

종혁은 지금 저격수를 원하는 거다. 경찰의 편에 서서 군대를 저격할 저격수를.

"삐끗하면 낭떠러지겠지만……."

동시에 기회였다.

자신이 꿈에도 못 꿨던 위치에 오를 수 있는 기회.

"국회라…… 허허헛!"

그의 눈이 뜨겁게 달아오르기 시작했다.

뚜벅뚜벅!

"왜요?"

"정말 추천하려고?"

"군대의 사정에 빠삭한 사람이 우리 편이 되면 좋잖습니까."

그를 위해서라면 사람 한 명 정도는 얼마든지 추천할 수 있었다.

"뭐 추천을 한다고 해도 제 지인들께서 들어주시는 건 별개의 일이지만요."

"부국장, 내가 말했었나?"

"저 미친 거 아니까 따로 말 안 하셔도 됩니다."

"……."

"큭큭. 음?"

뚜벅뚜벅!

등 뒤에서 들리는 발소리에 고개를 돌렸던 종혁은 살짝 놀랐다.

그리고 다가오던 상대도 종혁을 보곤 옅은 미소를 지었다.

"У вас есть время?(시간 있습니까?)"

러시아어.

아무래도 메드베제프와 버락 던햄 루터 미국 대통령이 의견을 조율하지 못한 것 같았다.

종혁은 입맛을 다셨다.

* * *

"후우."

늦은 저녁, 숙소로 돌아온 도널드 럼블이 넥타이를 풀어 헤친다.

발갛게 달아오른 얼굴에 은은히 풍기는 술 냄새.

내일 있을 본회의 때문에 제대로 마시진 못했지만, 오늘 있었던 신경전 때문인지 많이 피로한 그가 노트북을 켜며 잠시 눈을 감는다.

'최가 메드베제프 대통령 만났다라······.'

무슨 이야기를 나눴는지까진 알 수 없다. 다만 만남의 시간이 10분 안팎으로 짧았기에 단순히 안부 인사를 나눈 것으로 보인다.

하지만 그 안부 인사가 문제다.

물론 그보다 길었다고 해도 문제지만, 단순히 안부를 묻기 위해 러시아 대통령이 따로 시간을 마련했다. 한국이란 작은 나라의 경찰을 위해 말이다.

이는 정말 이례적인 일이라고 할 수 있었다.

하지만 여기까진 어떻게든 이해할 수 있다. 종혁의 가치를 가장 먼저 알아본 곳이 러시아였으니까.

문제는 미국의 버락 던햄 루터 대통령까지 따로 시간을 내어 종혁을 만났다는 점이다.

각국의 정상들에게 시간을 빼앗겨 어쩔 수 없이 휴게실에서 본회의장으로 이동하는 짧은 시간을 함께 걸으며 대화를 나눈 둘.

서로 껄껄 웃으며 격의 없는 모습을 보였다는 목격 증언에 도널드 럼블은 충격을 받을 수밖에 없었다.

"역시 기빙도 최의 입김이 들어간 단체였나······."

종혁이 뉴욕에 있을 당시 갑자기 모습을 드러낸, 어느

익명의 재력가가 만든 사회재단 기빙.

 현재 미국의 퇴역 군인뿐만 아니라 경찰과 소방관 등 희생이 강요되는 이들에게 희망이라 불리고 있으며, 그곳의 지지가 있었기에 버락 던햄 루터는 보다 쉽게 미합중국의 대통령이 될 수 있었다.

 재밌는 점은 그 기빙이 미국 외 다른 나라 중 오직 한국에만 진출해 있다는 것이다.

 '재선까지 성공시킨 킹메이커.'

 역시 욕심이 난다. 어떻게든 끌어들이고 싶다.

 "어떻게 해야 할까……. 어떻게……."

 그의 눈빛이 가라앉는 순간이었다.

 똑똑똑!

 "왔군."

 미소를 지으며 몸을 일으킨 도널드 럼블이 문으로 걸어가 열어젖힌다.

 그리고…….

 "제 초대에 응해 줘서 감사합니다, 최."

 종혁은 눈을 가늘게 뜨며 도널드 럼블을 바라봤다.

 치익!

 맥주를 딴 도널드 럼블이 종혁의 앞에 내려놓는다.

 "솔직히 긴가민가했습니다."

 처음 의구심이 든 건 아프가니스탄 때였다.

 한국의 종교인을 납치하여 막대한 돈을 요구했던 아프가니스탄 무장테러단체.

당시 구출 작전에는 미군뿐만 아니라 러시아 특수부대와 CIA, SVR까지 동원됐다.

그 정보를 입수하게 됐을 때, 도널드 럼블은 의구심을 품지 않을 수 없었다.

"그 소탕 작전의 뒤에 최, 당신이 있는 게 아닌가 하고 말이죠."

미국과 러시아의 정보기관과 군인들의 작전 능력을 향상시킨 기적의 피지컬 트레이닝.

그것의 창시자가 종혁이었으니, 당시엔 그 때문에 미국과 러시아가 종혁의 부탁을 받고 도움을 준 것이라고만 생각하며 애써 의구심을 지웠다.

그때까지만 해도 인터폴은 겨우 그 정도의 생각만 가지고 있었다.

그러다 워싱턴에서 폭탄 테러 사건이 발생했다.

"컨설턴트 회사였다죠."

임원 중 대부분이 동양인인 컨설턴트 회사.

아니, 컨설턴트 회사로 위장한 장기매매 조직.

어느 날 갑자기 그 회사가 있던 층이 통째로 폭발했다.

"그리고 그 폭발 사고의 피해자 중 CIA 요원이 있더군요."

심지어 무엇을 감추려는 것인지는 몰라도, 그 폭발 사고는 테러 사건으로 보도되었다.

또한 정작 폭발 사고의 피해자는 CIA의 요원들뿐이고, 장기매매 조직 놈들은 어디서도 흔적을 찾을 수 없었다.

그때부터 머릿속에 불길한 의심이 생겨나기 시작했다.

"그러다……."

"바이칼호 보물선 인양 사기."

"예."

인부들을 제외한 구성원 대부분이 감쪽같이 사라져 버린 미스터리한 사건.

"공교롭게도 이 세 사건 모두 당신이 관여된 사건이더군요."

그러면서 세 사건 모두 정보기관이 움직인 사건이었다.

그때부터 인터폴은, 도널드 럼블은 하나의 가설을 세우기 시작했다.

"이 세 가지 사건을 일으킨 조직이 하나인 건 아닐까. 그래서 SVR과 CIA가 그렇게 예민하게 반응한 건 아닐까. 이 지구에 그 누구도 모르는, 마치 영화와 같은 흑막의 조직이 있는 건 아닐까."

그러다 두 가지 사건으로 인해 확신을 하게 됐다.

"중국의 군부까지 동원됐던 조희구 사기 사건과 한국에서 발생한 가스 폭발 사고…… 로 위장한 소탕 작전이 내게 확신을 심어 줬습니다."

세계를 아우르며 암약하는 조직이 있다고.

도널드 럼블의 얼굴이 살벌하게 굳었다.

"도대체 어떤 놈들입니까?"

종혁은 자신을 노려보는 도널드 럼블의 모습에 관자놀이를 눌렀다.

'확신하고 있네.'

그렇다면 더 이상 감춰서 될 문제는 아니었다.

"후. 회사라는 조직입니다."

"회사? 무슨 회사 말입니까?"

"조직명 자체가 회사입니다. 그리고 테러 조직이 아닙니다."

그저 돈에 미친 놈들일 뿐이다.

"돈을 위해서라면 무슨 짓이든 하는 놈들이죠."

1980년대에 만들어져 수많은 사건에 개입을 하고 설계를 하며 그 돈을 가로챈 회사.

어디에도 있고, 어디에도 없는 놈들.

"돈이라니……."

도널드 럼블이 어이없다는 듯 웃고, 종혁은 그를 무심히 바라본다.

"……진심이군요."

"진실입니다. 그래서 묻고 싶은 게 있습니다. 이 정보, 몇 명이나 알고 있습니까?"

"그건 왜…… 빌어먹을. 지금 인터폴을 의심하는 겁니까?"

"경찰에도 검찰에도 정치인들 중에서도 놈들의 사원이, 끄나풀이 있었습니다."

현재는 FBI에도 놈들의 끄나풀이 있는 걸로 판단된다. 그런데 인터폴이라고 해서 없다고 단정 지을 수 있을까.

"방금 말했잖습니까. 어디에도 있고, 어디에도 없는 놈들이라고."

목적이 돈이기에 그 실체를 알아내기가 더 어렵고, 끄나풀을 만드는 게 쉽다.

"한화로 1억이든, 10억이든, 1000억이든 놈들에겐 그저 수익이고 매출일 뿐입니다. 그리고 그런 매출을 발생시키면 상여금도 받습니다."

"……정말 회사군요. 그게 가능하긴 한 겁니까?"

놈들은 범죄자다.

돈이나 폭력, 사기 등 본인의 쾌락을 위해 사회가 그어 놓은 선을 서슴없이 넘는 범죄자.

"회사에 충성하는 게 아닙니다. 자신을 구원해 준 사람을 사랑하는 거죠."

회사를 배신하면 살해를 당한다는 강력한 법칙 아래, 가족이라는 끈끈한 구성체로 얽혀 있는 것이다.

"……지독한 곳이군요."

고개를 끄덕인 종혁은 대답을 바라는 눈으로 도널드 럼블을 봤고, 그는 눈빛을 가라앉혔다.

"현재로선 저 혼자뿐일 겁니다."

전 세계의 사건을 보고받을 수 있는 위치기에 정보를 조합해 이런 결론을 낼 수 있었던 것이다. 아래에 있는 직원들은 완전 별개의 사건으로 생각하고 있을 거다.

스윽!

"그 회사란 놈들이 저지른 것으로 추정되는 사건들입니다."

갑자기 그가 내미는 USB에 의아해하던 종혁이 눈을 부릅뜬다.

주범은 확실히 드러났지만, 그 주범을 지원한 배후가 있는 듯한 사건들. 하지만 정황만 있을 뿐 아무것도 밝혀지지 않은 사건들.

의심을 품은 순간부터 도널드 럼블이 독자적으로 정리한, 인터폴에서 극비에 보관 중인 사건들이었다.

"이걸로 죄를 꼬드기려고 했는데……."

'무리일 것 같군.'

도널드 럼블은 속으로 고개를 저었다.

대체 어떻게 얽힌 것인지 모르지만, 종혁은 회사라는 놈들에 대해 인터폴보다 많은 것을 알고 있었다.

그를 회유하기 위해선 더 많은 준비가 필요할 듯했다.

"대신 보다 적극적인 협력을 약속드리죠."

이를테면 종혁이 수배를 요청하는 인물들을 모두 별도의 심사 없이 국제 수배를 내리게 한다는 등의 협력.

"……이렇게까지 하시는 이유가 있습니까?"

"저 역시 한 명의 경찰입니다."

진지한 그의 말에 종혁은 살짝 놀랐다.

그런 그를 보며 도널드 럼블은 짓궂게 웃었다.

"그리고 이렇게 해야 훗날의 최가 저희 인터폴을 생각해 주지 않겠습니까."

"이런. 번호표를 뽑으셔야 하는데요."

"하핫. 그건 저희가 알아서 하죠."

효자 〈239〉

"……협력이나 중재 요청이 들어오면 최대한 긍정적으로 생각해 보겠습니다."

"여태까지처럼 좋은 관계가 되길 바라겠습니다."

"저 역시."

몸을 일으킨 종혁은 도널드 럼블이 내민 손을 잡았다.

'인터폴의 적극 협력이라…….'

'최대한 긍정적인 생각이라…….'

생각지도 못한 소득.

둘은 서로를 보며 미소를 지었다.

서로 무슨 생각을 하는지 모르는 미소였다.

* * *

다음 날, 오후 인천공항.

활주로 안으로 종혁과 현석, 최재수를 태운 차가 진입해 한 점보 여객기 근처에 멈춰 선다.

"와, 이젠 국내라꼬 신분증 검사도 안 하는 겁니꺼? 와 따 마. 진짜 경찰 된 게 다행이라니까요!"

"이게 다 부국장님이 인천공항을 꽉 잡고 계셔서 그런 거야."

"인천공항에서 뭘 또 한 겁니꺼?"

"크. 네가 진짜 그때 부국장님이 어떻게 했는지…… 응?"

종혁이 인천공항에 파견 나왔을 때를 떠올리며 차에서 내리던 최재수가 여객기를 보며 눈을 껌뻑인다.

계단부터 깔려 있는 레드카펫과 그 양옆에 대기하고 있는 검은 양복의 서양인들.

종혁은 당황하는 현석과 최재수를 이끌며 그들에게 다가갔다.

"처음 뵙겠습니다, 최."

"처음 뵙겠습니다."

"안에 계십니다."

'영어? 미국?!'

경악한 현석과 최재수는 어깨를 움츠리며 종혁의 뒤에 바짝 따라붙었고, 종혁은 피식 웃으며 계단을 올라갔다.

그러자 누군가 그를 와락 끌어안는다.

"하하. 최!"

"컥!"

"케엑!"

호리호리하고 흰머리가 많지만, 세계의 그 누구보다 큰 거인.

미국 최초의 흑인 대통령, 버락 던햄 루터.

기절초풍하는 둘의 새된 비명을 무시한 종혁이 버락 던햄 루터의 등을 토닥인다.

"대통령님."

"30분밖에 시간이 없습니다. 어서 안으로 들어오세요."

"흠. 에어포스 원이 이렇게 생긴 곳이었군요."

"하하핫! 좀 낡았죠?"

"이 안에서 수많은 정책이, 미국과 세계의 평화를 위한 정책들이 결정됐을 것을 생각하니 심장이 떨립니다."

"……보좌관! 최에게 미 시민권을 발행하도록 하세요!"

"공무원은 이중 국적 허용되지 않습니다, 대통령님."

"그럼 명예 미국인이라도!"

종혁은 어떻게 좀 해 달라는 대통령 보좌관의 모습에 고개를 저었다.

"아랫사람은 그만 괴롭히시죠."

"끙. 진심입니다만. 그제 제가 얼마나 서운했는지 압니까?"

"죄송합니다. 러시아 대통령께서 제게 선물을 주신다고 하는 바람에……."

종혁은 어제 메드베제프에게 받은 스마트폰을 내밀었다.

순수 러시아의 기술로 만든 스마트폰다운 스마트폰.

이전 스마트폰보다는 터치폰에 가까웠던 스마트폰이 드디어 세계 스마트폰 시장에서 한국, 미국과 자웅을 겨룰 제품으로 완성된 거다.

"호오. 이게 러시아의……."

"예. 러시아의 미래 먹거리입니다."

인구수 1억의 러시아 내수 시장을 조금씩 차지해 나갈 것이고, 이로 인해 파생되는 통신 서비스나 인터넷, 반도체 등 수많은 일자리가 창출되면서 러시아 경제도 다시 살아나게 될 거다.

"그렇게 발생된 수익으로 러시아는 희토류나 금, 보석

등의 광물 산업에 보다 더 공격적인 투자를 할 겁니다."

이미 광물 산업에 투자를 계속 이어 나가고 있었으나, 더 공격적인 투자로 세계 시장의 입지를 확고히 하겠다는 것이었다.

"러시아가 온전히 배부를 준비를 하고 있습니다, 대통령님."

척박한 나라, 러시아.

그러나 이제 달라질 러시아.

마더 러시아의 기상이었다.

쿵!

버락 던햄 루터를 비롯한 보좌관이나 참모들의 낯빛이 굳는다.

"어차피 며칠 후면 아실 일이니 미리 말씀드리는 겁니다."

"그 며칠이 큰 차이를 만들어 내는 걸 모르지 않잖습니까."

"메드베제프 대통령님에겐 이미 허락을 구했습니다."

"······자신이 있다는 거군요."

"러시아는 언제나 자신감이 넘치는 나라죠. 괜히 불곰의 나라라고 불리겠습니까."

어떤 방해가 들어온다고 해도 이겨 낼 수 있다는 자신감.

'잠깐, 그렇다면 설마 멈춰 버렸던 군수 산업도?!'

종혁은 폭풍을 만난 듯 거세게 흔들리는 버락 던햄 루

터를 보며 미소를 지었다.

"앞으로 러시아는 총, 균, 쇠를 앞세우는 나라가 아닌, 정보와 기술로 세계를 아우르는 국가가 될 겁니다."

"그 말은……."

"이 이상은 유료입니다, 대통령님."

"100억 달러면 되겠습니까?"

"장난을 진심으로 받으시네요."

"미국에게는 중요한 일입니다."

종혁은 진지해진 그를 보며 입을 열었다.

"제가 해 드릴 수 있는 조언은 하납니다. 공동의 적을 만들어 보십시오."

"……공동의 적."

종혁은 생각에 빠지는 그를 일견하며 보좌관을 봤다.

"그런데 에어포스 원에선 어떤 술을 마시는 겁니까?"

"……으하핫! 따라오시죠. 내가 제일 애착하는 술을 알려 드리겠습니다. 아, 각오하는 게 좋을 겁니다. 이 술을 마시면 다른 술들은 눈에 들어오지 않게 될 테니까요!"

웃음을 터트린 버락 던햄 루터가 앞장을 서자 종혁은 기대하는 얼굴로 뒤따랐다.

'난 전했습니다, 메드베제프 씨. 나머진 당신과 그분이 하는 겁니다.'

여기까지가 메드베제프가 전해 달라는 말.

공동의 적이라는 약간의 사견을 보태긴 했지만, 그래도 전해 달라는 말은 모두 전했다.

종혁은 회귀 전과 달라지려는 듯한 양국의 분위기에 미소를 지었다.

* * *

"……행님, 백악관엔 가 보셨습니꺼."
"정신 차렸냐?"
하늘을 나는 종혁의 전용기 안, 종혁이 현석을 보며 피식 웃는다.
아까 버락 던햄 루터 대통령을 만난 것이 너무 큰 충격이었는지 말이 없어졌던 현석과 최재수.
종혁은 최재수를 봤다.
"음……."
"내가 FBI에서 연수를 받을 때 어쩌다 보니 당시 대선 후보였던 그와 만날 일이 있었고, 그때의 인연이 계속 이어져 오는 것뿐이야. 쉽게 설명하자면 그때 버락 씨에게 투자를 좀 했어."
"미, 미국 대통령에게요?"
"어."
"2008년에요?"
"그렇지? 아, 니들이 뭔 이상한 착각을 하고 있나 본데 미국은 정치인 후원이 합법인 나라야."
"한두 푼에 미국 대통령이 버선발로 맞이해 준다고요?"
"……오케이. 좀 많이 했어. 난 그 사람이 될 것 같았거든. 얼만지는 묻지 말고."

"그, 그럼 메드베제프라면 그 러시아 대통령을 말하는 겁니꺼?"

"어. 그분 맞아. 그분도 꽤 오래전에 인연을 맺은 분이지."

"와따 마. 러샤어도 배워야겠네……."

"응?"

"아, 아니라예!"

현석은 다급히 고개를 저었지만 그 속내는 아니었다.

'행님 후계자가 될라카믄 대체 몇 개의 언어를 배워야 하는 기고?'

'흐흐. 러시아어는 할 줄 안다.'

의미심장한 미소를 짓다 서로를 본 현석과 최재수는 코웃음을 치며 고개를 돌렸고, 종혁은 갑자기 시비가 붙는 둘의 모습에 의아해했다.

그러는 사이 전용기는 제주공항에 착륙했다.

"현석이 넌 최대한 빨리 주차장에 주차시키고, 재수는 제주공항 한 바퀴부터 돌아 봐. 인천공항에서 근무해 봤으니 대충 중요한 곳이 어딘지는 알지?"

"예!"

"저도 최대한 빨리 합류하겠심더!"

"그래. 내리자."

그렇게 전용기에서 내려 게이트로 향하니 오십대 형사가 종혁에게 경례를 한다.

"추, 충성! 제주경찰청 외사과 김만철 과장입니다!"

"반갑습니다. 본청 외사국 부국장 최종혁 경무관입니다. 이쪽은 함께 온 최재수 경사. 공문은 받으셨죠?"

"예. 불시 점검을 하신다고……."

"현재 제주도에 입국해 감쪽같이 사라지는 외국인들이나 공항 내에서 분란을 일으키는 외국인 관광객들에 대한 문제가 심각하다는 건 과장님께서 더 잘 알고 계실 겁니다."

"물론 알고 있긴 합니다만……."

그것 때문에 제주지방경찰청 외사과는 거의 무덤이라 불리고 있는 상태다.

"질책을 하자는 게 아닙니다. 만약 그랬다면 제가 아니라 감찰에서 왔겠죠."

"그렇다면……."

"궁극적인 목표는 현장에서 고생하시는 여러분들을 위한 근무 환경 개선입니다. 상부에서 일선 현장의 근무 환경 개선을 위해 노력을 많이 하는 거 아시죠?"

"아……."

감동을 크게 먹은 과장이 가슴을 편다.

"어디부터 안내해 드리면 되겠습니까! 맡겨만 주십시오! 여기 공항은 제가 빠삭합니다!"

"아, 다행이네요. 그러면 입국 심사대부터 가죠."

한국, 정확히는 제주도에 들어오는 외국인들의 첫 번째 관문인 입국 심사대.

그곳의 실태부터 조사해 봐야 할 것 같다.

'출입국 관리는 법무부 소관이라지만……'

원활한 외국인 및 외국인 범죄를 관리하기 위해선 입국 심사대부터 협조를 해 줘야 한다.

종혁의 눈에 생각이 많아졌다.

'흠. 확실히 심각하네.'

인천공항보다 인력이 적어서일까. 많은 부분에서 미흡한 점이 보인다.

가장 문제가 되는 건 아무래도 일부 관광객들이 무단으로 투기하는 쓰레기들이다.

다행히 직업 정신이 투철한 공사 직원들 덕분에 계속 깨끗함을 유지하고 있지만, 이러한 별거 아닌 문제로 인해 경찰 인력까지 낭비되고 있다.

'이건 뭐 우리 쪽 인력을 배치하는 것 말고는 다른 방법이 없겠네.'

"이 정도입니다. 음, 죄송합니다."

"죄송할 게 뭐 있습니까. 잘하고 계십니다. 여러분의 노고 덕분에 공항 내의 치안이 지켜지는 것 아니겠습니까. 대신 조금만 더 신경 써 주십시오."

"추, 충성!"

"그럼."

"다, 다음은 어디로 가십니까?"

"오늘은 쉬어야죠."

벌써 해가 거의 저물었다.

다음 스케줄을 진행하는 건 무리였다.

고개를 숙인 종혁은 제주공항을 빠져나갔고, 눈치 좋게 먼저 빠져나가 전용기에 싣고 온 차를 대기시킨 현석이 경적을 울렸다.

* * *

"으으응!"

다음 날 이른 아침, 창문을 통해 쏟아지는 햇빛에 기지개를 켜며 일어난 현석이 푹신하고도 포근한 침대 시트에 행복한 미소를 지으며 다시 눈을 감는다.

"아이다. 일나야지!"

오늘 제주항부터 시작해 서귀포항 등 가야 할 곳이 많다. 지금부터 부지런히 준비해야 온전한 정신으로 둘러볼 수 있었다.

잠을 쫓으며 몸을 일으킨 현석은 방을 나서다 미간을 좁혔다.

"뭐꼬? 와 이리 조용하노? 아직 안 일났나? 아일 낀데?"

거의 새벽 5시에 기상을 하는 종혁과 그에 근접하게 일어나는 최재수.

둘의 방문을 열어 본 현석은 한숨을 내쉬었다.

"에라이. 이 의리 없는 인간들아."

깔끔하게 정리된 이부자리를 보니 아무래도 먼저 운동

을 나간 것 같다.

"쯧. 인나서 바로 운동하믄 다치는데……."

그래도 종혁처럼 대단한 경찰이 되려면 사소한 부분 하나까지 본받아야 했다.

수건 하나를 챙겨 든 현석은 숙소를 나섰다.

"으으음! 좋네."

그렇지 않아도 공기가 좋은 제주도.

도심을 벗어나니 바로 이런 시골이라 공기가 더 맑은 느낌이다.

'여가 애월이라고 캤던가?'

"이름 참 희한하데이…… 근디 이 양반들은 어데로 간 거고?"

고개를 저은 현석은 가볍게 스트레칭을 하곤 숙소 건물 입구에 서서 양옆을 두리번거렸다.

"에이. 뭐 근처를 뛰고 있겠제."

어젯밤 오는 길에 보니 근처에 마을조차 없이 도로 인근에 이런 펜션 같은 것만 덩그러니 있었다.

왼쪽이든 오른쪽이든 어차피 멀리 가지 않았을 거라고, 뛰다 보면 만나게 될 거라고 생각한 현석은 왼쪽으로 몸을 돌려 뜀박질을 시작했다.

그러자 그의 온몸을 감싸는 시원한 이른 봄의 바람.

그의 입가에 미소가 피어나고 몸이 조금씩 깨어나기 시작한다.

그렇게 얼마나 달렸을까.

아무리 달리고 달려도 나타나지 않는 종혁과 최재수.

아무래도 방향을 반대로 잡은 것 같다.

"쯧. 찌기만 찍고 돌아가야긋네."

버스정류장을 발견한 현석은 속도를 높여 버스정류장에 손을 가져다 댄다.

"웃챠…… 후욱! 후욱! 응? 아이고야. 또 어떤 가시나가 여그서 처자빠져 잔 기고."

버스정류장 벤치 아래 가지런히 놓인 작은 운동화 한 켤레.

혀를 차며 몸을 돌리던 현석이 이내 몸을 굳히며 다시 운동화를 바라본다.

그리고…….

"해, 행님! 아이, 부국장님-!"

하얗게 질려 핸드폰을 꺼내 든 현석이 크게 외쳤다.

* * *

치이익!

"감사합니다! 수고하세요!"

"네! 안녕히 가세요!"

부르릉!

버스에서 폴짝 뛰어내린 여성이 기지개를 켠다.

찌르찌르 이름 모를 풀벌레가 우는 외딴 버스정류장.

잠시 버스정류장에 선 여성이 별이 뜬 밤하늘을 바라

본다.

"휴. 다행이다."

하마터면 버스를 놓칠 뻔했다. 그랬다면 시내의 찜질방이나 친구 집에서 하루를 보내야 했을 거다.

"아, 맞아."

그녀는 얼른 핸드폰을 꺼내어 친구에게 문자를 보냈다.

토도독!

−도착!
−알았어! 쉬어! 내 꿈 꿔−!
−시룬데.

"킥킥."

웃음을 흘리던 여성이 돌연 한숨을 내뱉는다.

"하. 집까진 또 언제 걸어가냐."

그래도 얼른 가야 조금이라도 빨리 쉴 수 있다.

여성은 핸드폰 불빛과 SNS에 의지해 어둠이 잠긴 도로를 걸었다.

"오, 얘 이번에 오사카 놀러 갔다 왔나 보네."

부우웅!

등 뒤에서 들리는 자동차 소리에 반사적으로 비켜서는 그녀.

그렇게 옆을 지나쳐 가던 트럭 한 대가 그녀의 앞에 멈춰 선다.

"응?!"
지이잉!
"어디까지 가세요?"
여성은 눈을 동그랗게 떴다.

* * *

웅성웅성.
폴리스라인이 쳐지고 하얀 옷을 입은 감식반이 카메라와 핀셋을 들이미는 버스정류장.
종혁이 어이없다는 듯 현석을 본다.
"너도 참······."
가끔 형사 중에는 이런 타입이 있다.
밥을 먹으러 가도 시신을 목격하고, 수배자를 발견하는 그런 타입. 사건이 따라붙는, 형사가 천직인 타입.
바로 종혁 자신과 같은 타입이다.
'회귀 전에는 안 이랬던 것 같은데······.'
"제 잘못이 아임더!"
"알아, 인마."
현석의 잘못이 아니다. 그냥 지랄 맞은 굴레를 덮어쓴 것뿐인 거다.
'모난 놈 옆에 있다가 같이 정을 맞는 법이지.'
마치 자신의 잘못 같아서 씁쓸해진 종혁은 폴리스라인을 넘어 이쪽을 향해 다가오는 제주서부서 형사를 발견하곤 마침 꺼내던 담배를 내밀었다.

"감사합니다."

찰칵! 치이익!

"뭐 좀 나왔습니까?"

형사는 고개를 저었다.

"발목 하나 말고는……."

가지런히 놓인 운동화 속에 넣어져 있던 양말 신은 오른발 하나. 인근 반경 50미터를 뒤져 봤지만, 나머지 신체가 발견되지 않았다.

그래서 수색 반경을 넓히고 있는 중이었고, 감식반이 주변에 떨어져 있는 쓰레기와 담배꽁초, 머리카락 등을 모두 수거한 상태다.

"일단 신발 사이즈는 235고, 발가락에 각질이나 주름 같은 게 보이지 않은 것을 보니 이십대에서 삼십대의 아가씨 같습니다. 신발과 양말의 디자인이나 발톱에 페디큐어를 한 게 딱 그 나이대입니다."

"사진 좀 볼 수 있겠습니까?"

"여기 있습니다."

"흠…… 확실히 딱 그 나이대로 보이네요."

대부분의 사람은 나이가 들면 취향이 조금씩 변하곤 한다.

모든 사람을 일반화할 수는 없겠지만, 통계를 통해 연령대에 따른 보편적인 취향을 파악, 분석하는 것이 가능했다.

"일단 통장에 돈은 별로 없는 것 같고……."

의외로 돈이 많이 드는 페디큐어.

큐빅 하나 박지 않은 정말 기본 형태의 페디젤인 것을 보면 취향보다는 통장 사정이 빈약한 것 같다.

"그리고 최근에 페디큐어를 발랐군요."

칠이 얼마 벗겨지지 않았다.

'그런데……'

빠득!

갑자기 이를 간 종혁은 사진을 넘겨주었다.

"후우. 절단 추정 시간은 어느 정도로 보십니까?"

"국과수에 넘겨 봐야 알 것 같습니다만…… 부패가 거의 진행되지 않은 것을 보면 어젯밤 절단이 된 게 아닌가 싶습니다."

산 채로 잘렸는지 죽은 채로 잘렸는지는, 신발과 양말에 용의자의 지문이나 피부 조각이 있는지는 국과수에 넘겨 봐야 알 수 있었다.

"어젯밤……."

눈빛이 가라앉는 종혁을 일견한 제주서부서 형사가 첫 발견자인 현석을 본다.

"신고한 그대로라예. 으자 밑에 신발이 가지런히 놓여 있어서 웬 가스나가 술 처먹고 뻗었다가 술김에 신발을 놓고 간 거라고 생각했심더. 그런데 뭔가 이상하더라고예."

뛰어왔던 길에는 마을이 없었다.

버스정류장 너머를 봤어도 마찬가지.
　아무리 취했다고 한들, 필름이 끊길 정도가 아니라면 발바닥이 아파서라도 다시 돌아왔어야 했다.
　거기다 운동화 한쪽에만 양말이 넣어져 있었다. 맨발이라면 더 아플 수밖에 없었다.
　그래서 의아해 확인해 보니, 언뜻 양말 사이로 발목의 절단면이 보여서 다급히 신고한 것이었다.
　종혁은 아침부터 심장이 철렁 내려앉는 경험에 다시 가슴이 답답해져 담배를 무는 현석을 봤다.
　"현장은 안 건드렸지?"
　"지도 형사밥이 몇 년째인데 건드리겠심꺼."
　"……그래?"
　"와예?"
　제주서부서 형사도 종혁을 본다. 본청의 최종혁 경무관에 대해선 그도 익히 소문을 들어 알고 있었다.
　"아니, 이놈이 어지간히 개새끼인 것 같아서."
　상종도 못할 변태 개새끼인 것 같다.
　"아."
　빠득! 빠드득!
　종혁이 그 말을 던지자마자 현석과 최재수의 얼굴이 살벌하게 구겨진다.
　의아해하는 제주서부서의 형사를 일견한 종혁이 현석과 최재수를 보며 눈을 빛냈다.
　"알아차렸나 보네."

"……예."

"저기…… 하하."

종혁은 좀 알려 달라는 듯 머쓱한 표정을 짓는 제주서 부서 형사의 모습에 최재수를 봤다.

"양말이 멀쩡했습니다."

훼손된 부분도 없었고, 운동화 역시도 마찬가지였다.

"……아!"

그랬다.

가해자는 피해자 여성의 발목을 자른 후, 거기다 양말 신겨 신발에 넣고 버스정류장 의자 밑에 가지런히 놓은 거다. 마치 포장한 선물처럼 말이다.

"허허허. 이거 경무관님 말처럼…… 상종도 못할 변태 개새끼네요……! 빠드드드드득!"

"거기다 놈은 발목이 발견이 되길 원하면서도 시간은 좀 늦춰지길 바란 것 같습니다."

버스정류장 아래 평행으로 가지런히 놓여 있던 신발. 주의 깊게 보지 않았다면 꽤 시간이 흘러 발견됐을지 모른다.

"아니면 누군가 그걸 맨손으로 잡길 바랐거나."

확인을 해 보니 버스가 거의 12시간에 한 대씩 돌아다니는 외진 곳이다.

"수사에 혼선을 주려고 했다는 겁니까?"

종혁은 제주서부서의 형사를 봤다.

"인근에 마을이 있습니까?"

"예. 도보로 30분 거리에 80명 정도 모여 사는 작은 마을이 있습니다. 대부분은 나이가 지긋하신 어르신들입니다."

"그래요……."

최재수는 미간을 찌푸렸다.

"그렇게 수사에 혼선을 주는 게 의미가 있겠습니까?"

누군가 신발을 만졌다고 하더라도 어차피 조사를 해 보면 다 알 일이다. 수사에 혼선을 준다고 해 봐야 겨우 일주일 정도랄까.

"그보다 더 오래 걸리지."

2019년에나 신설되는 국과수 제주출장소.

이 시기엔 아직 제주도에 국과수가 없다.

결국 증거 분석을 위해선 본토로 증거물을 보내야 하는데, 그렇게 되면 오가는 시간 탓에 아무래도 시일이 더 소요될 수밖에 없었다.

"혹시 CCTV는 확보됐습니까?"

"CCTV는 고장 난 상태였습니다."

"쯧."

혀를 찬 종혁이 생각에 잠긴다.

"누군가 CCTV를 훼손시킨 듯한 흔적은 없었나요?"

"예. 사건 발생 이전부터 고장 난 상태였던 것으로 확인됐습니다. 아마 이 주변에 대해 빠삭히 꿰고 있는, 주변 마을이나 이 도로가 연결된 마을 중에 놈이 살고 있는 놈이 아닐까 싶습니다."

"현재 상황에선 그게 가장 유력하죠."

물론 우연히 사체의 일부를 유기한 곳의 CCTV가 고장 나 있던 것일 수도 있다.

"어떡하시겠습니까?"

"후. 어떡하긴 어떡하겠습니까. 발로 뛰어야죠."

일단 인근 마을을 탐문하면서 실종자 명단을 뒤져 봄과 동시에 비슷한 유형의 사건이 있는지도 검색하며, 이 신발과 페디큐어 사진을 들고 제주도 전체를 뒤져 봐야 한다.

종혁의 말처럼 최근에 페디큐어를 했다면, 분명 해 준 사람은 기억하고 있을 테니까.

"피해자가 제주도에 거주하는 주민이라면 좋겠지만……."

아니라면 전국을 다 뒤져 봐야 한다.

"후. 일단 인근 마을 탐문을 도와드리겠습니다."

"아, 아닙니다! 이렇게 마음을 써 주신 것만으로 감사합니다!"

"아직 피해자가 살아 있을지도 모릅니다."

근방에서 다른 신체가 발견되지 않은 이상 희망의 끈을 놓을 수가 없다. 그리고 이럴 때 형사는 고양이 손이라도 간절해진다.

"……부탁드리겠습니다."

"움직입시다."

종혁과 제주서부서 형사들, 그리고 현석과 최재수가 뛰다시피 근처에 세워 둔 차로 향했다.

효자 〈259〉

희망의 끈을 놓지 않는 이상 일분일초가 시급했다.

* * *

부우웅!

"그런데 아까 그건 무슨 말입니꺼? 발목이 발견이 되길 원하면서도 시간은 좀 늦춰지길 바란 것 같다는 건?"

"말 그대로야."

아무래도 놈은 살인 자체보단 그 과정을 즐기는 놈 같다.

"과정?"

최재수가 의문을 담아 종혁을 본다.

"놈이 발목이 발견되길 바랐다면 어떤 이유 때문일 거 같아?"

"……발견자의 반응을 즐긴다는 겁니꺼?"

"그래. 그리고 그런 놈이라면 피해자는 아직 살아 있을 확률이 높지."

이런 놈들은 죽은 사람보다 산 사람을 유린하는 걸 더 즐거워하니 말이다.

"동시에 경찰을 도발하는 거지. 하지만 단숨에 추적당하면 안 되니 시간을 벌려고 한 거고."

피해자를 유린할 시간을 벌기 위해.

"아!"

현석과 최재수의 얼굴이 다시 일그러진다.

"확실히…… 그게 아이믄 버스정류장에 발목을 유기할 리가 없으니까예."

"이놈, 과시욕까지 있네요."

"맞아."

잡을 수 있으면 잡아 봐라, 그렇게 시비를 거는 거다.

"뭡니꺼, 이 미친 새끼는!"

"그러게 말이다……."

까드득!

물론 범죄자를 한 가지 유형으로 특정 지을 순 없다.

다만 현재까지 나온 증거로 프로파일링을 했을 시 판단할 수 있는 건 이 범인이 영리하면서도 과시욕이 있다는 점이다.

"그리고 이 새끼 지금 잡지 못하면 무조건 연쇄범으로 발전한다."

쿵!

"도착했다. 내리자."

종혁은 낯선 차들이 마을에 진입을 하자 호기심 어린 표정을 짓는 어르신들을 발견하곤 낯빛을 굳혔다.

* * *

"글쎄요……. 큰 소리는 못 들었지?"

"에이. 들렸다고 해도 들을 리가 없지. 각씨가 밥 먹으란 소리도 안 들리는데……."

"그건 술 처먹을 생각에 일부러 안 듣는 거잖아."
"쉿! 쉿!"
종혁과 최재수, 현석은 눈을 껌뻑였다.
옆에서 통역을 해 주지 않으면 알아들을 수 없는 제주도 사투리.
"그런데 그건 왜 물어보는 겁니까?"
"어제 근처에서 일이 좀 있어서요. 혹시 그러면 이 마을에 사는 사람들 중에 이런 신발을 신고 다니는 사람은 없나요? 나이가 꽤 젊은 아가씨인데……."
"아가씨? 아, 지집아이? 이 동네에 젊은 지집아이는 두 명뿐인데……."
'두 명이나 있다고?'
생각보다 많다.
"어, 야. 찬석아!"
"예, 하르방. 무신 일 잇샤?"
마침 슈퍼에서 막걸리를 사 들고 나오던 오십대 사내가 의아해하며 다가온다.
"지집아이? 아, 저기 빨간 지붕과 저기 하얀 대문에 살죠. 둘 다 스물세 살쯤 됐나? 서로 동갑이니까 맞을 겁니다."
"그렇습니까? 감사합니다."
"그런데 갈 거면 하얀 대문으로 가 보세요."
"예?"
"그 집 딸이 그제부터 안 들어왔다고 하니까."

"감사합니다. 그럼."

커다란 나무 아래 정장에 앉아 있는 어르신들에게도 인사를 한 종혁은 장년인이 가리킨 집을 향해 걸음을 옮겼다.

"이거 죄송합니다. 저희가 민폐만 끼치는 것 같네요."

"하하. 제주도 사투리가 알아듣기 힘들죠?"

말해 뭐할까. 같은 한국의 사투리가 아니라 저 먼 몽골 같은 외국어처럼 들린다.

"그래도 저처럼 젊은 사람들이나 관광객들 상대하는 분들은 서울말을 할 줄 아니까 너무 걱정하지 않으셔도 됩니다."

"……재수 넌 제주청 수사지원과에 연락해서 통역해 줄 분 좀 보내 달라고 해."

"알겠습니다."

"헉! 계속 도우시게요?"

대답 대신 싱긋 웃어 준 종혁은 하얀 대문 집 앞에 서서 반쯤 열린 문을 두드렸다.

퉁퉁퉁!

"계십니까?"

"누구시꽈?"

마당의 평상에 앉아 빨래를 개던 중년 여성이 의아해하며 다가오자 종혁이 인사를 한다.

"안녕하세요. 경찰입니다. 어젯밤 근방에서 어떤 사건이 발생해서 이렇게 탐문 조사를 하고 있습니다. 이 댁에 젊은 따님이 계시다고 하던데 혹시 따님분께서 이런 신발을 신고 다니지 않으신가요?"

"세, 세정아—!"

'여기구나.'

종혁은 눈을 질끈 감았다.

"우, 우리 세정이가 어떻게 된 건가요! 교통사고를 당한 건가요?! 어, 어쩌지!"

언제나 늦으면 늦는다고 연락하던 딸.

그런데 그제 출근을 하러 나간 뒤로 연락도 없이 돌아오지 않고 있었다.

"얼마나 다친 건가요! 아, 아니 어, 어느 병원인가요! 이, 일단 지, 지갑부터!"

종혁을 잡고 매달리던 중년 여성이 다급히 집 안으로 몸을 돌리고, 종혁이 그녀를 붙잡는다.

'아직……'

아직이다. 아직 확인해야 될 것이 남아 있다.

종혁은 다음 사진을 손에 쥐었다.

"혹시 따님분께서 최근에 페디큐어를 한 적이 있습니까?"

"네, 네! 네, 네일숍에서 일하는 언니가 싸게 해 줬다고 했어요!"

"이런 거였습니까?"

종혁이 내민 사진을 확인한 중년 여성이 고개를 끄덕인다.

"네, 맞아요! 이거예요!"

정말 맞았다.

무거운 한숨을 내쉰 종혁이 사진의 반을 가렸던 손을 치운다.

쿵!

"어…… 이, 이게 뭔가요?"

"……죄송합니다."

"호, 호호. 제, 제가 아, 아무래도 착각한 것 같네요. 맞아. 그냥 핸드폰이 고장 나서 연락을 못한 걸 거예요. ……에, 에이. 아니에요. 우리 세정이가 이럴 리 없잖아요. 이건 우리 딸이 아니라고요-!"

"죄송합니다……."

"아니라고! 아니야! 아니야아-!"

아니어야 한다. 아니라고 해 주세요.

제발. 제발…….

"제바알-! 죄, 죄송합니다! 살려 주세요! 제가 이렇게 빌게요, 사장님! 죄송합니다! 제발!"

"죄송합니다."

"아아악!"

"어머님!"

종혁은 눈을 뒤집으며 넘어가는 그녀를 다급히 안아 들었다.

* * *

"스읍. 후."

하얀 이불이 깔린 병상 위, 산소호흡기를 끼고 누운 중년 여성을 바라보던 종혁이 한숨을 내쉬며 응급실을 빠져나간다.

"예. 수사지원과죠? 강력 3팀입니다. 발신자 위치 추적 좀 부탁드리려고 연락드렸습니다. 전화번호가……."

"그래! 그 도로 양쪽의 CCTV를 확인해 보라고! 그제 오전 7시부터 오늘 아침까지 그 도로를 지난 차량을 모두 추적해 보란 말이야! 아, 나오셨습니까."

중년 여성이 들고 있던 핸드폰을 통해 모든 걸 알아내고 수사에 들어간 형사들.

종혁이 전화기를 붙들고 씨름을 하는 형사들을 보며 고개를 끄덕인다.

"더 도움 드릴 건 없겠습니까?"

"어이구. 이 정도까지 해 주신 것만도 어딘데요."

그리고 곧 다른 부서에서 차출된 형사들까지 지원을 나오기로 했다.

"음. 그렇습니까……."

"그보다 뺨은 좀 괜찮으십니까?"

종혁의 뺨을 때리고 가슴을 치며 부정을 했던 중년 여성.

종혁은 씁쓸히 웃으며 아직도 화끈거리는 볼을 쓰나듬는다.

"뭐, 괜찮지 않아도 괜찮아야죠."

피륙의 아픔이 혈육이 사라진 아픔보다 아플까.

"일단 국과수에는 연락해 놨습니다. 공항에 가셔서……."

종혁은 자신의 전용기를 이용하는 방법을 알려 줬다.

일단 심증과 정황은 이번 사건의 피해자가 응급실에 누워 있는 중년 여성의 딸임을 가리켰지만, DNA 대조 결과가 나오기 전까지는 아직 확신할 수 없었다.

그저 신발과 페디큐어가 우연히 일치했을 가능성도 배제할 수는 없기 때문이다.

"헉! 가, 감사합니다!"

"피해자를 얼른 찾아야죠. 그럼 중간중간 연락드리겠습니다. 수고스럽더라도……."

"예, 예. 당연히 알려 드려야죠."

"감사합니다."

제주서부경찰서 강력 3팀 팀장과 뒤늦게 도착한 그와 악수를 나눈 종혁은 한숨을 쉬며 몸을 돌렸다.

"제주항에 가기 전에 밥부터 먹고 가자. 배고프다."

"……예."

그들은 인근의 해장국집으로 향했다.

* * *

웅성웅성.

달그락!

"하아."

사람들로 가득한 해장국집, 몇 숟갈 뜨던 현석이 결국

숟가락을 내려놓는다.

그걸 힐끔 본 종혁은 정신없이 돌아다니는 종업원을 향해 손을 들었다.

"이모! 여기 소주 하나 주세요!"

"아, 아닙니다. 괘, 괜찮습니다."

"내가 마시고 싶어서 그래, 내가."

그 말에 억지로 밥을 입에 욱여넣던 최재수가 얼른 테이블에 놓인 글라스컵을 각자의 앞에 내려놓는다.

"뭐야. 너도 마시게? 운전은 누가 하고?"

"에이. 의리 없게 그러시면 안 됩니다. 운전이야 대리 부르면 되는 거죠."

"얼씨구?"

"각자 딱 일 병씩만 마시고, 가글 오케이?"

"……여기 수육도 하나 주세요!"

"네!"

꿀꺽꿀꺽! 텅!

"부국장님, 아니 행님. 살아 있겠지예?"

"아까도 말했지만, 살아 있길 바래야지."

"지혈은 어떻게 했을까예? 쇼크사는 하지 않았을까예? 지금쯤 우리 갱찰의 구원을 간절히 바라고 있지 않을까예? 이 문디 가스나! 와 남의 놈을 따라가고 지랄이고! 아, 아이다. 강제로 데려갔으믄 목격자가……."

"현석아."

"악!"

술이 한잔 들어가서 그런지 현석이 감정을 주체하지 못한다.

머리를 움켜쥐고 한참을 괴로워하던 형석은 이내 한숨을 길게 뱉어 냈다.

"후우우. 이럴 때마다 천지빼까리로 답답합니더."

눈앞에 사건이 있다. 피해자가 있다. 그런데 관할이 아니라 손을 떼고 돌아서야 한다.

"손만 뻗으면 피해자를 구할 수 있는데…… 구할 수 있을 것 같은데……."

더욱이 이번 사건은 자신이 첫 목격자다.

"어쩌겠냐. 그렇다고 같은 식구를 무시할 순 없는 거잖아."

물론 마음 같아선 종혁도 저들과 함께 움직이고 싶다.

하지만 이건 저들의 사건이었다.

관할이라는 게 나뉘어 있는 것에는 다 이유가 있는 건데, 그 시스템을 순간의 감정을 억누르지 못해 무너뜨릴 수는 없었다.

만약 그들이 별다른 대처를 못하고 버벅거렸다면 무언가 수단을 강구했겠지만, 그들은 그 단계에서 할 수 있는 일들을 모두 다 하고 있었다.

그렇다면 같은 경찰로서 그들을 믿어 줘야만 했다.

"같은 경찰로서 식구의 경력, 열정, 사명감을 모두 부정당할 순 없잖아."

"압니더."

그래도 답답한 건 어쩔 수가 없다.

"……너도 천생 경찰이긴 경찰이다."

눈앞에 피해자가 있으면 지나치지 못하는, 온갖 오지랖을 다 부려야 직성이 풀리는 족속. 결국 경찰이 되어 버리고 마는 족속이다.

"일단 믿고 기다려 보자. 그리고 상황이 어떻게 진행될지 모르니까 이 잔을 마지막으로 본청으로 복귀할 때까지 금주하자. 오케이?"

"……예!"

"오케이. 그럼 막잔 하고 일어나자."

그들은 글라스에 남은 술을 단숨에 들이켜곤 몸을 일으켰다.

"이모, 여기 계산해 주세요."

"맛있게 드셨어요?"

"하하. 예. 정말 맛있게 먹었습니다. 대리 번호 있죠?"

"여기 앞에 있는 아무 번호나 누르면 돼요."

관광객들이 많이 찾는 곳이다 보니 아침에도 대리운전이 제법 활성화되어 있는 제주도.

명함 하나를 뽑아 들고 가게를 나선 종혁들이 담배를 꼬나문다.

"예, 예. 그럼 최대한 빠르게 부탁드리겠습니다. 20분 걸린답니다."

"아, 저기 편의점 있네요. 지는 가글이랑 커피 좀 사 오겠심더. 뭘로 사 올까예?"

"달달한 걸로 아무거나."

"예!"

"나도 같이 가."

종혁은 멀어지는 최재수와 현석을 바라보다 담배를 깊게 빨았다.

"후우."

'어디서 납치를 당한 걸까.'

면식범일까, 아닐까.

아니, 지금은 이게 문제가 아니다.

'만약 살아 있는 상태에서 발목이 잘렸다면……'

방금 전 현석이 했던 말들이, 경우의 수들이, 온갖 생각들이 종혁의 머릿속에서 휘몰아친다.

"쯧. 현석이 보고 뭐라 할 게 아니네."

이런 정신 상태로 오늘 제주항을 제대로 돌아볼 수 있을지나 모르겠다.

"에휴."

"今晚想吃什么?(오늘 저녁은 뭘 드시겠어요?)"

"응?"

자신도 모르게 고개를 돌렸던 종혁은 식당 옆 가게 안으로 들어가는 삼십대 초반의 사내를 보곤 눈을 동그랗게 떴다.

"택배…… 기사?"

입고 있는 조끼나 손에 든 박스, 그리고 가게 앞에 주차된 택배 차량까지 모든 것이 사내가 택배기사라고 말해 주고 있다.

"……하긴. 젊은 사람들이 부족한 지방 도시나 시골에선 외국인들이 물류 배송을 하니까."

택배 일이란 게 워낙 험하다 보니 사람들이 점점 기피해서 그렇다.

종혁은 쓴웃음을 지었다.

"어딜 그렇게 보십니까?"

"아니야."

종혁은 빨대까지 꽂아서 내미는 커피를 쭉 들이켜며 살짝 올라온 취기를 날려 버렸다.

* * *

뿌우우우웅!

뱃고동 소리가 울리는 제주항.

종혁은 천천히 거닐며 제주항 이곳저곳을 둘러봤다.

'항공편을 제하면 그래도 여기가 제주도를 나갈 수 있는 가장 큰 길목인데…….'

한때는 일본과 중국으로 이동하는 국제여객선도 취급을 했으나, 실적이 저조하여 현재는 국내선만 운영하고 있는 제주항 여객터미널.

하지만 항공편을 제하면 선박이 유일하게 제주도를 벗어날 수 있는 수단이었기에 제주공항 다음으로 커다란 출구라 할 수 있었다.

─칙. 방금 부국장님 사라졌습니다.

"오케이."

"예? 무슨 말 하셨습니까?"

"아닙니다. 그보다 CCTV가 꽤 보이네요?"

"그럴 수밖에요."

제주항은 제주도 최대의 물류항이자 여객항이다.

무역과 국내 물류, 그리고 관광객과 주민들의 입출을 책임지는 곳.

작은 허점이 돌이킬 수 없는 실수로 돌아올 수 있기에 주어진 예산 안에서 최대한 촘촘한 감시망을 구축하기 위해 노력하고 있는 상태다.

"부족한 곳은 인력을 배치시켜 놓았습니다."

"무역선을 통해 들어오는 외국인들 같은 경우엔 어떻게 관리하고 있습니까?"

"철저하게 신원 조회를 하고 있습니다."

일단 제주항에 입도를 하면 지문 등록부터 시킨다.

그리고 화물 X-RAY와 무게 감지 시스템 등으로 밀항이 있는지, 허가받지 않은 물품이 있는지 등을 감시하고 있다.

"허가를 받지 않는 이상 개미 새끼 한 마리 드나들 수 없습니다."

"든든하군요. 외국인들이 말썽을 부리진 않습니까?"

"에휴. 말해 뭐합니까."

항만 내에서 말썽을 피우면 바로 선내 구금 및 별도 구역에 격리시킨다.

"하지만……."

어떻게 사람 일이라는 게 그렇게 원리원칙만 따질 수 있을까. 그들도 사람이었다.

"상주 경찰의 인원이 부족하진 않습니까?"

"아하하. 사, 살다 보면 가끔 마가 낀 날이 있지 않습니까."

유독 사건 사고가 터지는 날, 그럴 땐 정말 정신없이 뛰어다닌다.

"부족하단 말이군요."

'흠. 그걸 이용하는 놈들도 있겠군.'

"근무 태도는 어떻던가요? 나태하진 않던가요?"

"아니요. 저희 측에서 출동을 하면 즉각 반응해 주십니다."

'평소엔 상황실에 없다는 거군.'

대충 둘러봐도 굉장히 넓은 제주항이다.

몇 명 되지 않는 상주 파견 경찰들로서는 완벽히 커버할 수 없을 거다.

"여기도 결국 인력 부족 문제인가……."

"그, 그래도 덕분에 안심하며 일하고 있으니 너무 걱정 마십시오!"

"그래도 좀 더 있으면 좋겠죠?"

"그거야…… 큼."

싱긋 웃어 준 종혁은 한쪽을 가리켰다.
"저쪽은 어디로 통하는 길입니까? 아니 일단 가 보죠."
"······끄응. 예."
종혁은 자신의 눈에 보이는 CCTV 사각으로 들어갔다.

"후우."
"하아."
제주항을 이 잡듯 돌아다니다 보니 어느덧 해가 저물어 가는 오후.
종혁과 최재수, 현석이 한숨을 길게 내쉬며 허벅지를 툭툭 두드리거나 눈가를 매만진다.
"사각이 꽤 있었습니다."
"그 부분은 어쩔 수 없지."
제주항 측에서야 사각 따윈 없다고 말하고 있지만, 어디 사람 일이라는 게 그럴 수 있을까.
이는 예산과 관성 문제다.
"관성 말입니까?"
"사각이 있다는 것쯤은 저들도 알고 있을 거야. 다만 여태까지 언론을 탈 정도로 큰 사고가 터지지 않았으니 유야무야 넘기는 거지."
그런 사고가 터졌다고 하더라도 시간이 흐르면 다시 원상복귀됐을 거다.
저렇게 넓은데 관리하는 인원은 소수. 정말 열정적으로 근무하는 사람도 많겠지만, 좋은 게 좋은 거라고 생각하는 사람도 더러 있을 거다.

거기서 구멍이 생기는 거다.

"트럭킹도 문제지……."

선박에 물류 트럭 등을 그대로 실어 운송하는 방식인 트럭킹. 누군가 작정하고 봐준다면, 구멍이 많을 수밖에 없는 방식이다.

"쯧. 결국 의무 근무를 추진할 수밖에 없나."

"경찰대 졸업 후에 하는 의무 근무 말이십니까."

경찰대를 졸업하고 군 복무를 마친 후 실시되는 의무 순환 근무. 경찰대를 졸업하는 졸업생들은 경제팀과 파출소, 그 외 자율 지정, 이렇게 세 곳을 의무적으로 거쳐야 한다.

"중앙경찰학교도 시보를 끝낸 후 발령을 받기 전에 공항과 항만을 거칠 수 있도록 해야지."

모든 일에 열정이 넘치는 젊은 피들을 계속 밀어 넣어야 어느 정도 안심이 될 것 같다.

"의욕만 넘치면 문제가 생기지 않겠습니꺼?"

"그러라고 추진하려는 거야. 최재수."

"예. 계속 정리하고 있습니다."

어느새 수첩과 녹음기를 꺼내 종혁의 말을 기록하고 있는 최재수. 혁석이 그걸 보며 깜짝 놀란다.

"흐흐. 앞으로 수첩과 녹음기를 상시 휴대하시는 게 좋을 겁니다, 강 경위님. 저 양반이 저렇게 툭툭 던지는 말이 곧 정책회의 안건으로 올라가거든요."

그리고 대부분 통과된다.

그 말에 현석의 얼굴이 딱딱하게 굳는 순간이었다.

지이잉! 지이잉!

"예. 최종혁……."

―모녀 관계로 확인됐습니다, 부국장님.

쿵!

"……하아. 그렇습니까."

결국 피해자는 김세정이란 여성이었다.

중년 여성의 핸드폰 속, 환한 미소가 참 밝고 예뻤던 아가씨.

"CCTV 조사 결과는 어떻게 됐습니까? 아니, 제가 확인해 볼 수 있겠습니까?"

―피곤하지 않으십니까?

"바로 넘어가겠습니다."

* * *

제주서부경찰서 강력계에 도착하자 팀장이 맞이한다.

"제 억지를 들어주셔서 감사합니다. 이건 약소하지만……."

"어이쿠! 뭐, 뭘 이런 걸 다!"

종혁이 뇌물로 산 한우 세트와 홍삼 세트에 경악한 팀장과 형사들의 눈빛이 돌변한다.

"이름 김세정. 나이는 24세. 현재 제주시의 애견숍에서 낮 파트 근무 중입니다."

"이틀 전 저녁, 오후 5시 근무를 마친 피해자는 친구와 간단하게 술을 마신 후 다급히 막차 버스에 탑승. 발목이 발견된 그 버스정류장에서 내렸다고 합니다. 여기 당시 친구와 마지막으로 나눈 S톡 대화 내용입니다."

시간은 8시 30분경. 이후 피해자 김세정의 행방은 묘연해졌다.

"……그럼 버스정류장과 마을 사이에서 납치를 당한 것이겠군요."

"예. 저희도 그렇게 판단하고 있습니다."

팀장이 핸드폰 위치 추적 결과를 보여 준다.

"음."

"그래서 그 시간대부터 발목이 발견된 시간대까지 그 인근을 지난 모든 차량을 조사해 본 결과, 총 52대의 차량을 발견할 수 있었습니다."

"꽤 있네요?"

"숙소를 잘못 잡은 관광객들도 있고, 월세가 비싼 시내에서 살기보다 자신이 나고 자란 시골에서 출근하는 이들도 많으니까요. 이게 그 차량들입니다. 현재 추적 중에 있습니다."

ㅎ넘버의 승용차나 SUV, 화물차 등 각양각색의 차량들. 심지어 태권도 승합차도 있다.

'이 중에 있는 거야.'

피해자 김세정을 납치하고 발목을 자른 개새끼가.

종혁의 눈빛이 무겁게 가라앉는 순간이었다.

"응?"

'이 트럭은?'

오늘 아침에 봤던 택배 트럭.

종혁은 미간을 찌푸렸다.

"왜 그러십니까?"

"아뇨. 저 택배 트럭을 시내에서 본 것 같아서요. 택배 기사가 중국인이었습니다."

"아아, 제주에는 제법 많은 편입니다."

고령화와 농촌 인구 감소로 인해 가뜩이나 힘쓰는 일을 할 사람이 부족한데, 힘들고 어려운 일을 기피하기도 하는 탓에 아무래도 외국인 노동자들이 그 자리를 많이 차지하곤 했다.

"중국인들의 부동산 투자가 늘어나는 추세라 꺼림칙하긴 한데, 그렇다고 또 외국인들이 없으면 난처해지니 참……."

"무슨 말씀이신지 알 것 같습니다."

약 5억 이상의 리조트나 펜션을 사들이거나 투자한 외국인에게 비자를, 심지어 영주권까지 부여해 주는, 부동산 투자 이민 제도.

2010년, 이 제도가 시행된 이후부터 제주도에 부동산을 구매하는 중국인들이 급격히 증가했다.

당연히 여러 문제가 불거지며 논란이 되기도 했지만, 현실적으로 중국인들의 투자로 제주도의 경기가 살아나는 계기가 되기도 했기에 이들을 무조건 부정할 수도 없는 노릇이었다.

고개를 저은 종혁이 팀장을 본다.

"오늘이 가기 전까지 용의 차량의 숫자를 더 줄일 수 있겠군요."

ㅎ넘버의 차량 중 가족이나 여자친구 등의 일행이 있는 차량들. 이들만 용의선상에서 제외시킨다고 해도 꽤 많은 수의 차량을 제할 수 있을 거다.

"예, 그렇지 않아도 렌트카 업체들에 직원들을 파견해 놓은 상태입니다. 곧 연락이 올 겁니다."

고개를 끄덕이던 종혁은 잠시 망설이다 입을 열었다.

"음. 발목이 발견된 시간보다 훨씬 이후까지 시간대를 더 늘려서 차량을 추적할 수 있겠습니까?"

"왜 그러십니까?"

종혁은 자신이 프로파일링한 범인에 대해 알려 주었다.

"아."

빠득!

"그러면 놈이 우리 곁을 스쳐 지나갔을 수도 있겠군요."

"예. 그럴 가능성이 있습니다."

경찰을 도발한 것도 모자라 과시욕까지 있는 놈이다. 분명 경찰의 반응을 지켜봤을 확률이 높다.

"알겠습니다. 오늘 해가 지기 전까지 그 앞을 지난 모든 차량을 추적해 보겠습니다."

"늦은 시간에 결례를 끼쳤습니다."

"아닙니다. 저희도 피해자를 찾기 위해 노력하고 있으

니, 궁금한 점이 있으면 언제든 연락 주십시오."

쾅!

"응?"

"어이쿠! 오셨습니까!"

"엇?!"

종혁은 다급히 문을 열고 들어오는 제주서부경찰서 서장의 모습에 속으로 입맛을 다셨다.

'대충 경과만 듣고 가려고 했더니.'

아무래도 커피 한 잔 정도는 마셔야 할 것 같았다.

"아이고, 충성. 본청 외사국 부국장 최종혁입니다, 선배님. 안 그래도 뵙고 가려고 했는데……."

"하하. 그러셨습니까?"

종혁은 서장과 함께 서장실로 향했다.

* * *

부우우웅!

서장과 이야기를 나누다 보니 1시간이란 시간을 낭비한 종혁이 차창을 열며 담배를 문다.

그에 속도를 늦춘 최재수도 담배를 물고, 현석도 답답한 마음에 담배를 문다.

그렇게 말없이 담배 연기만 흘러나오던 차는 조금 더 달리다가 멈춰 선다.

종혁은 어둠이 가득한 도로 위에 차가 서자 살짝 놀랐

다가 이내 피식 웃었다.

"오, 센스."

"여길 안 보면 잠이 오지 않으실 거잖습니까."

"그렇지."

탁!

차에서 내린 종혁이 폴리스라인이 쳐진 버스정류장 앞에 선다.

이틀 전 저녁과 오늘 새벽에 그런 일이 있었음에도 여전히 이름 모를 풀벌레들이 찌르찌르 울고 있는 버스정류장을 바라보는 종혁의 표정이 굳는다.

"조명이 없심더."

"그러게……."

버스정류장에만 조명이 없는 게 아니다.

버스정류장에서 마을까지 가로등이 정말 듬성듬성 서 있다. 불이 밝혀진 곳보다 어둠에 잠긴 곳이 압도적으로 많은 외진 도로.

"일단 걷자."

종혁은 피해자 김세정의 입장이 되어 걸어 보기로 했다.

"친구와 짤막한 대화 후 김세정은 마을을 향해 걸었을 거야."

"매일 가는 길이니 경계신은 그리 많지 않았겠지예. 핸드폰을 보면서 걸었을 겁니더."

아무리 익숙한 길이라지만, 마을까진 너무 거리가 멀다. 핸드폰을 보면서 그 불빛에 의지해 걸었을 거다.

"그렇겠지. 그러다……."

부우웅!

종혁과 현석, 최재수의 앞뒤에서 달려오는 자동차의 모습이, 아니 그런 환각이 보여진다.

그에 셋은 반사적으로 몸을 피한다.

끼이익!

뒤이어 멈춰 선 차에 앉은 얼굴 없는 사람의 모습이 비춰진다.

"놈은 어느 방향에서 왔을까요?"

피해자의 마지막 휴대폰 위치 추적 장소를 통해, 범인이 빠져나간 방향은 이미 특정된 상황이다.

피해자의 뒤에서 왔으면 직진, 피해자의 맞은편에서 왔으면 유턴을 해야만 했다.

"뒤에서 왔을 확률이 높지. 만약 피해자를 태워서 유턴을 했다면 벌써 용의자가 좁혀졌을 테니까."

"하긴…… 확실히 그렇네요."

방금 지나간 차량이 금세 되돌아간다? 당연히 수상할 수밖에 없다.

그런 차량이 있었다면 CCTV를 확인한 팀에서 말해 줬을 거다.

"흠…… 그러면 범인은 한 명일까요? 두 명 이상일 수도 있지 않을까요?"

"다른 혈흔이 발견되지 않은 걸 보면 그럴 가능성도 있겠지."

일반적으로 남자의 완력이 여성보다 강하다지만, 웬만큼 체급 차이가 나지 않는 이상 생명의 위협을 느끼고 반항하는 여성을 재빨리 제압하기는 쉽지 않다.

 흉기나 둔기 등을 써서 반항하지 못하게 했다면 혼자서도 어렵지 않게 제압할 수 있겠지만, 현장에서 그러한 흔적은 발견되지 않았다.

 "일단 가능성은 염두에 둬."

 "예."

 천천히 도로를 따라 걷던 세 사람은 이윽고 마지막으로 휴대폰 위치 추적이 된 장소에 도달했다.

 종혁과 최재수, 현석은 눈을 가늘게 뜨며 주위를 둘러보았다.

 그러나 빛 한 점 없는 깜깜한 어둠뿐. 풀벌레들이 봄을 반기는 소리만이 들려왔다.

 핸드폰 플래시를 켜곤 한참을 주변을 둘러보던 그들은 아무런 소득이 없자 이내 허리를 펴며 담배를 물었다.

 찰칵! 치이익!

 "쯧. 돌아가자. 너무 멀리 왔다."

 "예."

 "알겠심더."

 부우웅!

 그들이 걸어온 방향에서 느릿하게 달려온 승합차 한 대가 그들을 지나쳐 멀어진다.

 "아따, 마. 여도 태권도 원생이 있나 보네…… 행님?"

"잠깐."

손을 들어 말을 멈추게 한 종혁이 멀어지는 승합차를 가만히 바라보고, 갑자기 최재수가 버스정류장에 세워 둔 차를 향해 달린다.

"……강현석, 달려."

파파박!

"뭐, 뭡니꺼! 왜 그럽니꺼!"

"일단 달려!"

그들은 다급히 버스정류장에 세워진 차를 향해 달렸고, 종혁은 계속 뒤를 돌아보며 차량을 눈에 담았다.

* * *

"다녀왔습니다!"

어둔 노란빛이 감도는 집 안으로 태권도복을 입은 삼십 대 초반의 남성이 들어서자, TV를 켜 놓은 채 거실 소파에 누워 꾸벅꾸벅 졸고 있던 노인이 몸을 일으킨다.

"어이구, 박 사범. 이제 퇴근해? 밥은?"

"아직 안 먹었죠. 아버지는요?"

"난 진작 먹었지."

"또 대충 국에다 밥 말아 드셨죠?"

"그거면 충분하지. 이 나이에 그 이상 먹으면 부대껴. 그보다 오늘 그 이야기 들었지? 흰색 대문 집 딸 말이야."

움찔!

아들, 박 사범의 낯빛이 굳는다.

"예. 아까 낮에 전화하셨잖아요. 세정이."

"어, 그래. 세정이!"

"영미 이모가 쓰러지셨다면서요?"

"대체 이 작은 동네에 뭔 일이 벌어진 건지…… 어휴휴. 박 사범은 뭐 들은 거 없어?"

"없죠. 아무튼 부대끼신다는 거죠? 그럼 이건 저 혼자 먹겠습니다."

"응?"

사라락!

아들이 들어 올리는 검은 봉지를 본 노인의 눈이 흔들린다.

"오랜만에 장어랑 복분자주 좀 구해 왔는데…… 에휴. 뭐 아버지가 생각 없다고 하시니……."

"어흠. 뭐 생각해 보니 오늘 국이 좀 부실했던 것 같기도 하고."

"흐흐흐. 얼른 씻을게요."

"장어 이리 줘. 내가 구울 테니까. 굽는 건 너보다 내가 잘해."

"오! 오랜만에 우리 아버지 장어구이 먹는 건가요!"

"얼른 씻고 나와."

"옙! 아, 엄마. 다녀왔습니다."

TV 위에 놓인 액자를 보며 환하게 웃은 아들은 얼른 화장실로 들어갔고, 아내가 죽은 지 벌써 10년이 지났음에도 아직까지 인사를 하는 아들의 모습에 풀썩 웃은 아버지는 부엌으로 향했다.

방금까지 차가웠던 집에 온기가 돌기 시작했다.

한편 집 밖.

태권도 승합차의 보닛에 손을 올린 종혁이 그 옆에 세워진 1톤 트럭을 보며 어이없다는 듯 웃는다.

이것 역시 CCTV에 찍힌 차량이었다.

"이 시간대였지?"

피해자 김세정이 행방불명이 된 시간이.

"예. 그랬심더."

현석도 어이없다는 듯 웃는다.

김세정이 행방불명된 날에는 이 트럭이, 다음 날에는 옆의 태권도 승합차가 CCTV에 찍혔다.

피해자가 행방불명된 시각 CCTV에 잡힌 차량이, 피해자가 사는 마을의 주민이었다. 그것도 두 대 모두가 한 집의 소유였다.

우연도 이런 우연이 있을까.

"이 새끼가 범인일까요?"

면식범. 만약 정말 저 남성이 범인이라면, 피해자 김세정은 아무런 의심 없이 차에 올랐을 거다.

"그건 모르지."

아직 확실한 건 없다.

범인이 아니더라도 뭔가를 목격했을 확률은 있었다.

'그런데…….'

"저건 또 왜 여기 있어?"

종혁은 멀리 떨어지지 않은 곳에 주차된 택배 트럭을 멍하니 바라봤다.

오늘 아침에 본 그 택배 트럭, 중국인 택배기사의 트럭이었다.

그때였다.

"부, 부국장님?"

"어?"

종혁은 어둠을 은밀히 헤치며 다가오는 사람들의 모습에 눈을 동그랗게 떴다.

* * *

톡!

어디선가 떨어진 물방울이 바닥에 닿는 소리가 어둠으로 가득한 공간을 울린다.

그러자 어둠 속에서 작은 그림자가 꿈틀거린다.

"흐으으."

몸을 웅크린 채 덜덜 떠는 작은 그림자.

뜨겁다. 차갑다. 온몸이 뜨겁고 차가우면서 목이 타는 듯하다.

그보다 더 고통스러운 건 마치 칼과 송곳으로 난도질을 하는 듯한 발목이다.

발이 사라진 발목을 향해 뒤로 묶인 손을 가져가던 작은 그림자가 손끝에 붕대의 꺼끌꺼끌한 감촉이 닿자 화들짝 놀라 손을 거둔다.

아주 살짝 닿았을 뿐인데 척추를 관통하는 끔찍한 고통.

고통에 떨던 작은 그림자, 김세정이 입술을 꽉 깨문다.

철그럭.

목에 매어진 쇠사슬이 흔들린다.

"흑!"

왜 그랬을까.

왜 그 차를 타 버렸을까.

짙고 짙은 후회가 그녀의 가슴과 머리를 헤집는다.

꼬르륵!

그 와중에도 허기를 느끼는 자신에게 자괴감마저 든다.

그녀는 몸을 웅크리며 추위와 고통에 몸을 떨었다.

그 순간이었다.

덜컹!

문이 열리며 그녀를 비추는 희미한 빛.

눈물과 흙먼지로 지저분해진 그녀가 몸을 꿈틀거리며 빛에서 멀어지려고 한다.

"읍! 으으읍!"

살려 주세요. 제발 살려 주세요.

"오늘 경찰이 찾아왔더라. 생각보다 너무 빨랐어. 내 계획은 이게 아니었는데 말이야."

몰라요. 잘못했어요.

"매일 정류장에 마실 나가는 그 빌어먹을 년이 뒤집어지는 꼴을 봤어야 했는데……. 대체 어디서 어그러진 걸까? 진짜 이해할 수가 없네."

죄송합니다. 죄송합니다.

"아, 맞아. 배고프지?"

덜그럭!

김세정의 앞에 오목한 그릇이 놓인다.

이것저것 다 섞어 버린 잡탕. 개밥.

희미한 빛을 등진 사내가 세정의 입을 틀어막은 재갈에 손을 가져간다.

"어디 또 소리쳐 봐. 다른 한쪽도 잘라 줄 테니까."

제발. 제발…….

"얼른 먹어. 그래야 약을 먹을 테니까. 또 그래야……."

얼굴을 쓸어내리는 손길에 세정이 눈을 질끈 감는다.

'엄마, 아빠…….'

제발요. 경찰 아저씨…….

세정은 간절히 바랐다.

* * *

"끄으! 그럼 다녀오겠습니다!"
"조심히 다녀와! 저녁에 조심하고! 자주 연락하고-!"
"예! 아, 오늘 좀 늦을 거예요. 먼저 주무세요."
"……알았어."

"하하. 옙!"

점심을 먹은 아들, 박 사범이 기지개를 켜며 집을 나선다.

"어이구. 이제 출근하는 거야? 오늘은 좀 빠르네?"

"안녕하세요! 하하. 예. 오늘은 좀 일찍 데리러 가야 할 원생이 있어서요."

"그래? 그런데 어제 뭘 먹었기에 그렇게 고소한 냄새가 나?"

"에고. 아버지가 요새 잘 드시지 못하는 것 같아서 장어 좀 사 왔는데, 그 냄새가 아저씨 집까지 풍겼나 보네요."

"아주 월급을 다 형님 입에 처넣겠네. 그러다 언제 돈 모아서 장가가겠어?"

"흐흐. 아버지 드시는 게 아까울 리 없잖아요. 그럼 전 이만 가 보겠습니다!"

"그래. 조심히 다녀와. 동네 흉흉하니까 일찍 다니고!"

"예!"

차에 오른 박 사범은 그대로 마을을 빠져나갔고, 그와 대화를 나누던 장년인은 멀어지는 차를 보며 푸근히 웃는다.

"어렸을 때는 아주 악귀가 따로 없더니만, 형수님 그렇게 간 뒤……."

"형님! 뭐하쇼! 술 안 드실 거야?!"

"그래! 간다, 가!"

혀를 찬 그는 마을에 유일하게 있는 슈퍼로 향했다.

한편 태권도 승합차가 마을 어귀를 빠져나와 도로로 접어들자, 멀리서 차량 한 대가 따라붙는다.
"태권도 출발했습니다. 따라붙겠습니다."
눈빛을 가라앉힌 제주서부서 형사들이 은밀히 태권도 승합차의 뒤를 쫓았다.

* * *

"하나! 둘! 셋! 넷!"
우렁차면서도 뭔가 늘어지는 것 같은 기합 소리가 울리는 제주시 소재의 태권도장.
발차기를 하며 앞으로 전진 하는 원생들을 보던 박 사범이 크게 외친다.
"더 크게!"
"하나! 둘! 셋! 넷!"
파앙!
"다음!"

"이름 박범호. 나이 29세. 태권도 4단이며, 6년 전에 사범 자격증을 취득한 상태입니다."
어려서부터 태권도를 배워 온 박 사범, 박범호.
"그런데 이놈, 과거가 좀 화려합니다."

태권도장이 보이는 곳에 주차된 승용차 안, 팀장이 브리핑을 하는 팀원을 보며 눈을 빛낸다.

"학창 시절엔 말도 못할 정도로 쌍놈이었습니다."

동급생을 패고 다니는 것도 모자라 돈을 갈취했고, 서귀포시까지 원정을 가서 패싸움을 벌였다.

그것뿐만이 아니다. 박범호에게 맞았다고 신고한 여자만 다섯 명.

"둘은 여자친구였고, 나머지 셋은 같은 일진이었습니다."

박범호는 모두에게 전치 4주 이상의 중상해를 입혔다.

그래서 붙여진 별명이 악귀.

눈이 돌아가면 남자든 여자든 모조리 패 버려서 그런 별명이 붙었다.

"당시 박범호는 억울하다는 주장을 펼쳤지만……."

팀장은 팀원이 넘겨주는 당시 사건 파일을 훑어보며 눈을 가늘게 떴다.

"일진들은 원조교제, 여자친구들은 바람을 피워서 때렸다고 나오네."

박범호는 현장을 급습했고, 눈이 돌아서 패 버렸다고 진술했다.

그런데 피해자들의 진술은 달랐다.

하나같이 박범호와 관계를 맺던 중 얻어맞았다고 진술을 한 거다.

심지어 당시 근처에 있다가 큰소리를 듣고 말리러 왔다

가 덩달아 폭행을 당한 이들의 진술도 있었다.

 그러니 당연히 박범호의 항변이 받아들여졌을 리가 없었다.

 그 외에도 여러 폭행 및 갈취 사건으로 소년원을 들락거린 박범호. 결국 학교도 1년 유급을 하게 됐다.

 "그러다 19살 때 모친이 사망을 하면서 마음을 고쳐먹은 건지 이후 별다른 문제를 일으키지 않은 것으로 나오지만……."

 사람은 쉽사리 바뀌지 않는 법이다.

 참고 참았던 폭력성이, 억눌러 왔던 만큼 더 크게 터진 것이라고 하면 자연스러웠다.

 "과시욕도 있는 놈일 테고."

 학창 시절, 일진 무리들을 이끌며 온갖 요란한 일들은 다 벌이고 다녔던 박범호다.

 그게 스스로를 과시하고 싶어서인지, 단순히 관심을 받고 싶어서였는지는 모르겠지만 종혁이 이야기해 준 범인의 성향과 일치하는 부분이 있었다.

 "문제는……."

 "이놈이 범인이라면 피해자를 어디에 감금했느냐겠죠."

 그들은 2층에 태권도장이 허름한 3층 건물을, 망해 버린 1층의 중국집이 건물을 더 허름하게 만드는 3층 건물을 보며 눈빛을 가라앉혔다.

* * *

"그럼 전 식사하러 다녀오겠습니다, 관장님."
"오늘은 살 게 있어서 좀 늦는다고 했지?"
"최대한 빨리 오도록 노력해 보겠지만……."
"됐어. 천천히 갔다 와. 천천히."
어차피 저녁 식사 때 이후 타임은 여유로웠다.
초등학생보다는 비교적 말을 잘 듣는 중고등학생들이 오는 시간대다 보니 박범호의 도움이 없어도 원생들을 잘 제어할 수가 있기 때문이다.
"문만 잘 잠그고 가."
"예. 아, 그런데 1층이랑 3층은 계속 비어 있는 겁니까?"
"아직까진 별말 없던데? 왜? 누가 들어오고 싶대? 말만 해. 내가 건물주 할아버지에게 말씀드려서 싸게 세줄 수 있게 할 테니까."
"아, 아니요. 하하. 그럼 다녀오겠습니다."
어느새 트레이닝복으로 갈아입은 박범호가 근처의 식당으로 향한다.
"여기 몸국 하나 주세요!"
"네!"
의자에 앉아 젓가락과 숟가락을 꺼낸 그가 식당 한구석에 켜진 TV를 바라본다.
-지난 2일, 토요휴업제가 전면 시행되면서…….

―방송국들의 파업이 연달아 이어지면서…….
―한미 FTA가 발효되면서…….
"음식 나왔습니다."
"아, 감사합니다."
TV에서 시선을 돌린 박범호가 눈빛을 가라앉힌다.
'흠. 뉴스에 안 나오네.'
동네를 그렇게 발칵 뒤집었는데도 말이다.
'그걸론 부족하다는 걸까.'
고개를 저은 박범호는 몸국을 한 입 떠서 입으로 가져갔다.
그러자 입안에 가득 퍼지는 돼지 육수의 묵직한 맛과 해조류의 산뜻한 바다향.
"역시 여기가 맛집이야."
몸국에 고춧가루를 팍 뿌리며 밥을 말은 그는 한가득 떠서 입으로 가져가면서 본격적으로 식사를 시작했다.

* * *

"아, 늦겠다."
시간을 확인하더니 갑자기 입에 쓸어 넣다시피 음식을 씹어 삼킨 박범호가 몸을 일으킨다.
"여기 계산이요."
"예!"
딸랑!

식당을 나서자마자 잰걸음으로 어딘가로 향하는 그.
그가 도착한 곳은 시청 번화가의 한 옷가게였다.
"승현아!"
"어, 왔어?"
카운터를 지키고 있던 또래의 청년과 반갑게 인사를 나눈 박범호가 가게 안을 둘러보며 혀를 내두른다.
주황빛의 조명이 은은하게 내리쬐는, 마치 백화점의 매장을 연상케 하듯 깔끔하면서도 스트릿 감성이 살아 있는 인테리어.
"이야. 고등학교 졸업하자마자 독하게 돈 모으더니 결국 성공했구나?"
"성공은 무슨. 파리만 날려서 죽겠다."
"앓는 소리 하기는······. 아, 오픈식 때 찾아오지 못해서 미안."
"됐어. 화환 보냈잖아. 그런데 갑자기 무슨 일이야? 여자 옷을 사고 싶다니? 여자친구 생겼냐? 몇 살인데? 예뻐?"
"하하. 그럴 일이 좀 있어. 요새 애들이 입는 스타일이 뭐야?"
"올, 박범호. 감 다 죽었는데? 그런데 너 설마 도장에서 여기까지 걸어왔냐? 뭔 땀을 그렇게 흘려? 에라이, 이 짠돌이 새끼야."
"시끄러워, 인마. 아무튼 옷 좀 골라 줘 봐. 너무 날티나는 건 말고. 애가 좀 활동적이니까 그쪽으로 골라 줘."

효자 〈297〉

"올! 연하야? 헬스 하는 분이셔? 아니면 너처럼 태권도?"

"얼른 골라 주기나 해. 나 바빠. 중간에 잠깐 짬 내서 나온 거라고."

도장 문을 닫을 때까지만 가면 되지만, 눈앞의 친구에게 그걸 말했다가는 언제까지 붙잡혀 있을지 몰랐다.

"알았다. 알았어. 예산은 얼만데? 사이즈는?"

"사이즈는 스몰. 예산은 20만 원?"

"쯧. 그 정도면 위아래로 한두 벌 사면 끝인데?"

"뭐?! 뭐가 그렇게 비싼데?"

"옷은 원래 비쌌단다, 친구야. 아무튼 있어 봐."

옷가게 주인이 손님 한 명 없는 옷가게를 이리저리 둘러보며 옷을 고르기 시작한다.

퍼억!

"뭐, 뭐야? 뭐가 이렇게 많아?"

방금 말과 달리 족히 다섯 벌은 되어 보이는 옷에 박범호가 질겁한다.

"나 돈 없다고!"

"제수씨 줄 거지? 친구가 주는 뇌물이라고 생각해라. 내가 네 덕분에 정신 차린 거 생각하면 이걸로는 턱도 없으니까."

"……고맙다. 다음에 아버지 옷 사러 올게."

"어…… 그래, 뭐 아버님도 젊게 사시면 좋은 거지. 자. 20만 원만 줘."

옷가게의 로고가 박힌 종이백에 담아 내밀어지는 옷들.
값을 치른 박범호가 떨리는 눈으로 친구를 본다.
"언제 쉬냐?"
"일요일. 삼겹살."
"오케이! 간다!"
"갈 땐 버스 타고 가, 새끼야!"
손을 흔들며 나온 박범호는 다시 태권도장으로 향했다. 왔던 것처럼 걸어서 가는 그.
태권도장이 있는 건물 앞에 도착한 그가 조용한 태권도장을 보며 시간을 확인한다.
"쯧. 끝났네. 버스라도 타고 올 걸 그랬나……."
머리를 긁적인 박범호는 다시 건물 안으로 걸음을 옮겼고, 잠시 후 건물 앞에 제주서부서의 형사들이 모여든다.
"아무래도 여기 같지?"
"예."
자칫 범인을 잘못 특정했다가는 큰일 난다는 종혁의 조언에 따라 지난 한 달 박범호의 동선을 모두 조사한 결과, 박범호는 마치 기계처럼 태권도장과 집, 이렇게 두 곳만 왔다 갔다 했다.
피해자 김세정이 사라진 이후 더 집중적으로 뒤져 봤지만, 정말 태권도장과 집만 왔다 갔다 했다.
식사도 태권도장에서 하는 듯 한 번 도장에 들어갔다 하면, 원생을 등하원시키는 것을 제외하면 태권도장에서 나오지 않았던 박범호.

그런데 오늘은 달랐다.

바깥에서 밥을 먹고, 여자 옷을 샀다.

의심이 확신으로 바뀌어 갈 수밖에 없었다.

"3층은 원래 실용음악학원을 운영했는데, 잘 못 가르쳤는지 두 달 전부터 공실이었다고 합니다."

움찔!

"실용음악학원? 그럼 방음실이 있겠네?"

"예. 아마 그럴 겁니다."

그들의 머릿속에 그림이 그려진다.

사건이 발생한 시각, 박범호는 혼자 어둠 속을 걸어가는 피해자 김세정을 웃는 얼굴로 납치해 마을 어딘가에 숨겨 뒀을 거다.

"마을에 빈집이 몇 곳 있었죠."

박범호의 출근 시간은 점심을 먹은 이후.

그 시간이면 마을 사람들은 죄다 밭에 갔거나 TV를 보거나 슈퍼에서 술을 마시고 있을 시간이다.

"그걸 알고 있는 박범호는 다음 날 태연하게 피해자를 차에 싣고 여기까지 와서 3층에 감금을 했겠지."

전날 밤, 집에 들어오지 않아 애가 타는 김세정의 모친을 비웃으며 차에 실었을 거다.

"아마 캐리어나 큰 가방 같은 데 숨겨서 차에 실었을 거야."

"예. 그러면 이 주변의 눈을 피하기도 쉬웠을 겁니다."

낮엔 숙소 이동 등의 이유로 가방이나 캐리어를 끌고

돌아다니는 사람이 많은 제주도. 그들에게 캐리어나 가방은 흔히 보는 풍경이었다.

"그리고……."

사건 다음 날, 피해자의 발목을 잘라 퇴근하는 길에 버스정류장에 유기한 거다.

자신들 경찰이 볼 수 있도록 말이다.

"주변을 봐."

8시가 넘자 주변 건물들의 불이 거의 꺼져 있다.

저 건물 3층에서, 방음실 안에서 그 어떤 비명이 들려도 사람들은 알지 못할 거다. 박범호가 밤늦게 떠난다고 해도 말이다.

빠득! 빠드득!

"역시 아무리 생각해도 저 새끼가 맞는 것 같네요."

"그렇지? 그럼……."

"티, 팀장님. 조금 더 지켜봐야 하지 않을까요?"

너무 성급한 거 아닌지 생각한 형사의 말에 팀장의 얼굴이 구겨진다.

"야. 어젠 발목이었지만 오늘은 무릎이, 내일은 목숨이 될 수 있어."

아직 살아 있을 확률이 높은 피해자.

아니, 모든 경찰은 피해자의 시신을 눈으로 직접 확인하기 전까지 피해자가 살아 있기를 간절히 바라며 움직인다.

그건 지금도 마찬가지였다.

"너 나중에 구출된 피해자 앞에서 그런 말 할 수 있어?"
"……."
"연장들 챙겨."
"예!"

더 지켜볼 것도 없다.

이 건물에 피해자와 가해자가 둘 다 있다.

지금쯤 간절히 경찰의 구원을 바라고 있을 피해자가 더 이상의 피해를 입기 전에 구해 내야 했다.

제주서부서 강력계 팀장은 팀원들이 모두 각목이나 쇠파이프 등을 들고 다시 돌아오자 품에서 테이저건을 빼 들었다.

"학창 시절 끗발 좀 날렸던 태권도 사범이다. 조심하자."

태권도 4단이면 발차기 한 방, 한 방이 흉기나 다름없다. 턱이 부서지고, 뼈가 박살 나지 않으려면 단숨에 들이쳐서 정신없이 두드려 패야 했다.

"가자."
"예!"

목소리를 낮춰 대답한 그들은 숨을 죽이며 건물의 계단을 올랐다.

혹여 박범호가 눈치를 챌까 발을 내딛는 것조차 신중한 제주서부서 형사들. 묵직하고 거친 숨소리만이 희미하게 계단을 울린다.

그렇게 한없이 늘어지는 시간을 헤엄쳐 2층에 도착한

팀장은 3층으로 향하려다가 순간 멈춰 선다.

"……!"

태권도장 안에서 흘러나오는 말소리와 인기척.

"……잘됐네."

정말 잘됐다.

그들이 올라오면서 제일 걱정했던 게 바로 박범호와 피해자 김세정이 함께 있는 것이었다.

정확히는 박범호가 피해자를 인질 삼아 반항을 하는 상황.

하지만 이젠 그런 걱정을 하지 않아도 될 것 같다.

팀장은 테이저건을 한 번 더 점검했다.

"너희 둘은 3층으로 가서 문 뜯을 준비하고, 나머진 진입한다. 내가 먼저 테이저건을 쏠 테니까 너흰 놈이 정신 차리지 못하게 패."

"예."

"하나, 둘, 셋! 열어!"

벌컥!

"이야아아아아!"

"헉! 뭐, 뭐야!"

갑자기 태권도장 안으로 난입한 괴한들에 깜짝 놀란 박범호.

팀장은 몸이 굳어 당황하는 그를 향해 테이저건을 발사했다.

빵! 퍼억! 빠지지지지지직!

"으르르르르르!"
"됐어! 패!"
그들이 무기를 치켜들며 박범호를 내려치려는 순간이었다.
"꺄아아아아악!"
그들의 고막을 찢는 비명 소리.
'어?'
다급히 놀라 고개를 돌린 그들은 하얗게 질린 이십대 후반 여성을 발견하곤 얼굴을 구겼다.
"……야, 이 개새끼야—!"
박범호의 전신을 향해 무기들이 쏟아졌다.

* * *

부아앙! 끼이이익! 탁!
차가 멈춰 서자마자 다급히 내린 종혁이 계단을 뛰어올라간다.
그리고 2층 태권도장의 문을 활짝 열어젖힌다.
"놈을 잡았다…… 고요?"
다급히 말하다 안의 풍경에 말을 줄이는 종혁.
제주서부서 형사들이 고개를 숙이고 있고, 팀장이 피투성이가 된 박범호의 얼굴을 수건 같은 걸로 닦으며 어쩔 줄 몰라 하고 있다.
'뭐야, 이건? 아, 설마?'

종혁의 얼굴이 와락 구겨졌다.

"아! 오, 오셨습니까, 부국장님!"

"당신이 책임자입니까?!"

벌떡 일어나 도끼눈을 뜨는 박범호. 그 옆에서 안절부절못하고 있던 이십대 후반의 여성도 도끼눈을 뜬다.

아무래도 설마가 맞는 것 같다.

"……후. 반갑습니다. 경찰청 외사국 부국장 최종혁 경무관입니다. 저희 직원들이 큰 실수를 저질렀습니다. 이렇게 고개 숙여 사과드립니다."

"실수요?! 하! 실수 두 번 했다가는 사람을 아주 잡아 죽이겠네!"

"죄송합니다. 뭐라 드릴 말이 없습니다."

종혁은 어떻게 된 일이냐는 듯 팀장을 봤고, 고개를 푹 숙이며 다가온 팀장은 우물쭈물하며 상황을 설명했다.

* * *

태권도장의 문을 열고 들어온 박범호가 안에 있는 여성을 발견하곤 살짝 놀란다.

물이 많이 빠진 청바지에 보풀이 일어 있는 셔츠를 입은 또래의 여성.

"벌써 왔어?"

"응. 무슨 일이야? 나 얼른 집에 들어가야 해. 우리 혜민이 기다린단 말이야."

"어이구. 딸이면 아주 죽지, 죽어."
"씁! 누나한테 자꾸 비아냥거려? 혼날래?"
피식 웃은 박범호가 옷이 담긴 종이백을 내민다.
"자, 혜민이 중학교 입학 선물."
"뭣?!"
"혜민이가 자기 옷 없다고 울상이라며."
"내가? 설마 혜민이가 너한테 그런 말을 했어?!"
"네가 했어요, 네가. 술 처드시고요."
"……미안. 내가 술 먹고 못할 말을 했나 봐."
"아, 시끄럽고 얼른 받아. 팔 떨어져!"
"……."

박범호는 우물쭈물하다 입술을 달싹이는 오랜 친구의 모습에 얼굴을 구겼다.

"야. 자존심은 여유 있을 때 부려. 혜민이 부족하게 키울 거야?"
"……흑!"
"아니, 뭘 또 울려고 그래."
"너, 너무 고마워서……. 정말 고마워서……."

언제나 고마운 친구인 범호.

학창 시절 자신이 엇나가 원조교제를 하고 다닐 때 병원에 입원시킬 정도로 두들겨 패서 정신을 차리게 해 준 것도 모자라, 딸 혜민이 초등학생인데 학원 하나 못 다니는 게 말이 되냐며 이 태권도 학원에도 공짜로 다니게 해 줬다.

그 이후에도, 그 사이사이에도 참 많이 도와줬던 범호.

"나 진짜 그때 너한테 안 맞았으면……."

"얼씨구? 그런 애가 날 모함해서 소년원에 가게 하냐?"

"그, 그땐 미안했다니까……."

"진짜 미안하긴 해?"

"당연하지! 몇 번 말해! 그, 그리고 넌 뭐 깨끗했냐?! 지도 애들 돈 뺏고 다녀 놓고!"

돈을 뺏고, 자기 성질 못 이겨 걸핏하면 주먹을 휘두르고.

그 말에 박범호는 씁쓸히 웃었다.

"그랬지."

그렇게 망나니로 살다가 어머니가 돌아가시며 큰 충격을 받았던 박범호는 이후 마음을 고쳐먹은 것도 모자라, 그동안 괴롭혔던 친구들을 찾아다니며 사과를 하고 뺏은 돈도 모두 돌려줬다.

물론 지금까지 사과를 받아 주지 않은 친구들도 많다.

그래서 그동안 더 바르게 살려고 했는지 모른다.

"맞아. 너 돈 얼마나 모았어? 모아 놓은 거 있어?"

"돈? 혜민이 대학등록금으로 달에 10만 원씩 모아 놓는 게 있긴 한데…… 왜?"

"아, 그게 이 건물 3층 월세가 싸거든? 보증금도 한 5백만 원까지 낮출 수 있고. 인테리어 비용까지 해서 한 2천 정도 모아 놓은 거 있으면 공부방 같은 거 하나 열어 보라고."

"고, 공부방?"

"실용음악학원으로 쓰던 거라 책상만 들여오면 될 거야. 진지하게 생각해 봐. 언제까지 식당 주방에서 설거지하면서 살 거야?"

"……."

"아무튼 얼른 받아. 혜민이 기다린다며. 내가 돈이 없어서 노트북 같은 건 못 사 주지만, 이렇게 옷 정도는 사줄 수 있어. 삼촌이잖아."

"……고마워. 이 은혜 꼭 갚을게. 한꺼번에 모두 모아서 크게 갚을게!"

"예, 예. 그러세요. 꼭 성공하……."

벌컥!

"이야아아아아!"

'어?'

"뭐, 뭐야!"

* * *

"그, 그렇게 된 겁니다."

"아니…… 하."

"죄, 죄송합니다."

아직 살아 있을 확률이 높지만, 또 언제 목숨을 잃게 될지 알 수 없는 피해자의 상황 때문에 너무 섣불리 움직이고 말았다.

1층부터 3층까지 건물 전체를 뒤져 보았지만, 그곳에는 아무것도 없었다.

피해자도, 혈흔도, 그 외 어떤 단서도.

몇 달간 청소를 하지 않아 수북히 쌓인 먼지만이 그들을 반길 뿐이었다.

그런 팀장의 말에 종혁은 다시 이마를 잡았다.

'빌어먹을.'

성급했다.

하지만 한편으로는 이해가 갔기에 그를 책망할 수 없었다.

자신들 경찰이 늦어질수록 피해자의 심장은 1센티미터씩 찢겨 나간다.

그렇기에 경찰이 다소 무리한 행동도, 제 한 몸을 아끼지 않는 행동도 하는 것이었다.

다만 종혁 자신이었다면 확실하게 하기 위해 열화상 카메라나 바늘 떨어지는 소리까지 잡아내는 초고성능 감청 기기로 이 건물에 피해자가 있는지부터 확인했을 거란 게 팀장과의 차이점이었다.

머리를 벅벅 긁은 종혁은 박범호에게 고개를 숙이며 사정을 설명했다.

"여기 팀장님에게 들으셨겠지만, 현재 박범호 씨와 같은 마을에 사는 김세정 씨께서 웬 괴한에게 납치가 된 상황입니다."

"나, 납치요?!"

"예. 그 탓에 서둘러 피해자를 구하려고 움직이다 보니 이런 실수를 범하게 되었습니다. 정말 죄송합니다."

그런 상황에서 유력 용의자 옆에 또 다른 피해자가 될 수 있는 여성이 보이니 눈이 더 돌아 버린 거다.

"터무니없는 오해를 하게 된 점 진심으로 사과드리겠습니다."

정중하고 깊은 사과에 박범호의 표정이 살짝 풀린다.

그걸 알아차린 종혁은 얼른 최재수를 봤다.

"최 경사."

"예! 지금 바로 VIP 병동을 잡아 놓겠습니다!"

"현석이는 옷 좀 사 오고."

"예! 알겠심더!"

"박범호 씨? 일단 병원부터 가시죠."

"아, 아니……."

"이대로 댁에 가시면 부모님께서 걱정하실 겁니다."

박범호는 입을 다물었다.

* * *

"효자네요."

응급실을 빠져나온 최재수의 말에 종혁이 고개를 끄덕인다.

부모님을 언급하자 곧바로 함께 병원으로 온 박범호.

"어떻대?"

"다행히 골절은 없는데, 여기저기 봉합을 해야 할 것 같답니다."

약간의 뇌진탕 증상이 있긴 했지만, 안정을 취하면 후유증은 없을 것 같다고도 했다.

"……하아. 그나마 다행이네."

운동을 해서 그런지 눈이 돌아간 형사들의 매타작을 견딘 거다. 아니었다면 큰일이 벌어졌을 거다.

종혁은 팀장을 봤다.

몸을 움찔 움츠리는 팀장.

"뭘 그렇게 겁먹으십니까."

"……죄송합니다."

"죄송하긴요. 사건을 해결하다 보면 이런 일도 있고, 저런 일도 있는 거죠."

이번은 판단 미스였을 뿐이다.

"그보다 이젠 어떻게 하시겠습니까?"

"……공개 수사로 돌릴까 생각 중입니다."

가장 유력한 용의자인 박범호에게 혐의가 없다는 것이 밝혀진 이상 사건은 오리무중이 되어 버렸다.

이젠 공개 수사로 돌려 혹시 모를 목격자를 찾으며 범인을 압박해야 됐다. 그것 말고는 방법이 없었다.

"김세정 씨를 죽이시게요?"

"부국장님!"

"공개 수사로 전환되는 순간 놈은 김세정 씨를 죽일 겁니다."

이 미지의 범인은 그러고도 남을 놈이다.

본인의 쾌락을 위해 피해자의 신체를 절단하고, 그걸 전시하는 놈.

본인의 안위에 이상이 생기려 들면 김세정을 죽일 것이다. 그것이 자신의 범행을 은폐하기 가장 쉬운 방법이니 말이다.

"여기가 섬이라서 더 그런 선택을 내리게 될 겁니다."

"음……."

사면이 바다라는, 어디로든 도망칠 수 없다는 심리적 압박감이 놈을 더 자극하게 될 거다.

공개 수사로 전환되면 일단 공항과 항만을 틀어막고 검문검색을 시작하기 때문이다.

"후. 그러면 다시 처음으로 돌아가야죠."

피해자 김세정이 납치를 당한 그 시각부터 발목이 발견된 날의 오후까지, 그 도로를 지난 모든 차량을 다시 쫓아야 했다.

"다행히 인식프로그램 시리즈 덕분에 절반 이상을 용의선상에서 제외했으니 늦어도 내일까지 유력 용의자를 다시 선별할 수 있을 겁니다."

"도와드리지 않아도 되겠습니까?"

"……인원을 더 당겨 오면 됩니다."

"아니……!"

종혁은 발끈하는 현석을 잡으며 말렸다.

"알겠습니다. 도움이 필요하면 언제든 연락 주십시오."

"이번 일을 수습해 주셔서 정말 감사했습니다. 이 은혜는 꼭 갚겠습니다."

깊이 허리를 숙인 팀장은 응급실 안으로 들어갔고, 현석이 그걸 보며 화를 터트린다.

"와, 씨바! 와 이라는데! 피해자를 구하는 게 먼저 아이가!"

"저번에도 말했지만 그게 조직이야. 조직이 이런 구조인 데는 다 이유가 있는 거고."

"그래도 이렇게 꽉 막혀 있으니 중요한 것을 놓치고 그러는 거 아입니꺼!"

"택배기사?"

"예! 그 중국인 택배기사!"

"알고 있을걸?"

"예?"

종혁은 담배를 물었다.

찰칵! 치이익!

"저 팀장도 알고 있을 거라고. 아니, 택배기사가 범인이기를 간절히 바라고 있겠지."

박범호의 혐의가 벗겨진 이상, 다음 가장 유력한 용의자는 그 이름 모를 중국인 택배기사다.

딱 봐도 형사 경력이 15년 이상 되어 보이던 팀장이 그걸 모를 리가 없다.

"하지만 아무래도 이번에는 신중할 수밖에 없겠지."

이미 한 차례 실패를 했다.

효자 〈313〉

그런데 이번에도 또 아니라면? 그렇게 다시 한번 시간이 허무하게 흐르게 된다면?

"언제까지 피해자가 무사할지 알 수 없으니까."

팀장은 그 상황이 두려운 거다.

"아니……."

"그래서 이번엔 시간이 약간 더 걸리더라도 모든 걸 철두철미하게 확인하려는 거야."

용의선상에 오른 모든 용의자들을 쳐 내고, 중국인 택배기사만이 남기를 바라고 있을 거다.

"그러니 우린 지금부터 우리식대로 움직이자."

"예?"

방금 한 말과 완전히 다른 종혁의 말에 현석은 눈을 껌뻑였지만, 최재수는 그럼 그렇지 하며 피식 웃었다.

"사건에 개입만 안 하면 되는 거잖아."

종혁의 입술이 비틀어졌다.

* * *

"휴우."

이른 새벽, 개운한 얼굴로 화장실을 나온 제주도의 택배기사 왕카이가 부엌으로 향힌다.

"와!"

접시에 수북하게 쌓인 반찬 몇 개와 새하얀 쌀밥.

탁!

탕이 담긴 그릇을 내려놓은 마스크를 쓴 노년의 여성이 왕카이를 향해 미소를 지어 준다.

"밥 먹어."

"오늘 내 생일이에요?"

"요새 고생하잖아. 그래서 솜씨 좀…… 콜록, 콜록! 부려 봤지?"

"오오!"

냉큼 식탁에 앉은 왕카이가 젓가락을 들어 반찬 하나를 고봉으로 쌓인 밥 위에 올린 뒤 그릇째 입 앞으로 가져온다.

와구와구!

"……!"

눈을 동그랗게 뜨며 엄지를 치켜드는 왕카이.

노년의 여성이 뿌듯이 웃으며 왕카이의 옆에 앉는다.

"많이 먹어."

"예!"

왕카이는 그때부터 밥그릇에 고개를 박았고, 노년의 여성 역시 그제야 밥그릇을 들었다.

그렇게 빠르게 밥을 모두 해치운 왕카이가 몸을 일으켜 노년의 여성 뒤로 돌아가 그녀의 어깨에 손을 얹는다.

"꽤, 괜찮아. 밥 먹잖아."

"산책은 꾸준히 하고 계세요? 마을 사람들과 대화는 좀 나눠 보셨고요?"

"걱정 마. 산책은 꾸준히 하고 있으니까."

"또 혼자 계셨구나."

"……한국말을 알아들을 수 없는걸. 그쪽에서도 날 영탐탁지 않아 하는 것 같고."

그 말에 순간 왕카이의 눈이 번뜩였다가 가라앉는다.

"어쩔 수 없죠. 저희는 이방인이니까요. 하지만……."

노년의 여성이 왕카이의 손에 본인의 손을 얹는다.

"엄마는 괜찮아. 말이 좀 통하지 않으면 어때."

어차피 곧 치료가 끝나면 다시 중국으로 돌아갈 거다. 굳이 다시 보지 않을 사람들과 인연을 맺을 이유는 없었다.

"너도 엄마가 다 나으면 중국으로 돌아올 테고. 다시 학업을 이어 가야지."

의과대학을 다니다 자신 때문에 모든 학업을 접고 한국으로 온 아들.

"지금 생활도 나쁘지 않은데……."

"정말?"

"그럼 거짓말을 하겠어요? 일할 땐 일하다가 쉬고 싶을 때 푹 쉬는데, 그러면서 벌이도 큰 차이가 없으니 나쁠 리가 없잖아요."

세계 어느 곳과 비교해도 임금이 형편없는 수준인 중국의 의사.

자신이 하는 것에 따라 거의 중국의 의사만큼 벌기도 했기에 딱히 불만은 없었다.

"그보다 오늘은 뭘 사 올까요?"

"뭘 자꾸 사 와. 됐어. 엄마는 괜찮아."
"오랜만에 흑돼지 사 올까요?"
"……큼. 그건 마음에 들더라."
흑돼지뿐만 아니라 갈치도 꽤 마음에 들었다.
"하하. 알았어요."
그렇게 어머니가 식사를 모두 마칠 때까지 어깨와 다리를 주무른 왕카이는 해가 뜨자 현관문 앞에 섰다.
"그럼 다녀올게요."
"오늘도 몸조심하고. 차 조심하고. 한국 사람들이 뭐라고 해도 한 귀로 흘리고."
"걱정 마세요."
어머니를 따뜻하게 안아 준 왕카이가 집을 빠져나와 택배 트럭에 올라탄다.
그와 동시에 왕카이의 얼굴이 와락 구겨진다.
"빌어먹을 빵즈들."
어떻게 감히 어머니를 업신여긴단 말인가.
자신을 위해 희생하시다 암까지 얻은 어머니를!
살기등등한 눈으로 마을을 둘러본 왕카이는 이내 시동을 켜며 마을을 빠져나갔다.

한편 왕카이가 막 마을을 벗어나는 순간 한 대의 차량이 슬그머니 따라붙는다.
"택배기사 출근합니다, 팀장님."
-멀리서 감시만 하고 있어. 아직 확실한 건 아무것도

없으니까. 확실시될 때까지 절대 들키지 마.

"……알겠습니다."

통화를 종료한 제주서부서 형사는 한숨을 내쉬었다.

"형님, 그냥 부국장님 도움을 받으면 안 됩니까? 그 양반 소문이 화려하던데. 실제로 돈 쓰는 거 보니까 그래 보이고."

"야, 인마. 이게 부국상님 사건이야? 넌 누가 밥 떠먹여 주길 원하는 그런 병신이야? 그리고 너 부국장님 제어할 수 있어?"

"……죄송합니다."

"그리고 이런 사건에서 돈이 뭐 얼마나 필요한데?"

그저 죽어라 용의자들의 뒤를 쫓고, 혐의점을 지워 나가야 하는 납치 상해 사건.

차라리 범인이 돈이라도 요구했다면 종혁에게 도움을 요청했을 거다.

하지만 이번 사건은 그런 사건이 아니다. 그저 발로 뛰는 것 말고는 할 수 있는 일이 아무것도 없었다.

"죄송하다니까요."

"아무튼 다신 그 말 입에 담지 마. 팀장님 예민해지신 거 알지?"

"예."

입을 다문 그들은 다시 왕카이의 택배 트럭에 시선을 고정시키며 차를 몰았고, 맞은편에서 달려온 두 대의 차량이 마을 안으로 진입했다.

그중 한 대는 종혁과 현석, 최재수를 태운 차였다.

* * *

쿵쿵쿵!
"이장! 있어?!"
갈색으로 칠해진 낮은 담장의 문이 두드려지자 안에서 큰 소리가 터져 나온다.
"아침부터 누구야!"
"나야, 나! 박 씨!"
"박 씨가 한둘…… 응? 복덕방 박 씨잖아? 아침 댓바람부터 무슨 일이야?"
"아, 어제 내가 말한 거 있잖아. 그분들 모셔 왔어."
"아, 그 우리 동네에 있는 귤밭이랑 별장 좀 구입하시겠다는?"
고개를 옆으로 돌리던 칠십대의 이장이 종혁을 발견하곤 깜짝 놀란다.
"아니, 자네들은?"
"쉿! 쉿! 말조심해! 서울에서 내려오신 큰손들이시니까!"
"아니, 큰손이 아니라……."
"어허!"
복덕방 사장의 호통에 입을 다문 이장이 혼란스러워하는 눈으로 종혁을 보고, 종혁이 푸근히 웃는다.

효자 〈319〉

"그저께 왔을 때 마을 풍경이 너무 좋아서요. 그래서 땅을 좀 살 수 있을까 해서 왔습니다."

"아니, 아는 사이였어요?"

"예. 그저께 한번 들렀었어요."

"아이고! 잘됐네!"

서로 안면을 텄으면 일이 더 쉽게 진행될 거다.

"뭐해. 손님 왔는데, 커피도 안 내줄 거야?"

"어, 어…… 들어와. 각씨! 여기 커피 다섯 잔 좀 내와!"

"뭔 아침밥도 안 먹고 커피부터 먹으려고 한데? 누군데?!"

"잔말 말고 좀 내오라고! 안으로 들어와요. 날이 추워요."

"하하. 그럼 실례 좀 하겠습니다."

그렇게 종혁들을 집 안으로 들인 이장이 심란한 표정을 짓는다.

"그…… 어떻게 되어 가고 있는지 물어도 되겠습니까?"

"제가 서울에서 내려왔는지라 자세한 내용은 알 수 없어서요. 지금 드릴 수 있는 말은 그저 참고 기다려 달라는 것뿐입니다."

"아이고……."

"뭐야? 대체 뭔 일인데?"

"아, 뭐 그런 일이 있어. 그보다 땅을 보러 오셨다고."

이장은 혹여 복덕방 사장이 마을의 일을 알게 될까 얼

른 화제를 돌렸다.

"예. 한 1만 평 정도 구입을 할까 생각 중입니다."

콰장창!

부엌에서 들리는 유리 깨지는 소리.

"호호! 괜찮아요! 손이 미끄러진 것뿐이에요!"

"예, 뭐 그렇다네요……. 그, 그런데…….”

아침부터 심장을 제대로 얻어맞아 정신이 아득해진 이장이 마른침을 삼킨다.

"지, 진짜로?"

"예. 귤밭으로 쓸 땅을 만 평 정도 구입한 다음, 그 중앙에 별장이나 작은 펜션을 지을까 하거든요."

"어, 어이구."

노랗고 파란 귤나무들로 둘러싸인 새하얀 별장.

이장의 눈이 순간 몽롱하게 풀린다.

매일같이 보는 게 귤나무라지만, 그런 건 또 달랐다.

"아, 그리고 귤밭의 관리는 여기 마을 주민분들에게 맡길 생각입니다. 당연히 삯도 치를 거고, 그 안에서 수확하는 귤들도 모두 이곳 마을에 기부할 생각입니다."

"기, 기부요?"

"마을 발전 기금으로 쓰시죠."

쿵!

"……뭐해! 얼른 커피 가져오라니까!"

"지, 지금 나가요!"

황급히 부엌을 나온 이장 부인이 그들의 앞에 커피를

내려놓는다.

"지, 집에 있는 게 믹스뿐이라 입에 맞으실지 모르겠네요……."

"아니, 귀한 손님이 오셨는데 믹스가 뭐야, 믹스가! 저기 수찬이네 가서 워, 원두? 뭐 그것 좀 얻어 와! 아 왜, 그 집 메느리가 그런 거 잘 마신다며!"

"하하. 괜찮습니다. 가리지 않고 잘 먹습니다."

"어휴. 그래도……."

떨리는 심장을 부여잡는 이장의 곁으로 복덕방 사장이 슬그머니 엉덩이를 붙인다.

"진짜 큰손 맞지?"

이장은 멍하니 고개를 끄덕였다.

"보자……."

집을 나선 이장이 마을 주변의 땅들을 안내한다.

"저기서부터 저기까진 쉽게 구할 수 있을 겁니다. 저 땅 주인들이 오늘내일, 아니 이젠 몸을 움직이는 게 힘들어서 귤이건 뭐건 농사를 짓기가 힘들거든요."

"아, 그렇습니까?"

"그런데 삯은 얼마나 치르시려고……."

"어허! 왜 그런 걸 물어! 어련히 알아서 맞춰 주시겠지!"

"일단 귤밭과 별장 관리로 달에 천에서 2천 정도 쓸 생각입니다."

"컥! 그, 그렇게나요?"

달에 천만 원이면 1년에 1억 2천이다.

마을 사람 열 명만 관리인으로 해도 한 사람당 무려 1200만 원의 가외 소득이 생기는 것이다.

이장의 심장이 다시 떨렸다.

"만약 펜션을 짓는다면 연봉으로 따로 3천만 원 정도 드릴 생각이고요."

"커허억!"

"아, 대신 귤 수확철에는 수확 체험 같은 걸 할 생각이니 어느 정도는 남겨 두셔야 합니다."

"다, 당연하죠! 당연히 그렇게 하셔야죠!"

"만 평 이상을 구입해도 상관없으니 땅을 한 뭉텅이로만 살 수 있게 해 주세요."

"그건 걱정 마세요! 내, 내가 어떻게든 그렇게 해 드릴 테니!"

이장은 어떻게든 거래를 성사시켜야겠다고 다짐하며 종혁을 다시 마을로 안내했다.

무슨 일인지 약간 부산한 마을의 분위기.

"아, 맞아. 공사가 시작되면 인부들이 머물 숙소 같은 게 필요한데…… 혹시 마을에 빈집이 있습니까? 있다면 그것도 구입하겠습니다."

"많죠! 많습니다!"

이런 시골엔 넘쳐 나는 게 빈집이다.

"이쪽으로 오세요! 저기 저 집이…… 아니, 저긴 너무 낡았지. 이쪽입니다!"

"아니요. 괜찮습니다. 낡았으면 수리하면 되는 거죠."

만약 중국인 택배기사가 정말 범인이라면, 이 마을 안에 피해자 김세정을 숨겼었을 수 있다.

"그래요? 음. 그럽시다."

따라오라며 손을 저은 이장이 가까이 있는 빈집의 대문을 열어젖힌다.

끼이익!

문이 열리자 가장 먼저 흙먼지 냄새가 코를 때린다.

코앞에서 손을 흔든 최재수와 현석은 자연스럽게 안으로 들어가 이곳저곳을 살펴봤고, 이내 돌아서 나오며 고개를 저었다.

누군가 머물렀던 흔적이 없다는, 미리 정해 놓은 제스처다.

'여긴 아니군.'

"확실히 여긴 너무 낡은 것 같네요. 햇빛도 잘 안 들어오는 것 같고."

"그렇죠? 그럼 다음 집으로 갑시다."

이장은 빈집들도 소개해 줬고, 종혁과 현석, 최재수는 그 집들을 꼼꼼히 살펴봤다.

하지만 그 어디에서도 피해자 김세정의 흔적은 찾을 수 없었다.

그렇게 마을 어귀로 나아가던 종혁이 한 집을 발견하곤 눈을 빛낸다.

"저기 저 집이 괜찮을 것 같은데요."

현대의 시골에서 흔히 볼 수 있는 붉은 벽돌의 양옥 주택.

마당도 넓은 양옥 주택은 택배 트럭이 세워져 있던 곳이다.

"저기도 빈집인가요? 사람이 안 사는 것 같은데……."

"아, 저기요."

이장의 미간이 찌푸려진다.

"저긴 이미 중국인 모자에게 세를 주고 있는 곳이에요."

"중국인 모자요?"

"예. 뭔 폐병에 걸려 치료 겸 요양 차 왔다고는 하는데……."

아들은 아침 일찍 출근해서 저녁에 퇴근하고, 같이 사는 모친은 하루에 몇 번씩 느긋이 마을 몇 바퀴를 산책하듯 둘러본 후 다시 집에 틀어박혀 누가 불러도 나오질 않는다.

"아까 멀리서 키 작은 여자 봤죠?"

"아."

기억난다. 마치 이쪽을 살피듯 쳐다봤던 노년의 여성.

약간은 표독스런 눈매와 마스크가 인상적이었던 여성이었다.

"아니, 그럴 거면 이웃 사람 신경 안 써도 되는 도시에 가서 살지 왜 이런 곳에서 사나 몰라. 마음 같아선 우리 마을에서 내쫓아 버리고 싶지만, 그놈의 폐병 때문에 참아 주는 거예요. 에이. 퉤!"

"흠. 그래요……."

"그래도 아들은 꽤 효자 같습디다."

매일 먹을 거나 옷들을 싸 들고 집 안으로 들어가고, 저녁과 아침마다 두 모자의 웃음소리가 담벼락을 넘는다.

'효자라…….'

종혁이 미간을 좁힌다.

'역시 집은 아닌 거네. 그럼 어디다 숨겼을까.'

중국인 택배기사가 정말 범인이라면, 평소의 동선 안에 김세정이 숨겨져 있을 거다.

아니었다면 제주서부경찰서 사건 담당팀에서 먼저 알아차렸을 테니 말이다.

"그럼 저 집 말고 옆집은 어때요?"

"오?!"

종혁뿐만 아니라 현석과 최재수의 눈도 번쩍 떠진다.

불감청 고소원. 안 그래도 빈집 이야기를 꺼낼 때 중국인 택배기사가 살고 있는 집 근처의 집을 얻으려고 했는데, 때마침 바라던 이야기를 해 주고 있었다.

"사람이 사는 곳 아닙니까? 집이 좋아도 너무 좋은데?"

"그럴 수밖에요. 재작년에 새로 지은 집인데, 작년 가을에 살던 분이 돌아가시면서 방치되다시피 한 곳이에요."

살아 계실 적에도 찾아오지 않았던 자식들. 시세를 듣고 잔뜩 실망하더니 매매마저도 이 마을에 맡겨 놓은 상태였다.

"문이나 창문이나 꽉 닫아 놓았던 곳이라 청소만 하면 됩니다!"

"그럼 오늘 청소해 주실 수 있겠습니까? 제가 근처 펜션에서 머물고 있는데, 그래도 사람이 잠은 집에서……. 사례는 두둑하게 하겠습니다. 이불도 빌려주시면 그것도 사례를 치르겠습니다."

"으허헛! 그럽시다! 내가 오늘 오후까지 청소해 놓으라고 할게요!"

"캬! 우리 사장님 시원시원하시네! 이장, 내가 잘 모셔 왔지?"

말해 뭐하는가. 이장은 복덕방 사장에게 엄지를 치켜세워 줬다.

"아, 그런데 우리 사장님께선 식사하셨나?"

"저희가 뭐든 잘 먹습니다."

"으하핫! 그래요? 그럼 갑시다. 땅 주인들도 만나 봐야지!"

이장은 다시 본인의 집으로 안내를 했고, 마당 안으로 들어선 종혁은 살짝 놀랐다.

"아이고, 어서 와요!"

"잉? 저 사람은?"

생각보다 더 많이 몰린 사람들.

효자 〈327〉

한쪽에선 솥이 장작을 깔고 앉은 채 흰 연기를 뿜어 대고, 여기저기서 구워대는 전이 노릇노릇한 색깔로 눈을 유혹한다. 거기다 코끝을 때리는 매콤한 김치 냄새와 알싸하고 고소한 막걸리의 냄새까지.

 귀한 손님이 왔다고 이 아침부터 마을 잔치를 열었나 보다.

 '오늘 배 좀 터지겠네.'

 종혁과 최재수, 현석은 군침을 꿀꺽 삼켰다.

* * *

"마을에서 잔치를 열었다고요? 왜요?"

 택배 트럭에서 내리던 왕카이가 눈을 가늘게 뜬다.

 -모르지. 그런데 마을에 귀한 손님이 온 것 같아.

 이장이 젊은 사람들을 데리고 마을 여기저기를 안내해 주었다.

 -마을 인근의 땅이라든가, 마을의 빈집들도 보여 줬어.

 "……누가 이사를 오려나 보네요."

 딱히 낯선 일은 아니다. 택배 일을 하다 보면 심심치 않게 귀촌에 대한 이야기를 들으니 말이다.

 삭막하고 답답한 도시에서 벗어나 시골에서 편하게 살고 싶다는 개소리를 지껄이는 한국 사람들.

 '시골이 편하기는!'

모든 게 불편한 곳이 바로 시골이다.

물도 제대로 못 쓰고, 전기도 제대로 못 쓰고, 뭘 사려면 멀리 나가야 하는 시골.

'배가 부른 거지. 우리 중국 것을 훔쳐다가 배를 불렸으니, 지금 사는 삶이 얼마나 좋은 건지 깨닫지를 못하는 거야!'

"알았어요. 무슨 일 있으면 전화 주세요."

-그래. 아들도 무슨 일 있으면 전화해.

어머니와의 통화를 종료한 왕카이는 손님에게 택배를 넘겨주곤 다시 차로 돌아왔다.

지이잉! 지이잉!

"응? 이 사람이 왜? 네, 여보세요."

-왕카이, 혹시 지금 시간 돼?

"시간이요? 한 30분 뒤부터 시간이 되긴 해요. 나도 밥은 먹어야 하니까."

-그래? 지금 어딘데? 내가 갈게!

"흠. 여기가……."

왕카이는 점심시간 전 마지막 배송지의 주소를 불러 주며 차를 출발시켰다.

한편 제주서부서의 강력계.

눈에 실핏줄이 선 형사들이 몇 장의 사진이 붙은 화이트보드 앞에 모여 있다.

박범호를 오인 체포한 이후 잠을 자지 못한 채 용의자

들을 쫓은 형사들.

결국 오늘 아침이 되어서야 총 3명의 유력한 용의자를 추려 낼 수 있었다.

"이름 김덕배. 나이 41세. 서귀포시에 살고 있고, 특별한 직업 없이 공사 현장만 전전하는 잡부입니다. 전과는 무전취식, 폭행, 협박, 공무집행방해, 성추행, 공연음란 등 총 14범입니다."

"성추행?"

"예. 편의점에서 편의점 아르바이트를 하던 21살 여대생에게 추파를 던지고, 몸을 만졌다고 합니다."

팀장과 팀원들의 눈이 번뜩인다.

"그 야밤에 서귀포시에 사는 놈이 애월에 나타났다라……."

물론 제주도라면 그럴 수 있다.

그런데 놈이 굳이 그 길을 지났다는 게 문제다. 서귀포시에서 애월리까지 더 빠른 길이 있는데도 말이다.

"그날 행적은?"

"애월리에서 술을 마시고 귀가한 걸로 조사됐습니다."

"……술김에 일을 저질렀을 확률이 있겠군. 발목이 발견된 날짜엔?"

"그 전날 저녁에도 애월리로 향했고, 술을 마신 후 다시 서귀포시로 향한 것이 확인됐습니다."

"……오케이. 다음."

"이름 박지철. 나이 38세. 서울 출신인데, 약 한 달 전 제주도에 들어와 이곳저곳을 돌아다니고 있습니다. 아무래도 퇴직을 하고 장기 여행을 온 걸로 추정됩니다. 전과는 성매매 2범입니다."

"성매매?"

"오피와 룸빵에서 떡을 치다가 검거됐다고 합니다. 금융거래기록을 조사해 보니 잡힌 것만 두 번일 뿐, 한 달에 최소 6번은 성매매를 위해 돈을 쓰고 있는 걸로 추정됩니다."

"여자에 미친 새끼군."

확 의심이 든다.

"사건 발생 당일 저녁, 사계리에서 제주시로 이동하고 있었고, 그다음 날 늦은 저녁 수월봉으로 이동했습니다."

차량은 소위 탑차라 말하는 트럭. 화물칸을 캠핑용으로 개조해 놓았고, 제주도에서의 행적을 모두 조사해 보니 모두 인적이 드문 곳에 주차를 해 놓고 그 인근에서 볼일을 해결했다.

"이 새끼도 동선이 요상하네."

사계리는 제주도 남서쪽에 위치한 지명이고, 수월봉은 섬 서쪽 끝에 있는 명소다. 그런데 제주시는 제주도의 북쪽에 있는 도시.

확실히 유력한 용의자로 올릴 만한 놈이다.

"마지막으로 이름, 왕카이. 나이는 31살이며, 상하이 출신입니다. 작년 초에 제주도로 입국했는데, 입국을 하자마자 인터내셔널 잡의 보증을 통해 택배 회사에 입사. 현재까지 별 말썽 없이 근무를 하고 있으며, 올해 초 모친을 모셔 와 폐암 치료를 받게 하고 있는 중인 걸로 확인됐습니다."

쿵!

"……뭐야. 그 새낀 왜 멀쩡해?"

이 자리에 모인 모두가 같은 생각이었다.

그들의 낯빛이 딱딱하게 굳었다.

* * *

쿵!

왕카이가 숟가락을 들다 멍하니 앞을 바라본다.

"뭐라고요?"

"네 명의를 다른 사람에게 빌려주는 게 어떠냐고."

싱글벙글 웃으며 안경을 추켜세우는 염소수염의 사내.

"들을 가치도 없는 말이네요. 당신이 대접하는 거니 밥은 다 먹겠지만, 다신 연락하지 마세요."

"잠깐, 잠깐. 너무 고깝게 듣지 말라고, 왕카이."

"고깝게 들을 수밖에 없는 말인데요."

명의를 빌려주는 순간 자신은 지금 직장에서 잘리고 만다.

'그럼 엄마 치료비는?'

한국에 건강의료보험공단이라는 것이 있어 치료비가 중국과 비교하면 극단적으로 싸다지만, 아무리 지원을 받는다고 해도 한계가 있었다.

"내가 너무 축약해서 말했지? 일단 계속 들어 봐."

"……해 봐요."

"인터내셔널 잡이라고 알지?"

당연히 안다.

자신이 한국에 취직을 할 수 있도록 도와준, 외국인 전용 일자리 알선 기업. 세계 어딜 뒤져 봐도 이렇게 외국인만을 위한 일자리 알선 기업은 없었기에 얼마나 놀랐는지 모른다.

"걔들이 하는 일이 뭐야?"

한국에 들어온 외국인들에게 일자리를 소개시켜 주는 것뿐이다.

"겨우 그것뿐인데 수수료를 뜯어 가잖아."

'겨우 그거라고?'

아니다. 그것이 제일 크고, 중요한 거다.

인터내셔널 잡이 생기기 전까진 악덕 사장에게 잘못 걸려서 월급도 제대로 받지 못하고 일만 죽어라 했던 외국인 얼마나 많았는가.

"일단 계속해 봐요."

"그래서 이런 생각이 들더라고. 겨우 저것뿐이면 나도 할 수 있지 않을까."

"그래서 직업 소개소를 차렸다는 겁니까?"

"그렇지! 역시 의대 출신이라 이해가 빠르네! 그런데 인터내셔널 잡이 이 시장을 너무 꽉 잡고 있단 말이지?"

"……그래서요?"

효자 〈333〉

"그래서 틈새시장을 노려 보면 어떨까 생각해 본 거야. 왕카이, 네가 하루에 처리할 수 있는 택배가 몇 개야? 대략 150개에서 200개지?"

왕카이는 부정도 긍정도 안 했다.

하지만 염소수염의 사내는 그럴 줄 알았다는 듯 고개를 끄덕이곤 의미심장하게 웃었다.

"그걸 400개, 아니 800개까지 늘릴 수 있다면?"

움찔!

"지금 말도 안 된다고 생각했지?"

"사람은 그렇게 일 못해요."

"당연하지. 사람 한 명은 그렇게 못하지. 하지만 사람이 3명이라면? 4명이라면?"

"흠? 아?"

뭔가를 깨달은 왕카이가 상체를 앞으로 기울인다.

"후후. 이제 알아들었나 보네. 그래, 넌 아침에 택배를 차에 싣기만 하면 돼. 아니, 그것도 내가 소개시켜 줄 애들이 다 해 줄 거야."

택배를 배송하는 것도 이놈들이 다 할 거다.

"그러면서 왕카이 네게 떨어지는 돈은, 아니 어차피 돈은 네 통장으로 입금이 될 테니까 너는 그 돈 중 절반을 떼고 나눠 주면 되는 거야. 내 말 무슨 말인지 알아들어?"

"흐음……."

"흐흐흐. 어때 구미가 당기지? 왕카이, 넌 그냥 걔들이 벌어 주는 돈을 가지고 여유롭게 취미 생활이나 즐기면 되는 거야."

움찔!

'취미 생활……?'

순간 왕카이의 심장과 입꼬리가 떨린다.

그걸 본 염소수염의 사내는 속으로 주먹을 불끈 쥐었다.

'거의 다 넘어왔어!'

"넌 시간과 돈을 모두 가져서 좋고, 난 걔들에게 수수료를 받아서 좋고, 걔들은 쉽게 돈을 벌어서 좋고. 이걸 보고 한국인들은 도랑 치고 가재 잡는다고 하지?"

"……택배 상하차는 소장이 관리하는데요."

"뭐가 문제야. 네가 네 돈 주고 고용한 애들이라고 하면 되잖아. 그 소장이라는 인간도 적당히 뒷돈 찔러 넣으면 그냥 모른 척해 줄걸?"

'확실히…….'

중국에서도 돈이면 안 되는 일이 없는데, 도둑의 나라 한국이 돈을 마다할까.

"한국어를 할 줄 알아야 합니다. 사고도 치지 말아야 하고요."

'됐어!'

"그건 걱정 마!"

"일단 애들 상태를 보고 결정하죠."

"그럼, 그럼. 당연한 말이지. 내 체면을 생각해 줘서 고

효자 〈335〉

마워. 아, 먹어. 먹어!"
 왕카이는 다시 숟가락을 들며 눈을 가늘게 떴다.
 '취미 생활이라.'
 꽤 설레게 하는 말이었다.

* * *

 "김덕배. 박지철. 왕카이."
 마을 사람들과 잔치를 벌이는 사이 청소가 끝난 버린 왕카이의 옆집.
 급히 공수한 화이트보드에 세 사람의 이름이 적힌다.
 "김덕배는 무려 2주 동안 이 앞 도로를 지나가며 애월리로 향했고, 박지철은 캠핑카를 타고 제주도 일주 중."
 고개를 끄덕인 종혁은 다시 화이트보드를 봤다.
 "그리고 왕카이는……."
 "지난 한 달간의 행적을 추적한 결과, 왕카이는 언제나 같은 시각 출근해 비슷한 시각에 퇴근을 한다고 합니다."
 그리고 이틀에 한 번씩은 점심때마다 이곳에 들른다.
 "아무래도 모친과 식사를 하려고 오는 게 아니겠습니까?"
 "그렇겠지……."
 확실히 의심이 가는 놈들로만 골랐다.
 종혁은 현석을 봤다.
 흔들리는 눈으로 세 명의 이름을 번갈아 보는 현석.

"왜? 유력 용의자가 바뀌었어?"

"……예. 이놈아가 갑자기 의심스러워졌심더."

"김덕배?"

현석이 강한 의심을 하게 된 이유는 바로 김덕배가 애월리에서 술을 마시는 장소가 언제나 같은 식당이라는 점이다.

"그것도 한 번 빨았다 하면 최소 두 시간씩 빨았슴더. 마치 누군가를 기다리는 것처럼……."

한 번 의심하기 시작하니 모든 게 거슬리기 시작한다.

"확실히 그 부분이 공교롭기는 하지. 재수, 넌?"

"전 아무래도 박지철이지 않을까 싶습니다. 캠핑카…… 저 안을 방음 시설로 만들 수도 있잖습니까?"

"그러니까 박지철이 차 안에 피해자를 감금한 채 제주도를 돌아다니고 있다?"

"솔직히 누가 의심하겠습니까."

겉으로 보기엔 일반 냉동 탑차다. 도심에서 멍하니 10분만 도로를 보고 있어도 최소 두세 대는 볼 수 있는 냉동 탑차.

거기다 저녁엔 외진 곳에 차를 세웠다고 하니, 그 누구도 의심하지 않았을 거다.

최재수의 마음속에서 왕카이의 이름이 사라지고, 그 자리를 박지철 세 글자가 채운다.

종혁은 고개를 끄덕였다.

둘 다 일리가 있다.

"부국장님은 어떻게 생각하십니까?"

"나? 난……."

쿵쿵쿵!

"사장님! 계십니까?"

서로를 본 셋은 다급히 화이트보드를 잡아 돌리며 어지럽혀진 자료들을 치웠다.

종혁은 옷매무새를 가다듬고 현관문을 열었다.

"예, 이장님. 무슨 일이세요?"

"아니, 전기랑 물이 잘 나오나 해서요. 아까 안사람이 확인을 하긴 했지만, 젊은 분들에겐 약하다 느낄 수도 있으니까……."

"하하. 아까 말씀드렸듯이 아주 마음에 듭니다."

"허허. 그래요? 그럼 다행이네요…… 응? 우리 제주도 지도네요?"

뒷집은 화이트보드의 뒷면에 붙어 있는 제주도 전도.

몇 개의 붉은 선이 그어진 지도의 모습에 이장이 고개를 모로 기울인다.

"아. 이왕 제주도까지 내려온 김에 제주도 여기저기 풍광 좋은 곳이 있으면 사 놓는 게 어떨까 싶어서요. 서울로 올라가면 또 언제 내려올지 모르니까요."

"어이구."

상상을 초월하는 말에 이장의 심장이 떨리기 시작한다.

"아, 그보다 옆집은 괜찮을까요?"

종혁은 이장이 의심을 하기 전에 화제를 돌렸다.
"응? 뭐가요?"
"아니, 남자 셋이 모여 있다 보니 좀 시끄러울 수도 있어서요. 그럼 민폐를 끼칠 수도 있으니까 미리 양해를 구하는 게 어떨까 싶어서요."
"아아, 괜찮아요. 그 집, 아들이 퇴근하면 다음 날까지 쥐 죽은 듯 있으니까."
대충 저녁 9시 30분이 되면 불도 꺼 버린다. 퇴근 후 함께 밥을 먹고 바로 자는 듯싶었다.
"젊은 사람이 그렇게 빨리요? 저녁에 모친 몰래 어딜 나가는 건 아니고요?"
"글쎄요? 그러진 않은 것 같던데······."
그 저녁에 차에 시동이 걸렸다면 근처 사는 사람들 모두가 알아차렸을 거다. 하지만 여태껏 그런 말은 없었다.
"흠. 그래요······."
종혁은 속으로 눈을 가늘게 떴다.
"네, 알겠습니다. 아무튼 잘 쉬다 가겠습니다."
"허허. 아니에요. 그럼······ 아차차. 내 정신 좀 봐. 저녁에 우리 집으로 넘어와요. 내가 이 말 하려고 왔다가 깜빡했네."
"아뇨, 아뇨. 저희가 일 때문에 서울에서 내려온 거라서 곧 나가 봐야 합니다. 경찰 쪽 일이라 자세한 설명은······."
"아이고. 네, 네. 그러셔야죠. 알겠습니다. 그럼 내일

효자 〈339〉

아침은 같이 먹을 수 있는 거죠?"

"하…… 자꾸 이러시면 정말 감사합니다."

"으하하핫! 그래요. 그럼 내일 8시까지 넘어와요."

"옙! 들어가십쇼!"

대문까지 이장을 배웅한 종혁은 최재수와 현석을 보며 가슴을 쓸어내렸고, 그건 둘도 마찬가지였다.

"흠…… 그나저나 뭘까요. 저녁에 어딜 가지 않는다면……."

"도보로 이동할 수도 있지."

어차피 해가 지면 마을 사람들은 거의 집에 있다고 했다. 그럼 은밀히 움직이기가 편할 터.

모든 가능성을 열어 둬야 했다.

그건 김덕배와 박지철도 마찬가지였다.

"그러니 우린……."

성큼성큼! 탁!

"지금 바로 여기로 간다."

애월리. 유력한 용의자 중 한 명인 김덕배가 자주 출몰하는 장소로.

세 사람의 눈이 반짝이기 시작했다.

* * *

쏴아! 쏴!

애월리는 바닷가에 만들어진 큰 마을이었다.

애월읍의 중심 마을, 애월리.

애월읍 소재에 제주경마공원이 있긴 하지만, 그래도 애월읍에서 가장 발전된 곳은 애월리라고 볼 수 있었다.

끼룩! 끼룩!

"와, 줵이네예."

"바다는 지겹게 보지 않았어?"

"어데예. 마산 바다랑 이 바다는 바라보는 관점이 다르다 안 합니꺼!"

고향인 마산 바다야 그저 맨날 보던 일상이지만, 제주도는 휴양지다. 눈에 밟히는 모든 것이 설레게 다가올 수밖에 없었다.

그 말에 종혁은 피식 웃었다.

"알았다, 알았어. 여름엔 시간 내서 오자."

"사랑합니데이."

"큭큭. 그럼 가자."

바다에서 시선을 돌린 종혁은 김덕배가 맨날 들리는 식당으로 향했다.

평범한 4층 건물의 1층에 있는 식당.

바다가 훤히 내려다보이는 식당이었다.

'그런데 위로는 뭐가 없네.'

그냥 안이 보이지 않게 선팅지가 발라져 있을 뿐, 1층만 겨우 영업용으로 쓰는 것 같았다.

딸랑!

"응? 아, 어서 오세요."

효자 〈341〉

살짝 놀랐다가 시계를 힐끔 보곤 심드렁히 셋을 맞이한 식당 주인.

종혁은 일견 허름해 보이는 식당을 둘러보며 빈자리에 앉았다.

"여기 고등어조림이랑 소주 두 병 주세요."

"예? 아, 예. 잠시만 기다리세요."

왜인지 의아해한 식당 주인은 안으로 들어갔고, 그 순간 식당 문이 열리며 한 사람이 들어온다.

"여, 여기 뼈해장국 하나 줘! 그리고 화장실은 어디야?"

"안쪽이요!"

"돈은 먼저 계산할게!"

카운터에 만 원짜리 한 장을 내려놓은 사람은 가게 안쪽으로 향했고, 주방에서 걸어 나온 식당 주인이 카운터에서 전화기를 든다.

"한 명 올라가요."

'응?'

딸랑!

"아이고. 여기 계셨습니까, 사장님!"

장년인과 함께 안으로 들어온 복덕방 사장이 환하게 웃으며 종혁에게 다가온다.

"전 사장 인사해. 이분이 그분이서. 사상님, 이쪽은 애월리 매물을 관리하는 전 사장입니다."

"아이고! 안녕하십니까! 편히 전 사장이라고 불러 주십시오!"

"최종혁입니다. 식전이면 같이 한 숟가락 뜨시죠."

"끙. 우리 사장님은 이런 곳에서 드시면 안 되는데……."

못마땅한 얼굴로 가게 안을 둘러본 전 사장이 빈자리에 앉고, 최재수가 물을 따라 준다.

"아이코. 감사합니다. 그래서 부동산을 보시고 싶다고요."

"아니, 뭐가 그렇게 급해. 우리 사장님 식사 좀 끝내신 후에……."

"아, 괜찮습니다. 밥 먹기 전에 해치워 버리면 저야 좋죠. 이 건물은 어떻습니까?"

움찔!

"이, 이 건물 말입니까?"

'음?'

종혁은 의아했지만, 일단 말을 계속 이어 갔다.

"예. 바다가 가까우면서도 훤히 보이는 게 특색 있는 카페로 만들면 좋을 것 같아서요."

"어음…… 그렇습니까? 그런 거라면 다른 건물은 어떻습니까? 바다가 가깝고 훤히 보이는 매물은 여기 말고도 더 있는데 말입니다."

종혁은 미간을 찌푸렸다. 왜인지 필사적으로 다른 건물을 소개시키려는 게 의심스러워진다.

"하자가 있는 겁니까?"

"……잠시 담배 한 대 피우시겠습니까?"

힐끔 주방을 바라보는 전 사장의 모습에 종혁들의 낯빛

은 더 굳었다.

"예, 뭐 그러시죠. 너흰 여기 있어."

"옙!"

그렇게 밖으로 나오니 전 사장이 담배를 권한다.

밖으로 나오자 아예 낯빛이 굳어 버린 전 사장.

찰칵! 치이익!

"휴. 사장님, 웬만하면 다른 매물을 골라 보시는 게 어떻습니까?"

"아, 담보로 잡힌 물건입니까? 그렇다면 더 쉽겠군요."

"아니이……."

답답해하며 종혁의 팔을 잡고 길 맞은편으로 데려간 사장이 한껏 목소리를 낮춘다.

"저처럼 수수료 장사하는 놈이 왜 돈 벌 기회를 마다하려는지 아직도 이해가 안 되십니까? 여기 하우스입니다, 하우스!"

쿵!

"예?"

"제주시 깡패 새끼들이 운영하는 하우스! 도박장 말입니다!"

종혁은 얼굴을 와락 구기며 건물을 봤다.

(회귀 경찰의 리셋 라이프 42권에서 계속)